# NICOLE BRAUN
# DER SANDMANN VON KASSEL

**AUGE UM AUGE** Drei Tote mit ausgestochenen Augen, keine heiße Spur und nur noch zwei Wochen, bis Kassel von Besuchern der documenta IX überrannt wird. Die Morde scheinen von den Taten des inhaftierten Serienmörders Carl Poller inspiriert zu sein. Poller ist bereit, sein Täterwissen mit dem spielsüchtigen Anwalt Meinhard Petri zu teilen – sonst mit keinem. Die Kripo hat keine andere Wahl, als auf die Forderung des sicherungsverwahrten Psychopathen einzugehen. Petri, den man für die Flucht des Killers Azrael verantwortlich macht, bezahlt die Begegnung noch heute mit Schlafstörungen und Panikattacken. Deshalb ist er alles andere als scharf auf ein Treffen mit Poller. Doch die Kripo hat ein überzeugendes Druckmittel: Petris Anwaltszulassung liegt auf Eis. Er gibt nach und bereut es sofort, als man ihm die volle Wahrheit präsentiert: Poller hatte einen Besucher in der forensischen Psychiatrie. Nach der Beschreibung eines Pflegers ist ein Phantombild entstanden. Darauf sieht Petri das Gesicht, das ihn bis in seine Albträume verfolgt: Er blickt direkt in Azraels Augen.

© Andrea Scheffer

*Nicole Braun, geboren 1973 in Kassel, ist fest verwurzelt in Nordhessen. Mit ihrer neuen Thriller-Reihe hat sie einen Gang hochgeschaltet, bleibt jedoch ihrer Heimat und deren jüngerer Vergangenheit treu. Die studierte Betriebswirtin lebt seit 2014 vom Schreiben. Sie unterrichtet Storytelling, betreibt Schreibwerkstätten und gibt musikalische Lesungen.*

# NICOLE BRAUN

# DER SANDMANN VON KASSEL

THRILLER

Personen und Handlung sind frei erfunden.
Ähnlichkeiten mit lebenden oder toten Personen
sind rein zufällig und nicht beabsichtigt.

Immer informiert

Spannung pur – mit unserem Newsletter informieren wir Sie
regelmäßig über Wissenswertes aus unserer Bücherwelt.

Gefällt mir!

Facebook: @Gmeiner.Verlag
Instagram: @gmeinerverlag
Twitter: @GmeinerVerlag

Besuchen Sie uns im Internet:
www.gmeiner-verlag.de

© 2022 – Gmeiner-Verlag GmbH
Im Ehnried 5, 88605 Meßkirch
Telefon 0 75 75 / 20 95 - 0
info@gmeiner-verlag.de
Alle Rechte vorbehalten
2. Auflage 2023

Lektorat: Katja Ernst
Herstellung: Mirjam Hecht
Umschlaggestaltung: U.O.R.G. Lutz Eberle, Stuttgart
unter Verwendung eines Fotos von: © Zastolskiy Victor / shutterstock
Druck: CPI books GmbH, Leck
Printed in Germany
ISBN 978-3-8392-0246-3

# PROLOG

Eine schwarze Wolke stob von den Kronen der Bäume auf, die die Fulda säumten. Über dem Buga-See vereinten sich die Krähen in Formation und flogen einen weiten Bogen vom Kleingartenverein bis zu den Waldauer Wiesen, zurück zu ihrem Ausgangspunkt. Als hätten sie nur nachsehen wollen, was geschehen war, ließ sich jede Einzelne scheinbar auf demselben Ast nieder, von dem aus sie gestartet war. Ein kurzes Ärgernis. Mehr war der Knall, der sie aufgeschreckt hatte, für die Vögel nicht gewesen.

Der Anbau, in dem das Zweitaktgemisch für Rasenmäher gelagert worden war, war verschwunden. An seiner Stelle klaffte eine brandige Wunde, die sich zur Hälfte in die angrenzende Laube gefressen hatte. Das Holz des Dachstuhls stak in Splittern aus den Mauerresten. Glasscherben lagen verteilt, als hätte sie jemand mit einer lockeren Handbewegung aus großer Höhe über die Kleingärten verstreut. Der umherwirbelnde Staub lichtete sich und sank auf die Ruine. Es glomm noch im zerborstenen Holz, dann entfachte ein Windhauch das Feuer. Kurze Zeit später brannte das gesamte Häuschen.

Weit in das neue Jahr hinein war es zu nass und zu kalt für Grünpflege gewesen. Nur Hartgesottene rechten in ihren Parzellen Laub zusammen oder schnitten Büsche und kamen nun angerannt. Der Gartenwart organisierte hektisch vom Büro aus die Feuerwehr und einen Krankenwagen. Als er zur Unglücksstelle zurückkehrte, stand eine Gruppe Schaulustiger blass und schweigsam da. Etwas hatte sich in den

Überresten eines angrenzenden Jägerzauns verfangen. Ein Kind. Fetzen aus ehemals weißer Spitze verrieten, dass es ein Kleidchen getragen hatte.

Der Gartenwart bahnte sich den Weg durch die Umstehenden. Er ignorierte die Hitze des Feuers. Obwohl sich ihm der Magen umdrehte, trat er näher. Als er ein Stöhnen vernahm, drückte eine Gänsehaut jedes einzelne Härchen an seinem Oberkörper von innen gegen den dicken Wollpulli. Er ortete das Geräusch in einem durch die Druckwelle zerzausten Gebüsch.

»Da ist noch ein Kind!«

Die übrigen Parzellenbesitzer rührten sich nicht, sie waren wie festgenagelt.

»Los, kommt doch mal her!« Der Gartenwart bog die zerfaserten, entlaubten Stecken des Busches auseinander.

Ein Mann fasste sich ein Herz, kroch hinter ihm her und drehte dabei den Kopf weg, als könnte er dadurch vermeiden, dass ihn der Anblick des toten Mädchens bis in die Träume verfolgen würde.

»Der Junge lebt! Sofort einer an die Straße und den Krankenwagen einweisen!«

Keine Reaktion.

»Ja, wird's bald?« Die Stimme des Gartenwarts überschlug sich. Er wartete, bis endlich einer der Schaulustigen die Starre überwand und losrannte. Der Junge steckte fest. Er war größer als das Mädchen, vermutlich älter, die Druckwelle hatte ihn nicht mit derselben Wucht erfasst. Der Gartenwart lehnte sich weit vor zwischen die Äste, die ihm das Gesicht zerkratzten. Er bekam den Arm des Kindes zu packen und zog es keuchend auf die Rasenfläche, der andere Mann hatte mit dem Fuß Trümmerteile von der Stelle beiseitegetreten. Der Kleine wimmerte leise, war aber nicht bei Bewusstsein. Sein Glück, dachte der Gartenwart, denn die Hitze der Explosion hatte den Stoff seiner Latzhose in die Haut eingebrannt. »Fängt vielleicht mal jemand an zu löschen?«, brüllte er in die herumstehende Menge. »Oder soll hier noch mehr abfackeln?«

Er kniete sich neben den schwer verletzten Jungen. Was Besseres, als ihm zuzuflüstern, dass alles gut werden würde, fiel ihm nicht ein.

Während man den Körper im Stadtkrankenhaus von der Trage auf die Behandlungsliege umlagerte, rutschte dem Jungen ein Streichholzbriefchen aus der Hosentasche. Der behandelnde Arzt hob es auf und legte es beiseite. Später, als das Kind längst auf Station lag, wurden die Streichhölzer achtlos weggeworfen. Keiner hatte bemerkt, dass nicht ein einziges fehlte und die Reibefläche völlig unbenutzt gewesen war.

KASSEL 1992

# TEIL I

Der Sandmann hat euch angelogen,
streut nicht nur Sand zur guten Nacht,
und der Mond am Himmel droben
hält auch nicht über euren Träumen Wacht.
Abend will es wieder werden,
keiner stirbt in Ruh,
und die Menschlein auf der Erde
machen ihre Äugelein zu.

Nun liebe Kasseler gebt fein acht,
der Sandmann, der ist aufgewacht.

# 1

In den Augen meiner Psychotherapeutin Erda Loth las ich: Sie sehen erbärmlich aus.

»Wie geht es Ihnen heute, Herr Petri? Sie wirken erschöpft.«

»Ich schlafe schlecht, das wissen Sie doch.«

Das war die Untertreibung des Jahrhunderts. In meiner Wahrnehmung schlief ich so gut wie gar nicht mehr. Sobald mich die Müdigkeit wie ein Senklot in einen bewusstlosen Dämmerzustand gezogen hatte, war mir nur ein kurzer, traumloser Schlaf vergönnt. Kaum drangen die ersten Traumbilder an die Oberfläche, wisperte eine Stimme:

*Wach auf!*

In Bruchteilen einer Sekunde schaltete irgendein Teil meines Hirns auf höchste Alarmbereitschaft. Schweißgebadet, Puls auf 180, ohne Vorstellung davon, vor welchen Bildern mich das Unterbewusstsein zu schützen versuchte, saß ich jede Nacht mindestens ein Mal senkrecht im Bett.

In den vorangegangenen Sitzungen hatte Erda Loth mir erklärt, dass das typische Symptome einer Posttraumatischen Belastungsstörung seien. Diese technische Umschreibung war eine pure Beleidigung, denn sie konnte nicht im Geringsten ausdrücken, wie es mir ging. Die Therapeutin hatte geschmunzelt, als ich ihr vorgeschlagen hatte, es das »Sie haben sich mit einem irren Killer angelegt und sind dabei beinahe draufgegangen«-Syndrom zu nennen. Sie fragte in jeder Sitzung, welches Gefühl außer Panik die nächtliche Stimme noch auslöste. Ich hatte bisher keine Antwort darauf gefunden. Das Wispern riss mich aus dem Schlaf, und zurück blieb stets nichts als eine klebrige Müdigkeit.

Erda Loth schien zu bemerken, dass es in meinem Kopf rumorte. Sobald ich ins Grübeln geriet und mehr mit mir selbst beschäftigt war als mit dem, was sie zuletzt angesprochen hatte, lehnte sie sich in ihrem Sessel nach hinten. Die aufgehende Maisonne spiegelte sich in der Fassade des gegenüberliegenden Hochhauses. Ein Bündel reflektierter Strahlen blendete mich und brachte gleichzeitig die rote Lockenmähne der Psychologin zum Leuchten. Sie saß wie immer mit dem Rücken zur Fensterfront, in ihrem Schoß ein Klemmbrett mit einem Block, auf dem sie häufig Notizen machte. Ich war zwar neugierig, trotzdem erkundigte ich mich nie danach, was sie da aufschrieb. Der Anblick ihrer gleißend roten Haare trieb meine Gedanken erneut von der Frage fort, die sie mir gestellt hatte. Feine Sommersprossen sammelten sich wie Schneeflocken im V-Ausschnitt eines grünen Pullis, der wie eine zweite Haut auf ihrem Oberkörper saß. Wie sollte man da bei der Sache bleiben?

Sie hatte die Hände vor dem Bauch verschränkt und ließ die Daumen umeinander kreisen, während sich auf dem Tischchen, das zwischen ihrem und meinem Sessel stand, der Sekundenzeiger eines kleinen elektrischen Reiseweckers vorwärtsbewegte. Nach exakt 45 Minuten würde Erda Loth, aufstehen und mich freundlich, aber bestimmt aus der Praxis werfen, ganz gleich, ob wir uns wieder nur angeschwiegen hatten oder nicht. Damit wäre erneut ein Termin verstrichen, ohne einen Schritt weiterzukommen. Ich hasste es, wenn die Treffen auf diese Weise endeten.

»Können Sie nicht irgendeine Frage stellen? Ich finde unser Schweigen unangenehm.«

Sie ließ sich Zeit mit ihrer Antwort, als wollte sie mich zwingen, die Stille noch einen Moment länger auszuhalten. Schließlich antwortete sie: »Ich will Ihren Kopf nicht beim Arbeiten stören.«

»Da oben dreht sich alles im Kreis. Es wäre mir wirklich lieber, Sie würden ab und zu etwas sagen. Können Sie mir nicht einen heißen Tipp geben?«

»Sie wollen ein Rezept, wie Ihr Leben wieder in Ordnung kommt?«

»Das wäre hilfreich.«

»Ich habe es Ihnen schon oft erklärt, Herr Petri. So funktioniert das nicht. Sie haben sich entschieden, dieses traumatische Erlebnis ohne einen stationären Aufenthalt zu bewältigen. Das bedeutet, Sie brauchen viel Zeit und Geduld. Ihre Seele hat quasi ein Schleudertrauma, so als müsste sie einen Frontalaufprall bei Tempo 120 verarbeiten. Wie lange ein Körper in diesem Fall für die Gesundung benötigt, können Sie sich vorstellen, und die Psyche heilt noch langsamer.«

»Aber es muss doch irgendetwas geben, was ich tun kann.«

»Sie könnten ehrlich zu sich selbst sein. Das wäre der erste Schritt, den Sie gehen müssten.«

Ich wusste genau, worauf sie hinauswollte. Leider hatte mein Verhältnis zur Aufrichtigkeit in den letzten Jahren gelitten. Meine Freundschaft mit der Wahrheit war zerbrochen, weil ich eine Beziehung mit der Lüge vorgezogen hatte. Die Ehrlichkeit schien mich zu verachten, genauso wie die meisten Menschen, die die Unwahrheiten irgendwann nicht mehr ertragen konnten. Mein bisheriges Leben ... Sobald Erda Loth auch nur den Hauch einer Andeutung machte, die das Gespräch in diese Richtung lenkte, verschwammen die Erinnerungen in dichtem Nebel. Sie wurde nicht müde, mir zu raten, dass ich mich der Realität stelle und den Tatsachen ins Auge sehen müsse. Was sie nicht wissen konnte, war, dass ich in ein Paralleluniversum abgerutscht war, in das ich niemandem Einblick gewähren konnte, ohne vor Scham im Erdboden zu versinken. Ich war ja nicht mal in der Lage, meiner Therapeutin gegenüber ehrlich zu sein. Sonst hätte ich ihr nämlich beichten müssen, dass ich allein deshalb eines Tages bei ihr aufgetaucht war, weil sie mich bei unserem ersten Treffen umgehauen hatte. Ein Arzt hatte mir am Tag der Schießerei in der Notaufnahme ihre Karte zugesteckt. Kurz darauf waren Loth und ich uns in der Klinik begegnet. Die Ärztin mit den auffälligen Kurven unter dem Kittel und der roten Löwenmähne hatte sich vorgestellt und mir therapeutische Hilfe angeboten. Obwohl ich für Psychotherapeuten nicht viel übrig hatte, wäre ich dieser Einladung sogar dann gefolgt, wenn sie mir Elektroschocks empfohlen hätte.

Seitdem kam ich wöchentlich zu den Sitzungen, und sie blockte meine Annäherungsversuche wie eine Betonmauer ab. Natürlich hatte ich ihr nicht gestanden, dass sie mir gefiel und ich mit weichen Knien ihre Praxis betrat. War auch nicht nötig, denn ich war überzeugt, dass sie in mir las wie in einem Buch. Sie wich keinen Millimeter von ihrer professionellen Distanz ab, im Gegenteil: Je charmanter ich zu sein versuchte, desto kühler reagierte sie. Schließlich konnte ich mit nichts anderem als Charme punkten. So aufrichtig war ich mir selbst gegenüber gerade noch, dass ich mir eingestand, was für ein ramponiertes Bild ich abgab. Was sollte eine Wucht wie sie von einem Typen wollen, der ihr chronisch übermüdet gegenübersaß, viel zu mager und miserabel gekleidet?

Die Gedanken hatten mich erneut zu weit fortgetragen, sie hatte wieder mit Daumendrehen angefangen.

Ich wagte die Flucht nach vorn. »Sie wollen, dass ich zugebe, ein Problem mit dem Spielen zu haben.«

Sie rang sich ein halbherziges Lächeln ab. »Sie reden nur drum herum. Sie sind süchtig. Diese simple Tatsache müssen Sie auszusprechen lernen, sonst kommen Sie aus Ihrem Teufelskreis nicht heraus. Haben Sie endlich Kontakt mit einer Selbsthilfegruppe aufgenommen?«

Hatte ich natürlich nicht. Allein die Vorstellung, auf einem unbequemen Stuhl in einem Sitzkreis vor irgendwelchen Freaks mein Innerstes nach außen zu kehren, weckte unmittelbar den Drang in mir, eine schummrige Spielhölle aufzusuchen. Und dem hatte ich mich in den letzten Wochen erfolgreich auch ohne Selbsthilfegruppe widersetzt. »Ich weiß nicht, wie eine Gruppe Fremder mir dabei helfen soll, meine Schlaflosigkeit in den Griff zu kriegen.«

»Ach bitte, Herr Petri. Darf ich Ihnen eine einfache Frage stellen?«

Ich nickte.

»Wären Sie überhaupt in diese lebensbedrohliche Situation hineingeraten, wenn Ihre Spielsucht Sie nicht kontrollieren würde?«

*Wäre ich nicht.*

# 2

Der Fußmarsch von Erda Loths Praxis am Rathaus bis zu meiner Kanzlei dauerte zehn Minuten, wenn man stramm marschierte. An diesem Morgen ließ ich mir Zeit, um das Gespräch mit der Therapeutin zu verdauen. Zur Ablenkung schlenderte ich an den Schaufenstern vorbei und warf einen hoffnungsvollen Blick in die Auslagen der Herrenausstatter, nur um bei den Preisschildern einen Stich zu spüren.

Der Winter war im April zurückgekehrt, aber seit Anfang

Mai war es anhaltend mild, die Tage wurden zusehends länger und wärmer. Trotzdem trauerte ich dem teuren Trenchcoat hinterher, den ich im März gekauft hatte. Nachdem mein bester Freund Matteo Ferrugio beinahe darauf verblutet war, war der Trench ein Fall für die Mülltonne gewesen, und dass Matteo den Lungendurchschuss überlebt hatte, grenzte an ein Wunder. Bis der Sizilianer wieder auf den kurzen Beinen stehen konnte, musste seine Frau Rosetta die Pizzeria Vesuvio am Laufen halten. Da Matt und Rosa meine Ersatzfamilie und ihre Gaststätte mir so was wie ein Zuhause geworden war, war es selbstverständlich gewesen, mit anzupacken. Ich hatte Pizza in den Ofen geschoben, bis ich die Brandblasen an den Fingern nicht mehr zählen konnte und Rosetta mir stattdessen die Einkäufe aufgetragen hatte. An Matts Verletzung gab ich mir die Hauptschuld. Wir wären nie in diese Schießerei geraten, wenn ich mich klüger verhalten hätte. Der Vorwurf der Staatsanwaltschaft lautete: »Verdacht auf Vereitelung der Strafverfolgung«. Solange das Verfahren schwebte, hatte man mir die Anwaltszulassung entzogen, möglich, dass ich sie nie zurückbekam. Mittlerweile hatte ich gegen die unzähligen Tiefschläge eine Art Hornhaut entwickelt. Matteo konnte seine Gäste wie zuvor mit schief gepfiffenen italienischen Gassenhauern belästigen, das war alles, was zählte.

Trotzdem schade um den Trenchcoat; er hatte meiner armseligen Erscheinung einen leisen Anstrich von Humphrey Bogart verpasst. Das Geld für den teuren Mantel hatte mir die Kiezgröße Horst Scharpinsky zugesteckt, damit ich ihn nicht blamierte, wenn ich bei seinen »Kunden« ermittelte. Gemeinsam mit meiner Zulassung lag auch unsere Zusammenarbeit auf Eis, denn der stadtbekannte Rotlichtbaron war mäßig gut auf mich zu sprechen. Ich hatte die Gelegenheit gehabt, meine Schulden bei ihm zu begleichen, und sie nicht genutzt. Der Serienmörder Gilbert Dietschmons mit dem alttestamentarischen Alias »Azrael« hatte mir per Post einen Scheck über 40.000 Mark zukommen lassen und ich hatte ihn ordnungsgemäß bei der Polizei abgeliefert, statt ihn Scharpinsky zu geben. Also stand ich nach wie vor bei Scharpinsky bis zum Hals in der Kreide und musste jeden Tag mit dem Besuch seines Knochenbrechers Sergej rechnen.

Da ich niemanden mehr anpumpen konnte, um mir einen vernünftigen Mantel zu kaufen, hatte ich ein abgewetztes Cordsakko mit Lederflicken aus dem Schrank gekramt. Das Teil war Mitte des letzten Jahrzehnts in Mode gewesen, und die Schaufenster, an denen ich vorüberschlich, spiegelten, dass es wie ein Sack über meinen mageren Schultern hing.

Vor der Mauer am Friedrichsplatz sammelten sich die üblichen Grüppchen, bestehend aus Junkies und Obdachlosen, bepackt mit Isomatte und Rucksack, einige hatten ihre Hunde dabei. Ihr Sammelplatz war geschrumpft, seit man die Container für den Ticketverkauf der documenta und die Gastronomiebuden aufgebaut hatte. In wenigen Wochen wäre ihre Anwesenheit im Zentrum der Kunstwelt endgültig unerwünscht. Scharen Kulturhungriger und bettelnde Obdachlose am selben Ort würde die Stadt mit einem Aufgebot an Ordnungsbeamten zu verhindern wissen. Schlechte Presse gab es zu jeder documenta, da sollte wenigstens das oberflächliche Bild makellos sein. Die Obdachlosen würden sich ein abgelegeneres Plätzchen suchen müssen, um ihre morgendlichen Neuigkeiten auszutauschen, wo die Polizei wen kontrolliert und einkassiert hatte und wo man am ehesten in Ruhe gelassen wurde. Einige von ihnen erkannte ich wieder: arme Seelen, für die eine Nacht in Gewahrsam ein Bett und eine Mahlzeit bedeutete, dafür ließ man sich eben auch mal beim Ladendiebstahl erwischen. Oft genug war ich als Anwalt in die U-Haft gerufen worden, ohne etwas ausrichten zu können, aber immerhin war den Formalitäten Genüge getan worden.

Der Königsplatz sah aus, als ob jemand einen wissenschaftlichen Versuch darüber anstellte, welche baulichen Maßnahmen geeignet waren, um unendlich großes Chaos auf einer möglichst kleinen Fläche zu verursachen. Alle werkelten gleichzeitig an dem Platz. Die Pflasterleger arbeiteten um die Gärtner herum, die Baggerfahrer mühten sich, die gepflanzten Platanen nicht umzumähen. Im regelmäßigen Abstand weniger Meter staken Rohre für Wasserspeier aus dem Boden. Ich vermisste den alten, verstaubt wirkenden Königsplatz schon jetzt.

Beim Bäcker an der Ecke zu meiner Kanzlei kaufte ich mit den letzten Münzen, die in der Sakkotasche klimperten, ein Butterhörnchen.

Aus dem Briefkasten im Flur vor meiner Kanzlei fischte ich Post von meinem Vermieter. Ich hatte eine Vorstellung davon, was er mir mitzuteilen hatte, schließlich hatte er seit Februar keine Miete mehr gesehen. Ohne Kanzleiadresse würde mir die Zulassung ohnehin nicht zurückgegeben werden, da konnte die Anhörung ausgehen, wie sie wollte.

Die Aktentasche stellte ich gerade neben dem Schreibtisch im Büro ab, als das Telefon klingelte. Ich griff zum Hörer. »Ja?«

»Was ist denn das für eine Begrüßung?« Es war Matthias Frank. Die Stimme des Kommissars erkannte ich, ohne dass er seinen Namen genannt hatte.

»Bin eben erst zur Tür rein«, pustete ich gespielt außer Atem in die Muschel. Mit einer dumpfen Vorahnung im Nacken fragte ich vorsichtig: »Was gibt's?«

»Nicht am Telefon. Wir treffen uns im Präsidium. Sofort.« Aufgelegt.

Matthias Frank war noch nie ein Freund großer Worte gewesen, aber seit der Flucht des Serienmörders Dietschmons alias Azrael war er mir gegenüber extrem kurz angebunden. Ich hatte ihn mit meinen Alleingängen in arge Erklärungsnöte gebracht, und der kaltblütige Killer Azrael war – soweit ich wusste – im Ausland untergetaucht. Besser, ich folgte seiner Aufforderung.

Ich griff die Aktentasche und die Papiertüte vom Bäcker und verließ die Kanzlei.

Am Morgen hatte sich auf der Fahrt von der Nordstadt in die Innenstadt die Tanknadel meines Ford Taunus schon wieder bedenklich Richtung Reserve geneigt. Also hatte ich die schrottreife senfgelbe Kiste auf dem Parkstreifen neben der Martinskirche stehen lassen. Das Butterhörnchen stopfte ich im Laufen auf dem Weg zum Präsidium am Altmarkt in mich hinein.

## 3

Beim Pförtner erfuhr ich, dass Matthias Frank von seinem Innendienstquartier im dritten Geschoss zwei Etagen nach unten gezogen war; in das Stockwerk der ermittelnden Kriminaler. Ich ließ die Wache im Parterre links liegen und nahm die Treppe.

Auf dem Flur herrschte eine eigenartige Stille. Ich vermisste das Klappern von Schreibmaschinen und das ununterbrochene Läuten der Telefone, das normalerweise aus den diversen Büros drang.

Bevor meine Fingerknöchel die Tür berührten, fiel mir das Namensschild daneben auf. »KOK Matthias Frank«. Es war frisch angebracht worden, das Papier strahlend weiß.

»Komm rein.« Franks Stimme drang durch die geschlossene Tür.

Er saß hinter einem Schreibtisch, die Hände rechts und links flach auf die Platte gelegt und guckte, als würde er mich am liebsten sofort wieder rauswerfen. Seine Mimik schien zu sagen: Du wärst nicht hier, wenn ich eine Wahl hätte.

In meinem Hinterkopf schrillte eine Alarmglocke.

Kein Wort der Begrüßung, stattdessen brummte er: »Folge mir.« Er stand auf, öffnete den Durchgang zum angrenzenden Raum und verschwand darin.

Selbst wenn man so viel Mist gebaut hatte wie ich verdiente man ein Mindestmaß an Höflichkeit. Ich atmete tief durch und ging ihm hinterher.

An der langen Seite des Besprechungstischs lümmelte Kommissar Sachs auf einem Stuhl herum. Er gönnte mir ein Nicken zur Begrüßung. Neben ihm saß eine Frau mit zurückgebundenem blondem Haar. Ich fand ihr Gesicht irritierend, konnte jedoch nicht benennen, warum. Sie und Sachs hatten ihre Jacken abgelegt und entblößten auf diese Weise die Holster, in denen ihre Dienstwaffen steckten. Während die Waffe am gedrungenen, muskulösen Körper von Sachs bloß ein Detail war, wirkte sie an der gertenschlanken Frau wie ein bissiges Tierchen, das es sich an ihrer Hüfte gemütlich gemacht hatte.

Nicht gerade ein Empfangskomitee, wie ich es mir gewünscht hätte. Ein flüchtiger Blick auf eine Pinnwand mit blutigen Tatortfotos genügte mir; die Vorahnung hatte mich nicht getäuscht. Ich zog einen Stuhl vor, um Platz zu nehmen.

»Du kannst stehen bleiben, wir sind auf dem Sprung.« Frank hatte Position am Fenster bezogen und lehnte mit dem Hinterteil am Heizkörper. »Wir bilden gerade eine vorläufige Ermittlungskommission. Das LKA hat uns über ein Tötungsdelikt im Rheingau informiert, das mit einem weiteren im Wald bei Hofheim in Verbindung steht. Ausgerechnet heute Morgen hat sich ein Mord ereignet, der sich in die Reihe einfügt. Dieses Mal hier im Landkreis Kassel.«

Die schmale Frau neben Sachs räusperte sich. »Klar haben wir es eilig, aber willst du uns nicht trotzdem erst mal vorstellen, Matze?«

*MATZE?*

Franks Wangenmuskulatur wurde fest, ich meinte, ein Zähneknirschen zu hören. Noch nie hatte sich einer von seinen Kollegen eine derart plumpe Vertraulichkeit herausgenommen. Selbst Sachs hätte sich das in der Gegenwart von Fremden niemals erlaubt. Ich verstand nicht, warum Frank ihr nicht mit Anlauf an die Gurgel sprang, und bei näherem Hinsehen sah es so aus, als könnte er sich nur mit Mühe zurückhalten. Jetzt erkannte ich, was mich an der Polizistin zunächst verwirrt hatte. Von vorn wirkte ihr Gesicht kantig, beinahe knabenhaft, was an ihrem etwas zu schmallippigen, schiefen Mund lag. Der fiel im Profil weniger auf als ihre langen blonden Haare, von denen sich einige Strähnen aus dem Pferdeschwanz gelöst hatten.

Seit Frauen sich nicht mehr damit zufriedengaben, ein nettes Accessoire auf dem Beifahrersitz von Franks Sportwagen zu sein, sondern wie gleichgestellte Kolleginnen im Kriminaldienst behandelt werden wollten, musste es ihn sehr viel Überwindung kosten, sich nicht ständig wie der letzte überlebende Obermacho aufzuführen. Vielleicht hatte er deshalb in den Innendienst wechseln wollen, aus dem er nun zurückgekehrt war.

Er kommentierte den verbalen Übergriff mit einem Schnauben. »Danke für den Hinweis. Sandra Cohn ist eine Kollegin vom LKA Frankfurt, Richard Sachs aus Kassel kennst du ja bereits. Das ist Meinhard Petri, Anwalt. Strafrecht.«

Ich nickte den beiden pflichtschuldig zu.

Frank trat an die Stirnseite des Tisches und postierte sich vor der Pinnwand, auf der neben den Tatortfotos Skizzen und Lagepläne angeheftet waren. Am Zustand einer der Leichen erkannte ich sofort, dass sie vermutlich lange Zeit unentdeckt geblieben war. Das Bild genügte, um den Geruch eines solchen Fundortes in der Nase zu haben.

Frank hatte meinen Blick registriert. »Es gibt einen frischen Tatort. Fuldaschleife bei der Sperre-Siedlung in Bergshausen, direkt am Ufer. Wir haben schon genug Zeit vertrödelt, die Kollegen vor Ort warten auf uns. Ich erzähle dir unterwegs, was du wissen musst.«

»Darf ich wenigstens erfahren …?«

Mit einer Geste schnitt Frank mir das Wort ab. »Sobald wir im Wagen sitzen. Wir müssen los.«

Sein Tonfall duldete keinen Widerspruch. Frank ging vor, Sachs und Cohn hatten die Jacken übergeworfen und warteten darauf, nach mir den Raum zu verlassen. Zwischen den dreien eingekeilt wurde ich auf den Parkplatz gelotst. Cohns lange Beine steckten in engen schwarzen Jeans, und an den Füßen trug sie klobige Doc Martens, die aus ihrem federnden Gang eine Fitnessübung machten.

Frank öffnete mir die Tür zum Rücksitz eines Zivilfahrzeugs und ließ sich neben mich fallen, die beiden anderen stiegen vorne ein. Sachs griff zum mobilen Blaulicht, aber Frank legte ihm von hinten eine Hand auf die Schulter. »Kein großes Tamtam. Wir sind ohnehin spät dran, auf fünf Minuten kommt es jetzt auch nicht mehr an.«

»Wärst du so freundlich, mir zu erklären, was das hier soll?« Allmählich ging es mir auf die Nerven, behandelt zu werden, als wäre ich gar nicht anwesend.

»Letzten Sommer ist Staatsanwältin Frida Wiener von einem Spaziergang nicht zurückgekehrt. Du erinnerst dich vielleicht an sie, sie ist vor ein paar Jahren in den Taunus gezogen. Sie wurde in einem an Hofheim angrenzenden Wald erdrosselt in einem Gebüsch aufgefunden.« Frank stülpte die Lippen nach innen und zog die Brauen zusammen. Eine Grimasse, die aussah, als hätte er Schmerzen. »Vor wenigen Tagen kam Sandra Cohn mit der Meldung zu uns, dass man eine Leiche in einem Ferienhaus im Rheingau entdeckt hat. Der Tote hat einen Monat dort gelegen.« Frank stockte. »Es handelt sich um den ehemaligen Kollegen Heinz Sehling. Hatte sich ein besonders abgeschiedenes Plätzchen für seinen Ruhestand ausgesucht.«

Sachs hatte die ganze Zeit konzentriert den Wagen Richtung Ortsausgang Kassel gelenkt, jetzt warf er mir im Rückspiegel einen kurzen Blick zu. Sehling war Franks vertrautester Kollege bei der Kripo gewesen, so etwas wie sein Ziehvater.

Frank hielt den Kopf gesenkt.

Sachs fuhr die B83 entlang an Waldau vorbei und bog in Bergshausen ab. Er folgte der gewundenen Hauptstraße durch den alten Ortskern, bis die Fulda am Ufersaum hinter sattem Grün zu erkennen war. Die Idylle wurde einzig durch die monströsen Stelen der Autobahnbrücke gestört, die das gesamte Firmament über uns abzufangen schien. Nach einigen hundert Metern öffnete eine Lichtung den Blick auf eine Reihe Doppelhäuser, die ich niemals in dieser Abgeschiedenheit vermutet hätte. Die Asphaltstrecke endete in einer Wendeschleife, von der ein befestigter Wanderweg Richtung Fulda abging und in eine Holzbrücke mündete, die für eine Überquerung mit Autos zu schmal war. Halb im Gras geparkt reihten sich Fahrzeuge auf: Notarzt, Polizei, Leichenwagen. Ein Krankenwagen war offensichtlich nicht mehr notwendig gewesen.

Sachs hielt an letzter Position in der Schlange und stellte den Motor ab. Mit einem mulmigen Gefühl im Magen stieg ich aus und schlich mit etwas Abstand meinen drei Begleitern hinterher.

Wir tauchten unter einem Absperrband durch und schritten über die überdachte Brücke, deren Holzkonstruktion so massiv war, dass sie selbst unser vielfüßiger strammer Marsch nicht in Schwingung brachte. Lediglich die klobigen Sohlen von Cohns Schuhen erzeugten einen dumpfen Hall, der sich mit dem Rauschen der Fulda mischte, die unter uns träge in einer weiten Schleife vorbeifloss. Auf der anderen Seite bog der Weg in einer scharfen Linkskurve ab, um dem tiefer gelegenen Ufer zu folgen.

Der Tatort lag keine hundert Meter von der Brücke entfernt. Wie Aliens eilten in weiße Anzüge verpackte Gestalten vor der romantischen Kulisse hin und her.

Sandra Cohn drehte sich zu mir um und wartete, bis ich aufgeschlossen hatte.

»Alles in Ordnung?«, fragte sie.

»Keine Ahnung. Wird sich zeigen.«

Wir ließen Frank und Sachs den Vortritt. Nachdem die beiden ein paar Minuten im Uferbewuchs gebeugt über etwas gestanden hatten, kehrten sie auf den Weg zurück. Cohn und ich nahmen den bereits platt getretenen Pfad durch das kniehohe Gras. Verdeckt von der Böschung lag dort ein schlanker, athletischer Körper in Sportkleidung, die Gliedmaßen unnatürlich verrenkt. Das Gesicht war im Ausdruck größter Pein eingefroren. Dort, wo einmal die Augen gewesen waren, klafften blutige Wunden, die Zunge ragte blau aus dem Mund.

»Erdrosselt?«, fragte Frank den Gerichtsmediziner, der seine Utensilien in einen Alukoffer packte.

Mit lustlosem Gesichtsausdruck zog dieser mit dem Zeigefinger unterhalb seines Kinns einen Bogen. Eine direkte

Antwort sparte er sich; ein deutlich sichtbares Strangulationsmal hatte sich am Hals des Opfers als dünne blutige Linie im Gewebe verewigt. »Alle übrigen Manipulationen sind post mortem vorgenommen worden.«

*Manipulationen.* So wurde das Unaussprechliche erträglich.

»Sicher, dass es Frenzel ist?«, hakte Frank nach.

»Er hat keine Papiere bei sich. Aber hey, die beiden Spezialagenten dort drüben haben einen Jogger namens Ludger Frenzel, der genau diese Sportkleidung trug, auf der anderen Seite der Brücke aus den Augen verloren.« Der Gerichtsmediziner kräuselte süffisant die Lippen. »Klar ist er das.«

Frank warf zwei Typen in Zivil einen bösen Blick zu, die an einen Baum gelehnt die Szene verfolgten. »Verloren?«, fragte er zähneknirschend. »Wie dämlich muss man sein, um ein Überwachungsziel so lange unbeaufsichtigt zu lassen, damit jemand *das* mit ihm anstellen kann? Das erledigt man doch nicht mal eben in fünf Minuten.«

»Na ja«, der Gerichtsmediziner hob den Zeigefinger, »mit ein wenig Übung braucht es nicht sehr viel länger.«

Frank quittierte die Belehrung mit einem genervten Augenrollen. »Haben wir sonst irgendwelche verwertbaren Spuren gefunden?«

»Zwei Sorten Fußabdrücke, die Profile werden gesichert. Es hat zwar kein ausgiebiger Kampf stattgefunden, aber Frenzel hat Hautabschürfungen. Der Täter scheint ihn mit voller Wucht von den Beinen geholt zu haben.«

Sandra Cohn ließ den Blick schweifen. Am gegenüberliegenden Ufer der Fuldaschleife hatte sich eine Traube Neugieriger gebildet, die das Treiben der Polizei beobachtete. »Es sollte sofort einer da rüber und die Leute befragen. Vielleicht hat jemand von ihnen was gesehen.«

»Beamte sind längst auf dem Weg.« Sachs wandte sich an Frank. »Genauso wie zwei weitere, die sich die Bewohner der Sperre-Häuser vornehmen. Alles schon im Gange. Allerdings ist der Tatort weder vom gegenüberliegenden Ufer einsehbar noch von dort, wo die Gaffer stehen. Sehr clever gewählt, wenn du mich fragst«, gab Sachs im Tonfall eines Besserwissers von sich. Offensichtlich sah er in Cohn eine Konkurrentin, der gegenüber er seinen Status als künftiger Platzhirsch zementieren wollte. Möglicherweise stand ihm aber auch der Sinn nach etwas anderem, und er wollte ihr beweisen, was für ein toller Hecht er war.

Frank ging nicht auf Sachs' Klugscheißerei ein. »Mir trampeln zu viele Leute am Tatort rum.« Er scheuchte Sachs, Cohn und mich Richtung Brücke. Als wir die beiden Zivilbeamten passierten, die immer noch mit verschränkten Armen an dem Baum lehnten und so taten, als wären sie sich keiner Schuld bewusst, bellte Frank: »Der Bericht liegt in genau einer Stunde auf meinem Tisch. Und wenn da nichts drinsteht, was erklärt, wie ihr den verlieren konntet, dann könnt ihr eure Streifenuniformen wieder aus dem Schrank holen.«

Hinter seinem Rücken schnitt Sachs eine Grimasse, die Franks Ausbruch ins Lächerliche zog. Trotzdem folgten die Beamten der Aufforderung und trollten sich.

»Wartet«, rief Sachs ihnen hinterher. »Es ist besser, wenn einer von uns im Präsidium ist, falls sich Zeugen melden.« Er fixierte unmissverständlich Sandra Cohn.

Sie presste die Lippen aufeinander, vermutlich um eine bissige Antwort zurückzuhalten, und sagte nach einer kurzen Bedenkzeit: »Ist okay. Ich fahre mit den beiden ins Präsidium. Begleiten Sie uns?«

Es dauerte einen Moment, bis mir klar wurde, dass diese Frage mir galt. Nachdem mich Franks Blick gestreift hatte, der mir zu verstehen gab, dass er einverstanden war und dass ich keinen Mist machen solle, nickte ich.

# 4

Cohn und ich saßen wie die Schulkinder nebeneinander auf dem Rücksitz. Kaum hatten wir das Wäldchen hinter uns gelassen und den alten Ortskern von Bergshausen erreicht, konnte ich meine Neugier nicht mehr im Zaum halten.

»Warum bin ich eigentlich hier?«

»Das sollte Ihnen besser Kommissar Frank erklären«, wich sie aus. Sie hatte nicht »Matze« gesagt oder »Matthias«, sondern »Kommissar Frank«. Die Lage war ernst.

»Wieso hatte Frenzel zwei Aufpasser?«

Sie hatte ihre schlanken Finger ineinander verhakt und knetete die Gelenke. »Sagt Ihnen der Sandmann etwas?«

»Klar. Wann war das? Anfang der 1970er? Ich studierte gerade in Marburg. So eine aufsehenerregende Mordserie haben die angehenden Juristen natürlich mit Spannung verfolgt.«

Sie nickte. »Die aktuellen Opfer waren seinerzeit in die Verhaftung und Verurteilung des Sandmanns involviert.«

»Sie denken an einen Racheakt? Ist er – wie hieß er doch gleich?«

»Carl Otto Poller.«

»Richtig, ist Poller etwa auf freiem Fuß?«

»Nein, der sitzt sicher verwahrt in der Psychiatrie. Nachdem er die Haftstrafe abgesessen hatte, ging er nahtlos in die Sicherungsverwahrung, und dort wird er auch für den Rest seines Lebens bleiben.«

»Frenzel war als Gutachter im Fall Poller tätig?«

»Hm, als Kriminaltechniker. Nach seinen Ausführungen vor Gericht bestanden kaum noch Zweifel an Pollers Täterschaft in den sieben Mordfällen.«

Ich kannte das Gutachten nicht, erinnerte mich aber daran, dass ich damals mit einer Mischung aus Ekel und Faszination den Ablauf von Pollers Taten studiert hatte. Er hatte seine Opfer erdrosselt und ihre Augäpfel als Trophäen mitgenommen. Die leeren Höhlen hatte er mit Sand aufgefüllt.

»Sie haben ›kaum‹ gesagt.«

Cohn legte fragend die Stirn in Falten.

»Ja, Sie haben gemeint, dass kaum Zweifel an Pollers Täterschaft bestanden.«

Sie warf mir einen überraschten Blick zu. »Bei Ihnen muss man gut aufpassen, was man sagt, oder?«

»Sie dürfen nicht vergessen, dass ich für die andere Seite spiele. Ich höre sehr genau hin.«

Sie hatte nach wie vor die Hände ineinander verschränkt und rieb die Finger aneinander. So nah an ihr dran kam ich nicht umhin, sie eingehender zu betrachten. Das Auffälligste war ihr Gesicht, das von jeder Seite komplett anders aussah. Im Moment saß ich der härteren Hälfte gegenüber. Der Wangenknochen trat deutlicher hervor, außerdem hatten sich die Falten um den Mund herum viel tiefer eingeprägt als auf der mir abgewandten Seite. Während sie die Hände knetete, beobachtete ich, wie die Sehnen an ihren Unterarmen arbeiteten. Sie war ohnehin sehr schlank, aber ihre Arme verrieten, wie drahtig der Rest ihres Körpers unter der kurzen Lederjacke und der knatterengen Jeans sein mochte. Irgendwie kam sie mir vor wie Matthias Frank in einer jüngeren, weiblichen Ausgabe.

Noch immer war meine Frage unbeantwortet, ob Zweifel an Pollers Täterschaft bestanden hatten. Als ihre Finger plötzlich stillstanden, hatte sie sich offensichtlich eine Antwort zurechtgelegt. »Man ging davon aus, dass Poller die letzte Tat nicht zu Ende bringen konnte. Das Opfer war erdrosselt worden, die Augen waren zwar ausgestochen, allerdings nicht entfernt worden. Poller hat auch diesen Mord zugegeben, es gab keinen Grund, an seinem Geständnis zu zweifeln.«

Das waren viel mehr Informationen, als sie mir hätte geben dürfen. Aus dem nüchternen Polizeisprech reimte ich mir folgende unterschwellige Botschaft zusammen: Es hatte selbstverständlich Zweifel daran gegeben, dass Poller den letzten Mord verübt hatte. Um den Fahndungserfolg nicht zu gefährden, hatte man dennoch sein Geständnis akzeptiert und keine weiteren Nachforschungen angestellt. Der Ermittlungsleiter der Soko »Sandmann« war der verschusselte Altkommissar Heinz Sehling gewesen, an seiner Seite der vom Ehrgeiz zerfressene Matthias Frank. Da es mit den Ermittlungen nicht vorangegangen war, hatte man Frank nach einer Weile die Leitung übertragen. Wir kannten uns zu der Zeit nicht persönlich, aber ich erinnerte mich daran, wie sehr ich sein Durchhaltevermögen bewundert hatte. Dieser Fall hätte ihn problemlos die Karriere kosten können, doch am Ende hatte er sich einen Freifahrtschein für die überheblichen Eskapaden erarbeitet, für die er seither im Präsidium berüchtigt war. Franks Aufklärungsquote konnte sich sehen lassen, deswegen ließ man ihm so einiges durchgehen, wofür manch anderem längst ein Disziplinarverfahren angehängt worden wäre.

Allmählich bekam ich Magengrummeln bei der Vorstellung, warum ich in diesem Wagen saß. Obendrein hatte das winzige Butterhörnchen nicht annähernd als Frühstück ausgereicht. »Man ist diesem losen Faden nicht nachgegangen?«

»Poller hatte alle Taten gestanden, er konnte den Ablauf von der Tötung des letzten Opfers, Werner Jungbluth, widerspruchsfrei rekonstruieren. Und dann noch der massive Druck von oben, das Ganze zum Abschluss zu bringen.«

»Wieso?«

»1972 war documenta-Jahr. Keine gute Publicity, wenn in einer Stadt, in der Hunderttausende Besucher aus aller Welt erwartet werden, ein Serienmörder rumläuft. Der Zugzwang für Frank und Sehling muss enorm gewesen sein.«

Verrückt, wie die Situation damals der heutigen ähnelte, vermutlich würde man von Frank auch im aktuellen Fall lautlose Ermittlungsarbeit verlangen. »Druck hin oder her, Sie kennen ihn genauso gut wie ich …« Ich ließ den Satz einen Moment im Raum stehen, weil ich hoffte, eine Reaktion bei ihr zu provozieren, die mehr über das Verhältnis zwischen ihr und dem Kommissar verraten würde. Sie zeigte keine Regung. Entweder ich reimte mir da etwas Falsches zusammen, oder sie war die abgebrühte Ermittlerin, für die ich sie hielt. »Frank würde eine erfolgversprechende Fährte nicht aufgeben, egal, wie groß der Druck von oben ist«, half ich nach.

»Niemals.« Ihr schmaler Mund verzog sich zu einem schiefen Lächeln.

»Gab es denn eine Spur?«

»Nein.«

»Gab es Indizien, die den Zweifel nährten?«

»Ja.«

»Ja. Nein. Wollen wir jetzt den Rest der Fahrt so weitermachen?«

Sie atmete hörbar aus. »Poller arbeitete damals – wie Sie sicher wissen – sehr gewissenhaft eine Liste ab. So ganz ist bis heute nicht klar, nach welchen Kriterien er seine Opfer ausgesucht hat, das bleibt wahrscheinlich für immer in seinem kranken Hirn verschlossen, aber sie waren keinesfalls zufällig ausgewählt. Er musste die Ausführung ja gut vorbereiten, um genug Zeit zu haben, derart akribisch die Augen zu entfernen, damit er seine Trophäen unversehrt mitnehmen konnte. Also keine reinen Gelegenheitstaten, wenn

Sie wissen, was ich meine. Die Opfer entsprachen alle dem gleichen Bild: wohlsituiert, mittelalt, keine Auffälligkeiten. Außer Jungbluth. Der war alkoholabhängig, arbeitslos und bei seiner Frau zu Hause rausgeflogen. Erinnert Sie das an jemanden?«

Ich musste schlucken. So direkt hatte mir das noch niemand vor die Füße geknallt.

Meine Sprachlosigkeit war ihr nicht entgangen. Sie biss sich auf die schiefe Lippe. »O Gott, nein, ich wollte nicht … Ich meinte, dass jemand Opfer mit einem bestimmten gesellschaftlichen Hintergrund auswählt. So wie der, der Sie unfreiwillig zum Mitspieler auserkoren hat. Dieser Gilbert Dietschmons.« Sie rang sich ein zu breites Lächeln ab, das den peinlichen Moment nicht angenehmer machte.

»Ich bevorzuge seinen selbst gewählten Alias Azrael. Sein echter Name macht ihn zu menschlich, und gegen die Vorstellung, dass ein normaler Mensch solche Taten vollbringen kann, sträubte sich alles in mir.«

»Gut, also dieser Azrael hatte ja auch ein Muster, das sich über gemeinsame Kontakte der Opfer erschloss. Bei Poller war es ähnlich, einzig Jungbluth fiel da aus dem Rahmen. Das in Kombination mit der nicht vollendeten Tat nährte Zweifel daran, dass Pollers Geständnis echt war.«

»Es besteht demnach die Möglichkeit, dass sich schon damals jemand auf Pollers Trittbrett gestellt hat? Wenn ich sein Psychogramm richtig in Erinnerung habe, hätte er den ›Ruhm‹ nicht gern geteilt. Hat er den Mord nur auf seine Kappe genommen, um allein im Rampenlicht zu stehen?«

»Die Möglichkeit besteht«, gab Cohn zu.

Die Beamten auf den Vordersitzen wechselten einen Blick. Sie hatten die Fahrt über schweigend unserer Unterhaltung gelauscht. Wahrscheinlich grübelten sie, wie sie das drohende Unwetter, das in Person von Matthias Frank über sie hereinzubrechen drohte, abwenden konnten. Es war ein cleverer Schachzug von Sachs gewesen, uns zu den beiden ins Auto zu setzen, auf diese Weise hatten sie keine Gelegenheit, sich eine Version der Geschichte zurechtzulegen, mit der sie glimpflich davonkommen würden.

# 5

Während Sandra Cohn Kaffee organisierte, wartete ich im Besprechungszimmer und sah mir die Fotos vom Tatort an der Waldlaufstrecke von Staatsanwältin Wiener an. Selbst für einen Laien erkennbar war sie – genau wie Frenzel – mit einer Drahtschlinge erdrosselt worden. An ihrem Hals hatte sich ein dünner blutiger Strich verewigt, ihr Gesicht war vom Todeskampf verzerrt – zumindest das, was davon übrig war, nachdem man ihr die Augen ausgestochen hatte. Sie lag verkrümmt auf der Seite, als hätte der Täter sie nach vollendeter Tat wie einen dreckigen Lappen fallen gelassen. Dieser Mord war fahrig verübt worden, es hatte schnell gehen müssen. Das Ergebnis zählte mehr als die Tötung. Ich verglich die Bilder in Gedanken mit den Tatorten, die Poller in den 1970ern hinterlassen hatte, und fand bei dieser aktuellen Stümperei keine Vergleichsmerkmale mit Pollers Liebe zum handwerklichen Detail – abgesehen davon, dass am Ende ein Mensch einen grausamen Tod gestorben war. Mit seinen Taten hatte Poller sich selbst ein Denkmal gesetzt, der »Sandmann von

Kassel« war zur Gruselgeschichte geworden, die sich die Kinder beim Zelten im Dunkeln erzählten, und Erwachsene dachten mit Schrecken an jene Zeit zurück, an der man sich kaum auf die Straße traute, weil niemand wusste, auf wen es der Sandmann letztendlich abgesehen hatte. Er hatte sich einen Mythos geschaffen, aber das schien nicht das Motiv des Täters zu sein, der die Kripo im Moment in Atem hielt.

Zeitgleich mit Cohn fanden sich Frank und Sachs im Raum ein. Frank und ich waren seit fast zehn Jahren befreundet. Der Altersunterschied zwischen uns war nie ins Gewicht gefallen; für ein Bier in der Garage und ein Männergespräch über Autos oder Frauen war ein Vierteljahrhundert nicht entscheidend. Sein kurzes Haar war früh grau geworden, das änderte jedoch nichts an seiner sonst eher jugendlichen Erscheinung. Er war ein drahtiger Typ, sportlich gekleidet und stets braun gebrannt. Selbst als 60-Jährigen ließ ihn der spürbare Hunger auf Abenteuer kernig erscheinen. Im Moment war davon nicht viel übrig, so wie er sich in den Raum schleppte. Seine Schlappheit wurde durch Sachs und Cohn verstärkt, die geschmeidig wie Raubkatzen ihre Plätze am Besprechungstisch einnahmen. Und als ob das nicht ausreiche, musste er sich obendrein »Matze« nennen lassen.

Irgendwie erschien es mir unpassend, im Beisein seiner Kollegen über ihn nachzudenken, und ich zwang die Gedanken zurück zum Grund unseres Treffens.

»Warum bin ich hier?«

Die Köpfe von Sachs und Cohn schnellten augenblicklich Richtung Frank herum; für das Überbringen schlechter Nachrichten war er immer noch gut genug. Beide lehnten sich in ihren Stühlen zurück und verschränkten die Arme.

»Es gab im Fall Sandmann eine zweifelhafte Spur, der wir nicht …«, ein fieses Knirschen entwich Franks Mund, »der wir nicht weiter nachgehen konnten.«

Cohn half ihm aus der Zwickmühle. »Ich habe ihn über das letzte Opfer von Poller informiert.«

Sachs pustete hörbar Luft aus und legte die Hände auf den kurz rasierten, kantigen Schädel. »Vielleicht überlassen wir dem Herrn Anwalt gleich unsere Ermittlungen. Wie das endet, wissen wir ja.«

»Er muss doch im Bild sein«, zischte Cohn.

»Stimmt«, seufzte Frank. »Außerdem dürfen wir keine Zeit verlieren. Wir haben nicht genug Leute, um alle zu schützen, die seinerzeit in den Fall Sandmann involviert waren.«

Mich wunderte das übereilte Einschießen auf eine Verbindung zu Carl Poller, denn das gab der Sachstand überhaupt nicht her. »Bisher gab es ein Opfer im Frankfurter Stadtwald. Dass Sehling tot ist, wisst ihr seit wann? Vorgestern? Einen Zusammenhang mit Poller konntet ihr in diesen zwei Fällen unmöglich herstellen. Und wieso hatte Frenzel bereits Polizeischutz?«

Frank zögerte einen Augenblick. »Wir hielten die Gutachter Frenzel und Berkel für die Zielpersonen mit dem höchsten Gefährdungspotenzial. Im Gegensatz zu Frenzel weigert sich Berkel allerdings, Polizeischutz in Anspruch zu nehmen.«

»Das ist sonderbar, beantwortet aber nicht meine Frage. Ihr konntet unmöglich nach Wiener und Sehling bereits eine Verbindung zu Poller ziehen. Und sie …«, ich deutete auf Sandra Cohn, »ist doch nicht zufällig hier, just an dem Tag, an dem eine weitere Leiche gefunden wird.«

Frank hatte die Handflächen wie zum Gebet aneinandergelegt und hielt sie seitlich vor die Lippen. Er sah mich lange an. In Zeitlupe ließ er die Arme sinken. Ein Pochen arbeitete sich meine Halsschlagader empor.

»Die Klinik in Haina hat uns darüber informiert, dass Poller in der Sicherungsverwahrung Besuch von seinem Neffen Michael hatte.«

»Und?«

»Sein Neffe hat ihn in all den Jahren davor noch nie besucht.«

»Muss ich dir jedes Wort aus der Nase ziehen oder sagst du mir endlich, was los ist?«

»Der Besucher war ordnungsgemäß angemeldet worden, der Mann wies sich als Michael Poller aus.«

Das Herzklopfen mischte sich mit einer von den Füßen nach oben kriechenden Kälte. »Kommst du jetzt bitte zum Punkt?«

»Bei einem Pfleger regten sich Zweifel, weil Carl Poller ihm später erzählte, dass sein Neffe seit einem Unfall in der Kindheit halbseitige Lähmungen habe. In seiner Erinnerung konnte der Besucher jedoch beide Arme uneingeschränkt benutzen. Nachdem dann die Beschreibung vom Äußeren des Besuchers nicht auf Michael Poller zutraf, bat man den Pfleger, bei der Anfertigung eines Phantombildes mitzuwirken.« Frank trat an den Tisch und öffnete einen Aktendeckel, aus dem er eine Kopie zog, die er mir zuschob.

Das Pochen war vom Hals in die Schläfen gewandert und arbeitete sich schmerzhaft in der gesamten Kopfhaut voran. Der Boden unter meinen Füßen gab nach.

Von der Zeichnung auf dem Tisch fixierten mich Azraels Augen.

# 6

Der Raum verschwamm, ich musste mich auf dem Tisch abstützen, um nicht umzufallen.

»Geht es Ihnen gut?«

Die Frage drang von weit weg in mein Bewusstsein vor. Eine Frauenstimme. Sandra Cohn war aufgestanden und neben mich getreten.

»Nein. Vielleicht. Keine Ahnung«, stammelte ich, während ich krampfhaft versuchte, zu verstehen, was das zu bedeuten hatte. Azrael. Hier.

Cohn hatte einen Stuhl herangezogen und presste mich mit festem Druck auf die Schulter Richtung Sitzfläche.

Als ich saß, kehrten nacheinander klare Gedanken zurück.

»Sicher, dass es Azrael war?«

»Na ja«, Franks Stimme war zu einem rauen Flüstern geworden, »wir wissen nur, dass es nicht Michael Poller war. Der Pfleger hat ihn bei einer Gegenüberstellung ausgeschlossen.«

»Ihr habt es nicht für nötig gehalten, mir Personenschutz anzubieten?« Ich schaute Frank an, der den Blick senkte.

Sachs mischte sich ein. »Den Schuh ziehen wir uns nicht an, Herr Petri. Wenn Azrael Sie hätte töten wollen, hätte es bereits Gelegenheiten ohne Ende gegeben. Und da waren Sie es, der darauf verzichtet hat, uns hinzuzuziehen. Wir sind uns sicher, dass die Opfer irgendwie mit Pollers Inhaftierung in Verbindung stehen. Das ist bei Ihnen nicht der Fall, und wie Kommissar Frank bereits ausführte, mussten wir eine Auswahl treffen.«

Frank ließ die Schultern sinken und atmete geräuschvoll aus. Eine resignierte Haltung, die wie eine Entschuldigung wirkte. »Azrael wird sich vermutlich früher oder später bei dir melden. Wir richten für deinen Anschluss eine Fangschaltung ein.«

»Wie bitte?«

Frank sah mich ernst an. »Wir haben versucht, herauszufinden, was es mit seinem Besuch in der Forensik auf sich hatte. Leider stellt Poller sich stur. Er hat Bereitschaft signalisiert, zu reden.« Ich hatte nicht geglaubt, dass dies möglich war, aber Franks Blick wurde zu Stein. »Allerdings nur mit dir.«

*Auf gar keinen Fall!*

Nach einigen tiefen Atemzügen hatte ich mich gefangen. »Was ist, wenn ich ablehne?«

Jetzt wandte sich Frank hilfesuchend Sachs zu, der ohne zu zögern übernahm. »Sie sind im Moment Ihre Zulassung los, richtig?« So wie er es betonte, war es keine Frage, sondern eine Provokation. »Wollen Sie sie zurück?«

Erpressung – darauf lief es also hinaus.

Es kostete Frank Mühe, mich anzusehen. »Komm mal mit nach nebenan. Das besprechen wir besser unter vier Augen.«

# 7

Allein die Tatsache, dass Frank mir 24 Stunden Bedenkzeit gewährt hatte, reichte als Beweis dafür, dass er ziemlich in der Klemme steckte. Neben den zähen Ermittlungsfortschritten ging es darum, alle Personen zu schützen, die an Pollers Verurteilung beteiligt gewesen waren. Unzählige Rechtsanwälte, Zeugen, Gerichtsmediziner und Beisitzer – um jeden davon rund um die Uhr zu überwachen, fehlte das Personal. Die Zielpersonen zu priorisieren ging genauso wenig, denn woher sollte man wissen, wer als Nächstes ins Visier des Irren geriet? Aus dem Gespräch mit Poller erhoffte man sich darüber Erkenntnisse. Frank hatte keinen Hehl daraus gemacht, dass der Mann ein astreiner Psychopath war, hochmanipulativ und skrupellos – also genau die Art von Mensch, die in meinem Leben noch fehlte. Ein Geistesgestörter in der Forensik und ein abgebrannter Anwalt mit Schlafstörungen – ein nettes Plauderstündchen stellte ich mir anders vor, und ich hatte Frank angesehen, dass selbst er es für eine bescheuerte Idee hielt.

Mir blieb eigentlich keine Wahl, als mich auf den Deal einzulassen. Frank hatte mir zugesichert, dass ich nicht mal einen Tag später meine Zulassung im Briefkasten fände. Ich bekam sozusagen eine Chance – er hatte sich vorsichtig ausgedrückt –, das Fehlverhalten im Fall Azrael auszubügeln. Obwohl glockenklar feststand, dass Azraels geglückte Flucht auf meine Kappe ging, würde die Staatsanwaltschaft die Ermittlungen gegen mich einstellen, sollte ich einwilligen.

»Bis auf das Phantombild haben wir bislang nicht einen einzigen Beweis, dass Azrael wieder zurück ist. Wenn er mit dir in Kontakt tritt, meldest du dich, verstanden? Das darf auf keinen Fall so eskalieren wie die letzte Nummer. Sobald ich jemanden erübrigen kann, wirst du unauffällig observiert. Der Antrag für die Fangschaltung läuft.« Seine bedrückte Miene hatte deutlich gemacht, dass ihm jedes Wort leidtat.

Ich hatte das Präsidium mit einem Hundertmarkschein in der Tasche verlassen. Statt eines Abschiedswortes hatte er gesagt: »Für Sprit. Bis Haina ist es eine ordentliche Strecke«, als wäre die Entscheidung bereits gefallen.

Jeder andere wäre im Erdboden versunken, wenn man ihm Benzingeld zugesteckt hätte. Ich hingegen hatte den Schein ohne zu zögern angenommen, den Wagen aus der Innenstadt geholt und war nach Hause gefahren.

Ich stellte den Ford in der Nordstadt am Seitenstreifen ab. Mir fehlte jede Erinnerung daran, wie ich dorthin gekommen war. Die Augen von Azrael hatten mich verfolgt und meinen Verstand blockiert. Während ich geistesabwesend die Straße Richtung Matteos Pizzeria entlangging, gerieten meine Gedanken allmählich wieder in Fluss.

Das alles konnte bloß ein Irrtum sein. Vor wenigen Wochen war Azrael auf den Malediven gewesen. Richter Drömer, der auf Azraels Todesliste gestanden hatte, galt seither als vermisst. Er war bei einer Segeltour verschollen und jedem war klar, was das hieß. Es bedeutete aber auch, dass Azraels Mission damit erfüllt war. Es gab keinen Grund für ihn, sich durch eine Rückkehr in Gefahr zu bringen. Das Geld, das er sich mit seinen Winkelzügen ergaunert hatte, würde auf der Flucht eine Weile reichen. In Deutschland musste er jederzeit mit einer Verhaftung rechnen. Es gab eigentlich nur zwei logische Erklärungen: Entweder er war nicht freiwillig wieder hier oder sein ursprünglicher Plan war nicht vollständig abgearbeitet. Beide Möglichkeiten kamen mir gleichermaßen wahrscheinlich wie unwahrscheinlich vor. Er hatte mir versichert, dass wir quitt seien. Wenn, dann war er nicht wegen mir zurückgekehrt. Aber er wusste, dass ich erpressbar war und einen guten Mitspieler abgab. Ich durfte mich unmöglich schon wieder in eine derartige Zwickmühle manövrieren. Die Frage war lediglich, ob ich standhaft bleiben würde. Irgendwo in meinem Hinterkopf formte sich eine Antwort, die ich nicht hören wollte.

# 8

Ein paar Häuserblocks später erreichte ich den grauen Nachkriegsbau mit Matts Pizzeria. Der Schriftzug »Vesuvio« oberhalb des Eingangs war unbeleuchtet. Matt wohnte zwei Stockwerke über der Gaststätte. Ich klingelte, doch nichts geschah. Die Fenster vom Vesuvio starrten mich dunkel an, trotzdem gab die Eingangstür nach, als ich dagegendrückte.

Außerhalb der Öffnungszeiten verströmte der Gastraum eine wenig einladende Atmosphäre. Ich wanderte an den abgeräumten Tischen vorbei durch ein Gemisch aus kaltem Zigarettenqualm und Fettdunst, durch den ganz zart der Duft von frisch gemahlenem Kaffee in meine Nase wehte. Ich folgte ihm bis zur Theke. Durch einen Schlitz in der Durchreiche erkannte ich, dass die Küche ebenfalls stockdunkel war. Ich ging rechts am Schanktisch vorbei und klopfte an die angelehnte Tür zu Matts Büro.

Matt saß hinter seinem Schreibtisch und sortierte Belege. Seit man ihm ein Loch in die Lunge geschossen hatte, wirkte der Sizilianer nicht nur von der Körpergröße her klein, sondern bisweilen regelrecht zerbrechlich. Im Gegensatz zu mir kam er allerdings ohne psychologische Hilfe klar.

Er hob den Kopf und musterte mich. »Was isse mit dir passiert? Du siehse zum Furchten aus.«

»Vielen Dank für die nette Begrüßung. Ich habe schlecht geschlafen und hatte einen schlimmen Vormittag.«

»Willse druber rede?«

»Das wird eine längere Geschichte.«

»Espresso?«

Ich nickte. »Einen doppelten, bitte.«

Matt verschwand im Gastraum. Gedämpft vernahm ich die vertrauten Geräusche: das Ausklopfen des Siebträgers, das Fauchen der Maschine, während sie Wasser durch das Kaffeemehl presste. Ich hätte mir den Kaffee auch selbst machen können, aber seit Matt wieder auf den Beinen war, war Rosetta die Einzige, mit der er den Platz hinter dem Tresen teilte. In Wahrheit duldete Rosetta Matt, was sie ihn immer dann spüren ließ, wenn er im Weg rumstand und große Sprüche klopfte, und das kam bei Matts sizilianischem Gemüt ziemlich oft vor.

Er stellte eine dampfende Tasse vor mir auf den Tisch und lümmelte sich gegenüber in den Bürostuhl, dessen Federn so ausgeleiert waren, dass es aussah, als würde er nach hinten kippen. Matt nippte am Espresso und wartete mit halb geschlossenen Lidern ab, was ich zu erzählen hatte. Er wirkte erschöpft. Ich vermisste das übermütige Blitzen in seinen Augen und vermutete, dass er in einigen Nächten ebenfalls schweißgebadet hochschreckte.

Ein Schluck Espresso überbrückte den Moment, in dem ich überlegte, wie ich anfangen sollte. Dass Azrael Teil des Problems war, würde ich ihm erst mal verschweigen. Ich wollte Matt nicht mehr Angst einjagen als nötig. »Die Kripo zwingt mich, für sie zu arbeiten, wenn ich meine Zulassung zurückhaben will.«

Matt schnellte aus seiner lässigen Haltung nach vorn. »Warte, warte. Weiße noch, als du bisse hier reingeschneit und hast mir erklärt, dass Scharpinsky dich hat bei die Eier? Du weiße, wie das geendet ist? Ich habe echt keine Lust, mich noch mal über die Haufen schieße zu lasse.«

Mit dieser Reaktion hatte ich gerechnet, gut, dass ich Azrael nicht ins Spiel gebracht hatte. »Na ja.« Ob ich ihm antworten sollte, dass er an der Eskalation der Ereignisse nicht ganz unschuldig gewesen war? Ich ließ es so stehen.

»Was ›na ja‹? Isse gerade zwei Monate her und du steckse schon wieder bis zum Hals im Schlamassel.«

»Ich stecke in gar nichts drin. Ich hab noch einen Tag Zeit, mich zu entscheiden.«

»Okay, erzähl!« Matt hatte sich erneut in die Liegeposition begeben.

»Es ist so, dass Morde an Menschen verübt wurden, die vor Jahrzehnten zur Verurteilung eines Serienmörders beigetragen haben. Man hat den Kerl damals den ›Sandmann von Kassel‹ getauft. Er hat seine Opfer erdrosselt, ihnen die Augäpfel entfernt und die Höhlen mit Sand aufgefüllt.«

Matt verzog angeekelt den Mund. »Dio mio«, flüsterte er.

Ich überlegte, wie sich die Fakten so drehen ließen, dass Pollers Wunsch glaubwürdig klang, ohne dass ich Azrael erwähnen musste. »Der Sandmann befindet sich in Sicherungsverwahrung. Er könnte im aktuellen Fall hilfreiche Hinweise liefern. Dummerweise will er mit niemandem reden. Außer mit mir.«

Ich erschrak, als Matts Hand auf seinen Oberschenkel klatschte. »Das isse ein Scherz, oder?«

»Falls es einer ist, ist es ein ziemlich übler.«

»Und wenn du nicht mitspiels, behalte die deine Zulassung, oder was?«

Ich nickte.

»Durfen die das?«

»Die Kammer wird ihre Entscheidung auf das Urteil stützen, das noch aussteht. Meine letzte Verhandlung vor Gericht lief nicht gerade astrein, Richter Klotz' Aussage könnte mir das Genick brechen. Wenn nicht irgendwer ein gutes Wort für mich einlegt, hab ich kaum eine Chance.«

»Verstehe.« Matt schaute sinnierend an die Decke, dann wieder zu mir. »Und wie stelle die sich das vor? Ausgerechnet du solls eine Irre zu spreche bringe? Ich mein, schau dich mal an. Wann hasse zuletzt eine Nacht durchgeschlafe?«

Ich zuckte die Schultern. Ich hätte ihm tatsächlich nicht darauf antworten können.

»Vielleicht solls du auf deiner Zulassung pfeife und dir etwas anderes uberlegen.«

»Und was?«

»So was wie dieser Rockeford. Privatdetektiv. Capisci?«

»Ach, Matt. Nicht dein Ernst, oder?«

»Du bisse optisch ziemlich dicht dran.«

Bevor ich protestieren konnte, wischte er seine letzte Bemerkung mit einem Handwedeln fort. »Egal. Die Ganze klingt nach eine echt blode Idee. Was sage denn deine Frau Psychoarzt dazu?«

»Die weiß noch nichts davon. Ich ahne aber, was sie mir raten würde.«

»Vielleicht solls du dann ausnahmsweise mal auf sie horen. Was musse eigentlich passiere, damit du kapier, dass du so nich weitermache kanns?« Matt guckte wie ein Oberlehrer. Plötzlich zeigte sich ein schelmisches Lächeln auf seinem Gesicht. »Hasse heute Abend schon was vor?«

Ich zog eine Augenbraue hoch, das musste als Antwort ausreichen. Wahrscheinlich ahnte Matt gar nicht, wie gut mir sein Angebot tat: Die bloße Vorstellung, allein zu Hause sein zu müssen, wenn die Nacht anbrach, jagte mir den kalten Schweiß auf die Stirn.

»Prima. Wie isse ein netter Familienabend mit Rosetta, dem alten Herrn und mir? Du bekomms specialità siciliane und dann mache wir zwei es uns gemutlich.« Er grinste auf die Art und Weise, bei der ich hätte ins Grübeln geraten müssen, aber die Aussicht auf Gesellschaft und ein warmes Abendessen verdrängte alle Zweifel.

# 9

Die Suche nach Informationen über Poller würde die Zeit bis zum Abendessen bei Matt überbrücken und mich vielleicht einer Entscheidung näherbringen. Wer wäre besser geeignet, um mir zu erklären, wie der Psychopath tickte, als sein ehemaliger Gutachter Manfred Berkel? Ich war gespannt, ob er mir verraten würde, aus welchem Grund er Polizeischutz ablehnte.

Nachdem ich einige Runden gedreht hatte, fand ich eine Parklücke auf dem Karlsplatz. In der neuen Tiefgarage hätte es freie Plätze gegeben, das Geld dafür war mir jedoch zu schade. Bisher war ich mit Bußgeldern für nicht vorhandene Parktickets besser weggekommen.

Während ich am Rathaus entlangschlenderte, fiel mir Matteos Rat ein. Ob ich einen Abstecher zu Erda Loth wagen sollte? Unser, wie sie es nannte, Therapeut-Patienten-Verhältnis war etwas angespannt; ohne Termin bei ihr aufzutauchen, würde ihm womöglich den Rest geben, und das wollte ich auf keinen Fall riskieren.

Den Versuch, die Fahrbahn an der Einmündung zur Königsstraße direkt zu überqueren, blies ich ab, nachdem mich ein wütender Autofahrer angehupt hatte, den ich übersehen hatte. Für waghalsige Manöver war ich einfach zu müde, also doch die stinkende Unterführung.

So wie man die Stadt mit diesen Dingern zugepflastert hatte, machte es den Eindruck, als hätte man die im Krieg entwickelte Fähigkeit, unterirdische Bunker zu bauen, nicht verkümmern lassen wollen. Wenn es um das pure Wohl der Fußgänger gegangen wäre, dann wäre mehr Liebe in die Gestaltung mit eingeflossen. Die Mischung aus gefliesten

Wänden und betonierten Böden weckte eher die Assoziation von Schlachthof, in den die Menschen wie Vieh die Treppen heruntergetrieben wurden. Welche Gedanken einem so kamen, während man die Stufen in eine Unterführung hinabstieg. Ich war eindeutig zu kaputt, um dem sicheren Gang durch dieses unterirdische Pissoir irgendetwas Positives abgewinnen zu können.

Neben dem Treppenaufgang, den ich ansteuerte, lag der vergitterte Eingang zu einer Diskothek. Es stank nach Urin und den unzähligen Kippen, die verstreut herumlagen. Keine Ahnung, was für ein Volk sich in so einer unterirdischen Höhle wohlfühlte.

Ich half einer Frau mit Kinderwagen, die viel zu steil angelegte Rampe zu bewältigen. Die schmalen Fahrspuren mit den für zwei Füße zu eng bemessenen Stufen dazwischen hätte sie nur mit Anlauf geschafft. Sie bedankte sich und schob von dannen, während ich mich dem zurückgesetzten Portal des darüber auskragenden Hochhauses zuwandte. Jetzt erst wurde mir bewusst, dass die Diskothek, die ich in der Unterführung passiert hatte, Teil des Kellergeschosses dieses Trumms war. Das vollverglaste Erdgeschoss beherbergte ständig wechselnde Läden für irgendwelchen Kram, den niemand brauchte, und in den darüber liegenden elf Stockwerken residierten überwiegend Versicherungen und Behörden.

Ich drückte die schmierige Glastür auf und nahm den Aufzug, in dem der scharfe Geruch von Schweiß und Reinigungsmitteln hing. Auf dem Knopf zur vierten Etage klebte zum Glück kein Kaugummi.

Oben angekommen, fand ich ein Schild neben einer Glastür, das mir verriet, dass dahinter die Räume des Sozialpsychiatrischen Dienstes lagen. Ich ging hinein, orientierte mich kurz und schritt an den geschlossenen Bürotüren entlang, bis ich das Namensschild mit dem Aufdruck »Dr. M. Berkel« entdeckte. Ich klopfte an. Keine Antwort. Vorsichtig drückte ich die Klinke nach unten. Unverschlossen, ich öffnete die Tür.

Erstaunt ließ ich den Raum auf mich wirken. Im Gegensatz zum kalten Amtsflur hatte sich hier jemand ein gemütliches Heim gestaltet. Das großzügig geschnittene Zimmer war vollgestopft mit privaten Gegenständen. Eine kränkelnde Pflanze ging beinahe unter in Urlaubssouvenirs, die sich dicht auf der langen Fensterbank des Eckbüros drängten. Afrikanische Holzschnitzereien, Muscheln, ein Fernglas, Gläser mit Sand, Matroschkas, ein arabischer Dolch, unzählige gerahmte Fotografien von grandiosen Landschaften und ein kleiner Globus. Jemand hatte sich die Sehnsucht nach besseren Tagen wie ein Schutzschild gegen die Außenwelt in den Rücken gebaut. Der Schreibtisch war ebenso vollgestellt, sodass ich den blassen Mann dahinter im Gegenlicht der großzügigen Fensterfront beinahe übersehen hätte.

Er ließ eine Lesebrille auf den Nasenrücken rutschen und musterte mich ernst. »Die AIDS-Beratungsstelle ist eine Etage tiefer.«

Unwillkürlich musste ich schlucken, es war Zeit, dass ich ein paar Kilo zunahm. »Ich wollte zu Ihnen.«

Er setzte sich aufrecht und legte die Lesebrille auf den Schreibtisch. »Zu mir?«

»Entschuldigen Sie, dass ich unangemeldet auftauche. Mein Name ist Meinhard Petri, ich bin Anwalt.« In Gedanken fügte ich an »ohne Zulassung«. »Die Kripo Kassel hat mich um Mitarbeit gebeten.«

Manfred Berkel brauchte ich nichts zu erklären, immerhin hatte man ihm Polizeischutz angeboten, also wusste er Bescheid. »Ich habe denen bereits gesagt, dass ich mit dieser Geschichte nicht mehr behelligt werden möchte.«

»Das kann ich verstehen, trotzdem sollten Sie wissen, dass Frenzel heute Morgen ermordet aufgefunden wurde.«

Berkel stützte sich auf die Stuhllehne und fixierte mich ungläubig. Ich bemerkte, dass seine Halsschlagader pulsierte.

»Sie sollten das Angebot für Personenschutz ernsthaft in Erwägung ziehen.«

»Frenzel stand unter Beobachtung, oder? Sie sehen ja, wie sicher man damit ist. Nein danke, ich passe lieber selbst auf mich auf.«

Ich spürte seine Feindseligkeit über den Schreibtisch kriechen. Er hatte sich erstaunlich schnell wieder gefasst.

»Sie sind Anwalt. Warum schicken die Sie her?«

»Ich bin aus reiner Neugierde hier. Poller ist bereit, zu reden, allerdings nur mit mir.«

»Ach, so ist das.« Berkel guckte mich zwar an, aber zugleich durch mich durch. Er lehnte sich in seinem Stuhl zurück. »Wenn Sie sich auf Pollers Masche einlassen, dann sind Sie selbst schuld. Sie glauben doch nicht einen Augenblick lang, dass ein Höllenhund wie er fair spielen wird.« Er schien nachzudenken. »Noch mal: warum Sie?«

»Ich war vor Kurzem in einen Fall von Serientötungen verwickelt, der durch die Presse ging. Poller findet es wohl amüsant, sich mit jemandem zu unterhalten, der ins Visier eines Serienmörders geraten ist.«

»Sie sind das also?« Jetzt musterte er mich derart indiskret, dass es besser gewesen wäre, ihm auf Augenhöhe gegenüberzusitzen, anstatt zu stehen. »Poller lenkt bloß die Aufmerksamkeit auf sich, so wie er es von Anfang an getan hat, und beschäftigt die Ermittler mit Nebensächlichkeiten. Ich habe der Kripo bereits erklärt, dass sie diesen Kerl immer noch nicht durchschaut haben.«

»Sie meinen also, Poller könnte sich möglicherweise in den Vordergrund spielen wollen, sonst nichts?«

»Woher kann man das schon wissen? Wahrscheinlich imitiert da ein Irrer sein großes Vorbild oder glaubt, den

Sandmann rächen zu müssen, und Poller lacht sich ins Fäustchen. Wenn Sie sich mit ihm beschäftigen, verschwenden Sie wertvolle Zeit bei der Suche nach dem wahren Täter.«

»Sie kennen die Theorie, dass Pollers letzte Tat gar nicht von ihm verübt worden ist?«

Er kniff ein Auge zu. »Selbstverständlich. Ich habe das psychologische Gutachten verfasst, der Mord an Jungbluth war ein wesentlicher Bestandteil.«

»Und zu welchem Ergebnis sind Sie gekommen?«

»Ich würde niemals vorschnell Pollers Aussagen Glauben schenken, aber in diesem Fall gab es keinen Grund, an ihnen zu zweifeln. Wenn Sie es genau wissen möchten, lesen Sie einfach mein Gutachten.« Berkel stand auf. Was ihn anging, war unser Gespräch beendet.

Einen letzten Versuch war es wert. »Wollen Sie das Angebot der Kripo nicht erneut überdenken?«

Bevor Berkel mir antworten konnte, öffnete sich die Tür zum Büro, und es tauchte ein Gesicht in dem entstandenen Spalt auf, besser gesagt schoben sich eine üppige Lockenmähne und ein dichter Vollbart hindurch. »Störe ich? Ich kann später wiederkommen.«

»Nein, nicht nötig, Lars. Wir sind ohnehin fertig. Herr Petri wollte gerade gehen.«

Der Vollbart trat in den Raum. »Ist echt kein Problem, dass ich noch mal gehe. Ist nicht so dringend.« Er sah aus, als hätte man ihn gerade bei einer Anti-AKW-Demo eingesammelt: Norwegerpulli, ausgeblichene Bundfaltenjeans und dicke, selbst gestrickte Socken in Jesuslatschen. Er erwiderte meinen indiskret musternden Blick mit einem Schmunzeln, das mir zu raten schien, selbst mal kritisch in den Spiegel zu schauen. Er hatte absolut recht. Wir wirkten wohl beide wie Klischees aus einer anderen Zeit.

»Ich hab doch gesagt, es ist in Ordnung.« Berkel hatte genervt die Stimme erhoben.

Ich legte eine Visitenkarte auf einen freien Fleck am Rand der Tischplatte. »Wenn Sie mir etwas zu sagen haben, rufen Sie an.«

Berkel presste die Lippen aufeinander.

Vor dem Büro lehnte ich mich an die Flurwand und wartete. Keine zwei Minuten später tauchte der Mann mit dem Vornamen Lars wieder im Türrahmen auf. Er drehte mir den Rücken zu und lief den Gang entlang in die entgegengesetzte Richtung.

»Warten Sie!« Ich eilte ihm nach.

Er musste derart in Gedanken versunken sein, dass er mich erst bemerkte, als ich ihm auf die Schulter tippte.

»Entschuldigung. Ich wollte Sie nicht erschrecken. Können wir uns kurz unterhalten?«

»Klar. Kommen Sie mit in mein Büro.«

Er ging vor mir her und wir folgten dem Flur, der im rechten Winkel abbog. Nach weiteren zehn Metern erreichten wir sein Büro. »Lars Schreiber« verriet das Namensschild. Jetzt hatte der Vollbartträger endlich einen vollständigen Namen.

Er trat ein, legte eine Akte, die er in der Hand gehalten hatte, auf den Tisch, der bis auf ein Telefon, einen Notizblock und eine Ablage für Stifte vollkommen leer war. Mir kam der Gedanke, dass Berkel und Schreiber eigentlich die Büros tauschen müssten, um das Bild geradezurücken.

»Wollen Sie Platz nehmen?«

»Nein danke. Ich wollte nur wissen, wie lange Sie schon mit Berkel zusammenarbeiten.«

»Als ich vor vier Jahren im Gesundheitsamt anfing, war er bereits Leiter der Abteilung.«

»Wissen Sie etwas über seine Vorgeschichte?«

»Klar. Weiß hier jeder. Ist ja kein Geheimnis.«

»Nämlich?«

»Das Gutachten für diesen Typen ...« Er kaute auf der Unterlippe.

»Poller«, half ich aus.

»Ja genau, Poller, also der hat ihm ziemlich zugesetzt. Ihm ist wohl klargeworden, dass er nicht die nötige Distanz für solche Fälle aufbringt. Es hat eine ganze Weile gedauert, bis er wieder stabil genug war, um als forensischer Psychologe zu arbeiten. Seit er in dieser Abteilung ist, geht es ihm besser.«

»Hat er darüber gesprochen, dass man ihm Polizeischutz angeraten hat?«

»Nein, wieso denn das?«

»Das sollte er Ihnen selbst erklären. Vielleicht versuchen Sie, ihn davon zu überzeugen, dass es eine gute Idee wäre, das Angebot anzunehmen.«

Schreiber kniff die Augen zusammen. »Er wird seine Gründe haben. Ich muss jetzt echt was arbeiten.«

Ich hatte den Raum fast verlassen, als Schreiber mir hinterherrief: »Vielleicht erträgt er es nicht, kontrolliert zu werden. Wissen Sie, er kann erst seit ein paar Monaten wieder in einen Aufzug steigen, ohne eine Panikattacke zu bekommen. Können Sie sich vorstellen, wie wichtig Selbstbestimmung ist, wenn man sich mühsam das eigene Leben zurückerobert hat?«

Ich zog die Tür hinter mir zu und schaute den neonbeleuchteten Flur entlang.

*Das konnte gerade ich mir sogar sehr gut vorstellen.*

# 10

Zu Hause hatte ich mich in den Sessel gesetzt, den Fernseher eingeschaltet und war eingenickt. Mit schmerzendem Nacken kam ich eine halbe Stunde zu spät bei Matteo an. Im Treppenhaus stand der Geruch von Bohnerwachs und sizilianischer Hausmannskost. Ich spürte zum ersten Mal an diesem Tag, dass ich kurz davor war zu verhungern.

Matt sah vorwurfsvoll auf die Uhr.

»Entschuldige, bin eingeschlafen.«

»Das musse nicht mir erkläre, sondern Rosetta.«

Ich folgte ihm und dem Duft in die Küche. Rosetta lehnte am Herd, Matteos Vater Luca saß eingeklemmt zwischen Küchentisch und Wand.

»Damitte nicht umfallt«, kommentierte Rosetta meinen fragenden Gesichtsausdruck, dann kam sie zu mir und drückte mich fest an ihren dicken Busen. »Esse is fertig. Setz dich!«

Ich betrachtete den gedeckten Küchentisch und erkannte, dass mein Platz an der Seite von Luca war, der hohlwangig auf die Tischplatte starrte. Sein magerer Körper wurde hin und wieder von schluckaufartigen Zuckungen geschüttelt. Ich verrenkte den Hals, bis ich mich in sein Blickfeld geschoben hatte. »Come stai, Luca?«

Ein winziges Blitzen leuchtete in den trüben Augen auf, und sein zahnloser Mund brachte tatsächlich so etwas wie ein schauriges Lächeln zustande. »Bene, bene.«

Er wusste sicher nicht, wer ich war, und er roch, wie viele Menschen in seinem Alter eben riechen. In der Küche von Rosetta und Matteo war man unweigerlich Teil einer sizilianischen Familie, und da vervollständigte Matteos alter Herr schlicht das Gesamtbild. Ebenso gehörte dazu, dass sich der Tisch unter Weinflaschen, Schalen und Schüsseln bog. Nichts von dem, was vor mir stand, fand man auf der Speisekarte des Vesuvio. Es war von Rosetta zu Essen verwandelte sizilianische Liebe, von der nicht nur der Körper satt wurde.

Matt goss Rotwein ein, Rosetta stellte eine Auflaufform auf den Tisch und setzte sich mitsamt ihrer bekleckerten Küchenschürze. Im Stehen erhob Matt sein Glas, wie es sich für den Patron gehörte. »Auffe Familia!«

»Correttamente«, nuschelte Luca neben mir.

Ich half ihm, die zitternde Hand zum Weinglas zu führen, und stimmte ihm zu: »Correttamente!«

»Und jetzt greife zu«, forderte Rosetta mich auf. Sie schaute stolz auf den überfüllten Tisch und wartete, bis die Männerrunde volle Teller vor sich stehen hatte, dann nahm sie sich selbst.

»Matt meinte, du brauche ein Gespräch unter Männer«, sagte Rosetta. »Was isse denn die Problem?«

»Meinardo soll fur der Polizei eine irre Seriemorder treffe«, sprudelte es aus Matt heraus.

Ich versuchte, ihn mit einem Fußtritt unter dem Tisch zu stoppen, aber es war bereits zu spät.

»Au! Isse doch wahr, oder?«

Ich warf Rosetta ein verzweifelt unschuldiges Lächeln entgegen.

Sie ließ ihr Besteck klirrend auf den Teller fallen. »Meinardo, du weiße, ich hab dich lieb wie eine Bruder. Aber wenn du das machs, bisse bekloppter, als ich gedacht habe.«

»Ach, Rosa. Wenn ich ablehne, kriege ich meine Zulassung nicht zurück.«

»Die sinne ja fieser als die Mafia.«

Wie auf ein Stichwort hin gluckste Luca und verlor ein paar Brocken von dem Essen, das er im Mund hatte. Er verschluckte sich, und Matteo klopfte sanft auf seinen Rücken. »Piano, papà, piano.« Dann wandte er sich Rosetta zu. »Rosa, lasse mich das mal mache. Ich red ihm diese Unsinn schon aus.«

»Jaja, ihr zwei. Was dabei rauskomm, wenn man euch mache lasse, weiße ich ganz genau.«

»Rosa, cara«, säuselte Matt, »du musse mir vertraue.«

»Pff«, gab Rosetta von sich und sah mich an. »Meine Lieblingsanwalt, es gibte Sache, da solle du einfach die Finger ablasse.« Sie schlug auf die Tischplatte. »Basta!«

Was Rosetta anging, war damit das letzte Wort gesprochen. Selbst Matt presste die Lippen aufeinander. Den Rest des Essens verbrachten wir schweigend, nur hin und wieder von Lucas Husten unterbrochen.

Matt hatte das Wohnzimmer für einen Videoabend vorbereitet. Auf dem Couchtisch stand eine Literflasche Rotwein, daneben Schalen mit Chips und Nüssen und die angebrochene Schüssel Tiramisu vom Abendessen, die aussah, als hätten Mäuse davon stibitzt, weil wir alle so satt gewesen waren, dass jeder gerade noch ein Löffelchen davon probiert hatte.

Matt kniete vor dem Fernseher auf dem Boden und nahm eine Videokassette vom Verleih um die Ecke aus einer Hülle. Ich lümmelte bereits auf dem durchgesessenen Sofa und versuchte, die Kissen im Rücken so zu platzieren, dass ich nicht mit Rückschmerzen würde heimgehen müssen. Matt hielt mir die Kassette hin. »Habe ich in die Videothek ausgeliehe. Anschauungsmaterial«, säuselte er bedeutungsschwanger.

»Das Schweigen der Lämmer«, las ich. »Matt, das ist nicht dein Ernst. Soll mich das etwa umstimmen?«

»Sì!«, lautete sein Kommentar. Er füllte zwei Gläser mit Rotwein, stellte die Lautstärke des Fernsehers hoch und startete das Video mit der Fernbedienung.

# 11

Obwohl jede einzelne Zelle meines Körpers nach Schlaf schrie, hatte mich der brutale Thriller wach gehalten. Matt schnarchte neben mir in einer verkrümmten Haltung mit offenem Mund. Nachdem der Abspann durchgelaufen war, schaltete ich Videorekorder und Fernseher aus und schlich aus der Wohnung. Die kalte Nachtluft vertrieb die Müdigkeit bloß kurz. Wie ferngesteuert schlurfte ich über den Bürgersteig. Meine wabernde Silhouette sprang bei jeder Laterne, die ich passierte, von vorn nach hinten. Sogar mein Schatten war agiler als ich.

Irgendwie trugen meine bleischweren Beine mich bis zu dem heruntergekommenen Mehrfamilienhaus, in dem ich wohnte. Ich fiel mit der Tür in den Flur und schaffte die Treppenstufen, indem ich sehr konzentriert jede einzelne in Angriff nahm. Als die Fußmatte vor meiner Wohnung in mein Blickfeld wanderte, krallten sich meine Finger reflexartig am Treppengeländer fest. In der nächsten Sekunde war ich hellwach.

*Bitte nicht.*

An der Tür lehnte ein Briefumschlag.

Das Blei in meinen Beinen schien zu vibrieren. Ich wäre mit den Knien auf die Stufen gesackt, wenn meine Finger das Geländer nicht umklammert hätten, als wären sie daran festgefroren. In Blut getränkte Erinnerungsblitze durchzuckten mein Hirn. Ein Gedanke bohrte sich mühsam hindurch. Wer auch immer den Umschlag dort hingestellt hatte, war ungestört hier reinspaziert und längst über alle Berge. Wenn der Kripo ernsthaft daran gelegen war, keine weiteren Toten verantworten zu müssen, sollte sie dringend ihre

Überwachungsstrategien überdenken. Die Panikattacke, die sich angemeldet hatte, wurde von Wut weggeschwemmt. Ich schnappte mir den Umschlag, nahm ihn mit in die Wohnung und pfefferte ihn angewidert auf den Sessel im Wohnzimmer.

Ich hatte die Schnauze gestrichen voll. Waren denn wirklich alle der Meinung, dass ich nur dazu taugte, herumgeschubst zu werden? Die kluge Frau Loth mit ihrem Ratschlag, ich müsse endlich ehrlich zu mir selbst sein. Und wenn ich es rausschrie: »Ich bin ein Spieler! Ich habe mein Leben verzockt! Meine Ex-Frau hasst mich, meine Kinder wissen nicht mehr, wie ich aussehe!« Nichts würde das ändern. Überhaupt nichts.

Ich war vor dem Sessel auf und ab geschritten und stoppte. Der Strom der Gedanken war wie abgeschnitten, die Wut blieb. Ich schnappte mir den Umschlag, riss ihn auf – Scheiß auf irgendwelche Spuren – und zog eine Karte heraus. Eine Kondolenzkarte. Herzliches Beileid. Zitternd klappte ich sie auf.

*Schlaf, Kassel, schlaf. Petri hüt die Schaf.*
*Der Mörder schärft das Messer fein*
*Und sticht damit ins Äugelein.*
*Schlaf, Kassel, schlaf.*


*Unser gemeinsamer Freund freut sich auf Ihren Besuch. Sie sollten ihn nicht enttäuschen.*
*Azrael*

# TEIL II

# 1

*Wach auf!*

Ich schreckte hoch und sah mich nach dem Ursprung der Stimme um. Es war natürlich niemand da. Mein Puls raste. Ich war im Sessel eingeschlafen, das Testbild flimmerte. Ich konnte kaum ein paar Stunden geschlafen haben. Draußen löste sich der anbrechende Tag im Grau der Nacht auf wie Tinte in Wasser.

Ächzend kämpfte ich mich hoch und streckte den Rücken. Jede einzelne Sehne protestierte gegen die Dehnung, und einen stechenden Schmerz oberhalb der Hüfte verstand ich als deutliche Warnung.

Ich hob Azraels Nachricht auf und nahm sie mit in die Küche, kochte Kaffee und trank ihn im Stehen. Mein Magen knurrte, und die Lider am Zufallen zu hindern, beanspruchte jeden Fitzel verfügbare Willenskraft. Bald würden sich Schlaf und Wachsein untrennbar überlagern. Niemand konnte in so einer Verfassung irgendeine sinnvolle Entscheidung treffen. Sollte ich mich dem Druck beugen und mitspielen? Mein Kopf war ein dröhnendes Vakuum und gab nichts her, was mir half, eine Antwort zu finden. Ich sah mir Azraels Botschaft genauer an. In der Vergangenheit hatte er mit links geschrieben, eine ungelenk kippende Handschrift. Er schien es nicht länger für nötig zu befinden, sie zu verstellen. War es auch nicht, seit sein Gesicht in allen Zeitungen abgedruckt worden war. Mir war bewusst, dass ich die Karte längst hätte abliefern müssen, doch irgendetwas hielt mich zurück. Da sich die Zweifel durch pures Rumsitzen nicht zerstreuten und ich im Schrank nur noch ein ungebügeltes Hemd und eine löchrige Unterhose fand, packte ich eine Tasche mit Dreckwäsche und lief zur Münzwäscherei an der Weserspitze. Die Viertelstunde Fußmarsch löste das Knäuel im Kopf und ich genoss die ersten wärmenden Sonnenstrahlen. Kaum war es nicht mehr zu leugnen, dass der Sommer vor der Tür stand, begannen sogar die Menschen in der Nordstadt zu lächeln.

Morgens um neun war nicht viel los im Waschsalon. Ein vermutlich Obdachloser schlief zusammengekauert auf einer Holzbank. Ich stopfte die Wäsche in eine Maschine und setzte mich in einiger Entfernung zu ihm hin. Zwei Türkinnen legten an der Mangel bergeweise Kleidungsstücke zusammen, während eine wuselige Schar Kinder um sie herumtobte. Nach dem dritten Versuch gab ich es auf, zu zählen, wie viele es waren. Mir war der Lärm ganz recht, er hinderte mich daran, es dem Obdachlosen gleichzutun und einzuschlafen. Ich sah den Zwergen zu. Einer kam zu mir rüber. »Mach mal auf.« Er hielt mir seine winzige Kinderhand flach hin, um mir zu zeigen, was er von mir erwartete. Ich streckte ihm die Handfläche entgegen. In einem heiligen Akt ließ er nacheinander fünf körperwarme, weiche Gummibärchen hineinplumpsen. Er hüpfte kichernd davon. Seine Mutter warf mir einen entschuldigenden Blick zu, ich signalisierte ihr, dass alles in Ordnung sei.

Beim Bäcker nebenan holte ich mir ein Hörnchen sowie eine Tageszeitung und zog mir aus dem Automaten im Salon einen Kaffee. Mein Magen kommentierte beides mit wohligem Grummeln. Die Zeitung berichtete natürlich auf der Titelseite über Frenzels Tod. Eine Verbindung zum Mord an Sehling und Wiener wurde nicht gezogen, das hatte die Presseabteilung der Kripo wohlüberlegt für sich behalten, um Panik zu vermeiden. Ich lehnte den Rücken an eine Betonsäule, schaute den draußen vorbeieilenden Studenten zu und ließ die Gedanken treiben.

*Schlaf, Kassel, schlaf.* Dieses seltsame Schlaflied. Es spielte ganz klar auf Pollers Spitznamen »Sandmann« an, aber wo war die Verbindung? Irgendwo in meinem Hinterkopf rumorte eine Vorahnung, die mir den Kaffee sauer die Speiseröhre hinauftrieb: Azraels Pläne würden wir erst verstehen, wenn es bereits zu spät wäre. Er würde frühestens kurz vor Abschluss seiner Mission in Erscheinung treten. Die Briefe waren lediglich eine Art Vorspiel. Eine kleine Aufwärmübung, damit ich nicht vor Schreck davonrannte, sollte er eines Tages vor mir stehen. So lange würde er mich zappeln lassen. Ich hasste es, ihn so gut zu kennen, dass ich sein Spiel durchschaute, weil es mir trotzdem nicht den geringsten Vorteil verschaffte.

Außer mir gab es noch eine weitere Person, die wusste, dass er etwas ausheckte, und falls ich hoffte, jemals auf Azraels Augenhöhe zu gelangen, blieb mir keine Wahl, als der höflichen Einladung nachzukommen und Poller zu besuchen. Seinen Freund, wie Azrael ihn nannte.

Ich wachte davon auf, dass mir der Junge mit den Gummibärchen seinen Zeigefinger in den Oberarm drückte. Der Knirps guckte mitleidig, was wegen seines unschuldigen Kleinkindgesichts wie ein Boxhieb wirkte. Der Reflex, dem Kind Wachheit vorzuspielen, wurde von einem Ziehen im Rücken vereitelt, das sich anfühlte wie das Ergebnis dieser Thai-Massage, die meine Ex-Frau Conny mir mal zum Geburtstag geschenkt hatte. Jeder einzelne Knochen schien zu knacken, während ich mich aufrichtete.

Ich stopfte die feuchte Wäsche in meine Sporttasche und trottete in der Frühsommersonne über den Ahnepark zurück. In der Henkelstraße brüllten sich zwei Halbstarke vor einem Hauseingang an. Ich machte einen großen Bogen um die beiden, da ein Funke auszureichen schien, dass Messer gezogen wurden. Bei der Lautstärke bekam ich unwei-

gerlich mit, dass es um die Schwester des einen und die
»Drecksfinger« des anderen ging. Entweder würde es am
Ende des Tages Tote zu beklagen oder eine Hochzeit zu fei-
ern geben. Ich grinste in mich hinein, zumindest mein Gal-
genhumor funktionierte noch astrein. Durch die unzusammenhängenden Fetzen drang der letzte Satz, der mit einem
Fausthieb auf die Nase unterstrichen wurde: »Du Assi hältst
dich gefälligst von meiner Sister fern!« Wahrscheinlich doch
eher Tote als Hochzeit.

Ich schlenderte weiter. Gerade eben hatte ich mich gefragt,
was Azrael wohl veranlasst haben könnte, zurückzukehren.
Die Antwort hatten mir die zwei Streithähne geliefert. Es
gab nur einen Menschen, für den er dieses Risiko einginge:
seine Schwester Riva Levin.

Ich fand die Stelle, wo ich den Ford geparkt hatte, warf
die Tasche auf den Rücksitz und machte mich einer Eingebung folgend auf den Weg Richtung Bebelplatz.

# 2

Während sich mein Leben dauerhaft am unteren Rand der
Existenz eingepegelt hatte, hatte sich das von Riva Levin
absturzartig verändert. Man hatte sie wegen geringer Flucht-
gefahr bis zu ihrer Verhandlung auf freien Fuß gesetzt. Mit
ein wenig Glück und einem cleveren Anwalt würde sie die
Anklagebank ohne Vorstrafe verlassen. Dass sie an den Taten

ihres Bruders unmittelbar beteiligt gewesen war, konnte man ihr nicht nachweisen, und der Vorwurf der Strafvereitelung war in ihrem Fall unproblematisch, weil das in unserem Rechtssystem innerhalb der direkten Verwandtschaft straffrei blieb. Vielleicht hatte man sie genau aus dem Grund, der nun eingetreten war, nicht in U-Haft genommen: Sie konnte immer noch als Köder für ihren Bruder dienen, falls der wieder auftauchte. Rivas Konten waren eingefroren, und wie sie es nach dem Suizid ihres Mannes befürchtet hatte, hatte sich dessen Sohn aus erster Ehe den Verlag unter den Nagel gerissen. Sie hatte ihm sogar die Villa am Mulang überlassen und wohnte nun vorübergehend in einer Dachgeschosswohnung in einem Altbau in der Elfbuchenstraße. Ich hatte sie das letzte Mal im Krankenhaus gesehen, als ich Matt besucht hatte, und war ihr bewusst aus dem Weg gegangen. Nur weil Rosetta mir bei jeder Gelegenheit unter die Nase rieb, dass sie Riva für unschuldig hielt, wusste ich, wie es ihr ergangen war. Mama Rosetta fühlte sich für Rivas Schicksal mitverantwortlich, vielleicht, weil Matt nicht ganz unbeteiligt an dem dramatischen Ausgang der Ereignisse gewesen war, vielleicht aber auch wegen der Erinnerung an die Zeit, in der Rivas Mutter Laima und sie in derselben Putzkolonne gearbeitet hatten. Bevor Laima sich umgebracht hatte.

Ich fuhr an den Häuserzeilen vorbei, verrenkte mir den Hals auf der Suche nach einem Parkplatz und passierte einen Streifenwagen. Keine Ahnung, wie die Beamten es geschafft hatten, einen freien Platz direkt vor dem Haus zu ergattern. Immerhin bedeutete es, dass Riva zu Hause war. Einige Runden um den Bebelplatz später hatte ich eine Parklücke gefunden. Als ich zu Fuß das Haus erreichte, war der Streifenwagen leer.

Ich klingelte. Eine Gegensprechanlage gab es nicht, Zustand und Alter des Mehrfamilienhauses ähnelten meiner Behausung. Mit dem Summen drückte ich die Tür auf. In dieser Gegend konnte man immerhin Kinderwagen unbeaufsichtigt im Eingangsbereich stehen lassen.

Ein Stockwerk weiter oben hatte jemand auf einem Tischchen einen Gummibaum wie einen steifen Wächter vor einem Fenster postiert, vor den Wohnungen lagen Fußmatten mit dem Schriftzug »Willkommen«, daneben eine Ansammlung ausgelatschter Schuhe. In der vierten Etage musste ich kurz zu Atem kommen, dann presste ich mein Ohr an eine Wohnungstür ohne Namensschild, hinter der ich Stimmen hörte. Offensichtlich war die Stimmung im Innern gar nicht so schlecht. Ich hätte gar nicht indiskret lauschen müssen, lautes Lachen drang bis in den Flur. Plötzlich wurde die Tür aufgerissen. Ich wäre beinahe einer Polizistin in die Arme gefallen, die mich böse anstarrte.

Riva erschien im Flur. Ein nervöses Flackern huschte über ihr Gesicht. Eine Sekunde später hatte sie sich gefangen und reagierte schlagfertig. »Das ist in Ordnung. Herr Petri ist mein Anwalt.«

Die Polizistin gab den Weg frei. Eigentlich hätte sie den Anwaltsausweis verlangen müssen, tat sie aber nicht. Riva hatte eine Unschuldsmiene aufgelegt, die ich ihr, im Gegensatz zu der Beamtin, nicht abkaufte.

»Dieses Gespräch ist vertraulich. Könnten Sie uns bitte allein lassen?«, fragte Riva den anderen Polizisten, der mit einer Kaffeetasse in der Hand neben sie getreten war. Butterweich, wie sie die Frage schnurrte, war klar, dass auch der nicht nach meinem Ausweis fragen würde.

Sobald die Beamten ins Treppenhaus getreten waren, schloss Riva die Tür hinter ihnen. Ihre Gesichtszüge wurden hart. »Wie kommt es, dass du dich dazu durchgerungen hast, hier aufzutauchen?«

»Das weißt du besser als ich.«

»Falls du damit andeuten willst, dass ich weiß, wo Gilbert sich aufhält, bist du schief gewickelt.«

Sie nannte ihn Gilbert. Für mich war er Azrael. Rivas Welt und die meine näherten sich zwar äußerlich an, im Innern unterschied sich die Wahrnehmung jedoch gewaltig. Ihre Haltung strahlte die Angriffslust aus, die ich von ihr gewohnt war. Sie war eine Frau, die stets bekommen hatte, was sie wollte. Vielleicht war ihr bis jetzt nicht klar, was die veränderten Spielregeln in letzter Konsequenz für sie bedeuten konnten. Als ob sie meinem stummen Monolog insgeheim zustimmte, ließ sie mit einem Seufzen die Schultern sinken. »Ich habe Kaffee gekocht. Setzen wir uns.«

Sie ging voraus in eine winzige Küche, der man neben einer Küchenzeile den Platz für einen kleinen Tisch und zwei Stühle abgetrotzt hatte. Es roch nach Rauch, auf einer Untertasse war eine Zigarette ausgedrückt worden. Riva kippte das Fenster und deutete auf den improvisierten Aschenbecher. »Ich lass die Polizisten immer mal hier oben eine qualmen. Rauchst du?«

Sie kannte mich offensichtlich nicht so gut, wie sie es nach unserer missglückten Episode eigentlich müsste. Im Handschuhfach des Ford lag eine angebrochene Packung Zigaretten, die ich gekauft hatte, als Azrael meine Welt endgültig aus der Spur geschubst hatte. Damals hatte das Nikotin geholfen, das Flattern meiner Nerven zu beruhigen, seither hatte ich die Kippen nicht mehr angerührt.

Ich schüttelte den Kopf. Riva nahm die Untertasse und stellte sie in die Spüle, goss Kaffee ein, und wir setzten uns an den Tisch. »Du siehst schlecht aus.« Ich las keine Häme oder Mitleid in ihrer Miene, sondern hielt den Ausdruck auf ihrem Gesicht für Verständnis. Während wir uns gegenseitig musterten, trafen sich unsere Blicke, und wir schlossen wortlos Waffenstillstand. Heute würden körperliche Makel, die die psychischen Belastungen der letzten Wochen hinterlassen hatten, kein Thema sein.

Unser Treffen fühlte sich vertraut an, und ich musste mir eingestehen, wie groß meine Sehnsucht danach gewesen war, Kaffee mit einer Frau zu trinken, die mich nicht professionell taxierte wie Erda Loth oder betüddelte wie Rosetta. Um den Gedanken zu beenden, bevor er womöglich dorthin führen würde, wo Riva und ich auf keinen Fall erneut landen durften, legte ich die Karten auf den Tisch. »Hat er sich bei dir gemeldet?«

»Ich habe der Kripo bereits gesagt, dass er das nicht hat.«

»Und was sagst du mir?«

»Dasselbe.«

Das Schlimme war, dass ich ihr glauben wollte. Das wohlige Gefühl in meinem Bauch verdrängte jeden aufkeimenden Zweifel. Es wurde Zeit, dass ich hier wegkam, bevor etwas geschah, was ich sehr bereuen würde. »Er hat tatsächlich keinen Grund, zurückzukehren. Es sei denn, es hat mit dir zu tun.«

»Kann ja sein, bloß wenn es so sein sollte, wüsste ich nicht, was ihn dazu veranlasst haben könnte. Dass ich seinetwegen bis zum Hals in Schwierigkeiten stecke, war ihm bereits klar, als er sich aus dem Staub gemacht hat. Dass er daran nichts ändern kann, auch. Es wird ja alles nur schlimmer, wenn er nicht dortbleibt, wo der Pfeffer wächst.«

Ich nahm ihr den Ärger sogar ab. Vielleicht hatte sie wirklich nicht wahrhaben wollen, zu welchen Taten ihr Bruder fähig war, oder ich redete mir das ein und die Abgebrühtheit lag in der Familie. Aber hätte sie dann zugelassen, dass er sie mit in den Abgrund riss? »Hast du eine Ahnung, ob es möglicherweise noch etwas für ihn zu erledigen gibt?«

»Was soll das? Es gibt für seine Rückkehr nicht den geringsten Beweis, oder?«, konterte sie.

»Er hat mir eine Botschaft vor die Tür gelegt.«

Sie schaute ungläubig.

»Ein Schlaflied, das wie eine Morddrohung klingt, und die Aufforderung, mitzuspielen.« Ich hatte dummerweise die Karte in meiner Küche liegen lassen. Ich hoffte, die Beschreibung würde sie überzeugen.

Sie sog scharf die Luft ein. »Riecht verdammt nach Gilbert.« Die Besorgnis in ihren Augen war echt.

Da ich nicht wusste, was die Kripo ihr bereits erzählt hatte, ließ ich das Phantombild unerwähnt. »Hat er irgendwann durchblicken lassen, dass Rechnungen offengeblieben sind?«

»Du glaubst doch nicht im Ernst, dass er mich jemals in seine Pläne eingeweiht hat. Wenn es nach mir gegangen wäre, hätte er sich der Polizei gestellt, statt abzuhauen. Vielleicht bringt es euch was, wenn er wieder auftaucht, ich habe nichts davon.« Ihr Kopf beschrieb einen Bogen, um anzudeuten, dass diese winzige Küche ihre Lage ziemlich auf den Punkt brachte. Unvermittelt sagte sie: »Du siehst aus, als wärst du seit Wochen ununterbrochen wach.«

Ich hätte ihr antworten können, dass die Schatten unter ihren Augen bei unserem letzten Treffen auch noch nicht dagewesen waren. »Ich habe Alpträume.« Ich erschrak über meine Offenheit. So deutlich hatte ich es selbst Matt gegenüber nicht ausgedrückt.

Sie nickte. Als sie gerade etwas sagen wollte, klingelte es mehrmals hintereinander, und jemand polterte mit der Faust an die Wohnungstür. Sie stand auf und öffnete. Die Polizistin rauschte in die Küche und sah mich mit einem einstudierten Blick an, den nichts aufweichen konnte. »Sie verschwinden jetzt sofort.« Sie wandte sich an Riva. »Herr Petri ist überhaupt nicht Ihr Anwalt. Ich werde melden, dass Sie uns angelogen haben.«

Riva machte ein Ist-jetzt-eh-alles-egal-Gesicht. »Tun Sie das.«

Ich kippte den letzten Schluck Kaffee runter. Im Vorbeigehen streiften meine Finger die ihren. »Pass auf dich auf.«

Sie zog die Hand nicht weg.

# 3

Ich hielt in der Kölnischen Straße an der Tankstelle, füllte den Ford halb voll und erstand ein belegtes Brötchen und eine kleine Flasche Wasser. Ich ließ mir sonst nie eine Quittung geben, aber heute sollte sie Frank beweisen, dass ich sein Geld nicht verzockt hatte.

Ich hätte die Kripo längst über Azraels Nachricht informieren müssen, doch das musste warten, bis ich mir sicher war, ob ich Poller gewachsen war oder nicht, und dafür musste ich ihm in die Augen sehen. Mit einem unangekündigten Besuch in der Forensik hatte ich wenigstens das Überraschungsmoment auf meiner Seite. Ich war gespannt, wie ein Psychopath auf diese Unhöflichkeit reagieren würde.

Ich verließ Kassel auf der A49. Mit dem klapprigen Ford reihte ich mich in die Schlange der LKW ein, zum Überholen im dichten Verkehr hatte der alte Kerl zu wenig PS. Erst nachdem ich Baunatal und die Schornsteine des VW-Werks passiert hatte, wurden die Lücken groß genug, um ab und zu auf die linke Spur zu wechseln. Ich fuhr ab, und hinter Fritzlar ging es über Land weiter durch verschlafene Ortschaften.

Die lauen Strahlen der Maisonne tauchten die malerische Landschaft des Kellerwalds in weiches Licht. Rechts und links der kurvenreichen Straße zartes Grün, und am Himmel dümpelten weiße Wattewölkchen. Es musste im Sommer vor drei Jahren gewesen sein, als sich die Natur auf einer Ausflugsfahrt Richtung Edersee genauso präsentiert hatte. Damals saß ich am Steuer unseres Volvos, Conny auf dem Beifahrersitz. Sie hatte das Fenster heruntergekurbelt, der Wind zerzauste ihre Haare. Die Kinder auf der Rücksitzbank quengelten. Connys Augen versteckten sich hinter einer Sonnenbrille, ihre Hand lag auf meinem Oberschenkel. Die Finger verkrampften sich, sobald ich zu dicht auffuhr oder spät vor einer roten Ampel bremste. Sie verkniff sich jede Bemerkung, weil das unweigerlich zum Streit geführt hätte, und den wollten wir an diesem Tag unter allen Umständen vermeiden. Wir hatten uns unausgesprochen darauf verständigt, den Kindern heile Welt vorzuspielen. Sie waren viel zu klein, um zu merken, dass etwas nicht stimmte. Möglicherweise spürten sie die Anspannung. Conny und ich sprachen während der Autofahrt nicht miteinander, lachten nicht mehr, wie wir es früher getan hatten, und Conny hielt den Blick starr aus dem Seitenfenster gerichtet. Lag ihre Hand damals wirklich noch auf meinem Oberschenkel? Wahrscheinlich nicht. Die Erinnerungen verschwammen zusehends. Bald würden die guten Tage von den schlechten überlagert werden. Irgendwann würden bestimmt auch die Gesichter der Kinder verblassen.

*Die Kinder.*

Ich war derart in Gedanken versunken gewesen, dass ich beinahe einen Abzweig verpasst hätte. Mit einer waghalsigen Bremsung schlingerte ich hinter einem LKW um die Kurve.

Mir klopfte das Herz bis zum Hals. Das lag nicht an dem riskanten Manöver, sondern daran, dass ich sie plötzlich vor mir gesehen hatte. Glockenhelles Lachen klang mir im Ohr. Häufig hatten sich die beiden über irgendeine alberne Sache amüsiert und hätten sich den ganzen Tag darüber ausschütten können: weil mir beim Frühstück Eigelb auf die Krawatte getropft war oder Kater Frosty auf den Küchentisch gesprungen war und mir die Marmelade vom Toast geschleckt hatte. Ein Blickwechsel, dann hatten sie losgeprustet und gekichert und gegluckst, bis sie puterrot gewesen waren und kaum noch Luft bekommen hatten. Conny hatte auf Namen mit hebräischem Ursprung bestanden.

*Sarah und Simon.*

Der Schmerz traf mich ohne Vorwarnung. Die Atemluft, die ich gerade eben in meine Lungen gesogen hatte, hatte sich in kochenden Dampf verwandelt. Ich trat auf die Bremse, hinter mir hektisches Hupen. Ich fuhr rechts ran und schlug mit der Brust gegen das Lenkrad, als die Vorderreifen in den matschigen Seitenstreifen sanken. Das nachfolgende Auto raste an mir vorbei, der Fahrer zeigte mir einen Vogel. Der Inhalt meiner Lungen brannte wie Feuer, und der Schmerz trieb mir die Tränen in die Augen.

*Atme.*

Ich presste die Luft aus der Brust und hielt den Atem an. Mein Herz ackerte, als würde das Blut, das es durch mich hindurchpumpte, gerinnen. Die Umgebung verschwamm. Ich ließ den Kopf gegen das Lenkrad sinken und gab dem Tumult in mir drin nach. Mehrere Wagen fuhren vorbei, keiner hielt an, und ich war dankbar dafür. Ich wollte niemandem in diesem Zustand in die Augen sehen müssen. Ich sollte umdrehen und heimfahren.

*Nach Hause.*

Ein bitterer Geschmack breitete sich in meinem Mund

aus. Alles, was davon übrig war, waren Erinnerungen, die mich in den Wahnsinn trieben, wenn ich sie zuließ. Und statt ernsthaft mit der Suche nach einem Weg in ein normales Leben anzufangen, wählte ich den Weg in die Forensik auf ein Plauderstündchen mit einem Irren. Die Kripo hätte keinen Ungeeigneteren damit beauftragen können, und Poller wusste das, sonst wäre seine Wahl nicht auf mich gefallen.

*Du musst das hinter dich bringen, wenn du je neu anfangen willst.*

Wie oft hatte ich diesen Satz gedacht und war nur immer tiefer gefallen? Erda Loth hatte mir versprochen, dass es einen Weg zurück gebe. Dass ich nur geduldig genug sein müsse, um den Eingang zu finden. Plötzlich war mir völlig klar, dass ich ohne ihre Hilfe vor die Hunde gehen würde.

# 4

Nach dem Ausflug auf den Seitenstreifen war ich wenigstens wacher. Es dauerte bis Löhlbach, bis man das, was durch meine Adern floss, wieder als Ruhepuls bezeichnen konnte. Ich hatte bisher nur zwei Mandanten in der Klinik in Haina besucht, trotzdem erinnerte ich mich an die Route. Außerdem hatte man Hinweisschilder an den Abzweigen postiert, als wollte man verhindern, dass jemand falsch abbog und die Einwohner der beschaulichen Örtchen mit Fragen nach dem Weg belästigte.

Auf einem kurvenreichen Waldstück warf die Sonne Funken durch die Bäume. Als ich aus dem Wald auftauchte, erwartete mich eine abschüssige scharfe Kurve, an der ich das Ortsschild passierte. Eine mittelalterlich anmutende Klosteranlage mit vorgelagerten schindelgedeckten Scheunen schob sich ins Bild. Wenige hundert Meter weiter wies ein Schild an der Hauptstraße auf die Psychiatrische Klinik hin. Über eine steinerne Brücke gelangte man auf eine schmale Straße, gesäumt von pragmatischen Gebäuden, die von ordentlichen Rabatten und präzise gestutzten Hecken und Büschen gerahmt wurden.

Ich stellte den Ford auf dem Besucherparkplatz ab und folgte den Hinweisen bis zu einem Häuschen mit Schranke. Dort erklärte ich dem Pförtner, welche Abteilung mein Ziel war, nach einem kurzen Telefonat ließ er mich durch. Der Weg schlängelte sich an weiteren Gebäuden vorbei. Backsteinbauten vom Anfang des Jahrhunderts wechselten sich mit glatt verputzten, kantigen Klinikblöcken im Stil der 1960er-Jahre ab.

Am oberen Ende der ansteigenden Straße erreichte ich die massive, mehrstöckige forensische Psychiatrie mit vergitterten Fenstern. Der dichte Wald im Hintergrund bildete eine seltsam romantische Kulisse für den Bau und die ihn umgebende meterhohe Mauer, die keinen Zweifel daran ließ, dass man leichter hinein- als wieder herauskam.

Ein Mitarbeiter in Zivil öffnete mir das Tor. Ich stellte mich vor. Er nickte und trat zur Seite. Offensichtlich wurde ich erwartet. Gemeinsam betraten wir das Gebäude und anschließend einen engen Vorraum mit einem Tisch sowie Metallschränken mit Schließfächern.

»Die Formalitäten sind Ihnen ja vertraut«, sagte er und ging voran.

Mit »Formalitäten« meinte er die Untersuchung mit dem Metalldetektor. Das Teil reagierte auf meine Gürtelschnalle, zur Sicherheit tastete der Mitarbeiter mich ab, ob ich etwas in den Hosentaschen trug. Da ich nicht Pollers Rechtsvertretung war, musste ich meine Aktentasche einschließen.

Ich legte meinen Personalausweis auf den Tisch, der Beamte übertrug die Daten in eine Liste. Er fragte nicht nach einem Beleg für meine Anwaltstätigkeit, was die übliche Vorgehensweise gewesen wäre. Er schien über jedes Detail dieses Deals im Bilde zu sein.

»Darf ich wissen, wer Carl Poller in den letzten Monaten besucht hat? Mit Ausnahme von dem in Zweifel stehenden Treffen mit seinem Neffen, meine ich.«

»Die Staatsanwaltschaft hat uns angewiesen, Ihnen mit allen Informationen zur Verfügung zu stehen. Es war niemand bei Poller, außer seiner Schwester Renate.«

Man war sich offensichtlich sehr sicher gewesen, dass ich mitspielen würde. »Hatten Sie Dienst, als der Mann, der sich als Michael Poller ausgab, hier war?«

»Ja.«

»Und Ihnen kam nichts merkwürdig vor?«

»Sie meinen abgesehen davon, dass er das allererste Mal auftauchte? Selbst das ist nicht ungewöhnlich. Oft brauchen Verwandte Zeit, um sich zu überwinden. Oder um zu akzeptieren, dass man den geliebten Onkel vermutlich niemals wieder in Freiheit treffen wird. Alles lief ganz regulär ab. Poller hatte den Besuch angekündigt, es sprach nichts dagegen. Ich war genauso aufmerksam, wie ich es immer bin.«

»Dann ist Ihnen nicht aufgefallen, dass der Mann vor Ort nicht der auf dem Ausweisfoto war?«

»Ich bitte Sie, das war einer von den alten Ausweisen, Sie wissen selbst, wie leicht die zu fälschen sind.« Der Beamte verzog den Mund. »Und ein älteres Passfoto. Haben Sie sich mal Ihren Personalausweis angeschaut? Wenn es danach ginge, dürfte ich Sie nicht durchlassen.«

Das Foto auf meinem Ausweis war keine vier Jahre alt. Ich schob den Gedanken beiseite, was in der kurzen Zeit geschehen war, das mich so verändert hatte. »Haben Sie ihn auf dem Phantombild wiedererkannt, das nach den Angaben des anderen Pflegers angefertigt wurde?«

»Da ich keinen Grund hatte, an seiner Identität zu zweifeln, hab ich mir das Gesicht nicht extra eingeprägt. Der Typ schien Wert auf sein Äußeres zu legen. Gel in den blonden Haaren, lässiger Dreitagebart. Die Kleidung war auffällig hochwertig. Besonders seine Cowboystiefel mit Metallbeschlägen. Darauf reagierte der Detektor. Ich hab ihn die Stiefel ausziehen lassen und sie kontrolliert, war aber alles in Ordnung. Solche Teile sieht man hier selten, sauteure Importe aus den USA.«

Ich erinnerte mich an die Schuhe. Sie waren mir bei meiner ersten Begegnung mit Azrael aufgefallen.

»War Pollers Schwester Renate jemals in Begleitung hier?«

»Nein, soweit ich weiß, war sie jedes Mal allein.«

»Gibt es irgendetwas im Zusammenhang mit ihren Besuchen, was Ihnen seltsam vorkam? Gab es außergewöhnliche Mitbringsel oder hat sie Poller mal längere Zeit nicht besucht?«

»Das Besondere ist höchstens ihre Zuverlässigkeit. Jeden ersten Montag im Quartal steht sie pünktlich um 15 Uhr an der Pforte und hat stapelweise Kreuzworträtselhefte dabei. Allein die Durchsicht dauert Stunden.« Er guckte, als ob es ihm leidtäte, nicht mit Spektakulärerem aufwarten zu können. »Sie dürfen jetzt durchgehen.« Er betätigte einen Summer, und ich durchschritt eine schwere Glastür, hinter der ein Mann in Zivil auf mich wartete, der sich als Ralf Jonas vorstellte und mir erklärte, dass er die Station leite, in der Poller derzeit wohne. »Das wechselt, je nach Sicherungsgrad. Herr Poller hat zwar maximale Sicherung, genießt aber kleine Freiheiten.« Er schürzte die Lippen, als wäre das ein Grund, sich zu entschuldigen.

Wir passierten zwei weitere Schleusen und folgten einem langen Flur, in dem noch die Kantinengerüche des Mittagessens hingen. Auf dem Weg erzählte er mir, dass der Kollege, der dem Zeichner Azraels Gesicht beschrieben hatte, nicht im Dienst sei. »Sie sehen aus, als könnten Sie einen Kaffee vertragen. Kommen Sie.« Jonas brachte mich in einen kleinen Aufenthaltsraum. Die praktische Einrichtung schien nicht zuzulassen, dass jemand gern seine Zeit an dem Tisch verbrachte, auf dem eine Thermoskanne neben einem Teller mit Brötchenresten stand. Die gesamte Platte war vollgekrümelt und übersät mit eingetrockneten Kaffeerändern, bis auf die Stelle, an der jemand die aktuelle HNA ausgebreitet hatte. Beim Sportteil war die Pause offensichtlich unterbrochen worden.

»Ist nie Zeit, in Ruhe fertig zu lesen«, kommentierte Jonas meinen Blick. Er schraubte die Thermoskanne auf und goss einen Pappbecher voll mit Kaffee. »Ist echter. Bitte nichts Poller davon abgeben. Die Jungs sind ganz wild nach Koffein.« Er drehte mit dem Finger Kreise neben seiner Schläfe.

Das Besucherzimmer ähnelte dem Pausenraum, abgesehen von einer blitzblanken Tischplatte. Ich stellte den Pappbecher ab. Im kalten Licht einer Neonröhre standen stapelbare Metallrohrstühle mit Bezügen aus grobem Stoff in einem Rot, dem sämtliche Energie ausgewaschen worden war und das ich spontan »Behördenrot« taufte. In den muffigen Geruch der Polster mischte sich der von altem Bohnerwachs, untermalt vom regelmäßigen Ticken der Heizkörper. Es war verdammt warm hier drin. Ich legte die Jacke über eine Rückenlehne.

Während ich wartete, studierte ich die Landschaftsaufnahmen an den Wänden. Kontrastarme gelbstichige Schnappschüsse eines Hobbyfotografen, die man auf einen dicken Karton aufgeklebt hatte. Natürlich ohne Glasrahmung.

Jonas ließ Carl Poller den Vortritt und schloss die Tür von außen, nachdem er sich vergewissert hatte, dass es für mich okay war.

Poller blieb eine Weile im Eingang stehen. Er musterte mich ausgiebig. Ich konterte seinen indiskreten Blick, indem ich ihn ebenfalls betrachtete. Er war im Vergleich zu den Fotos aus der Zeitung auf die Art und Weise gealtert, wie es für Patienten einer Psychiatrie üblich war: Sein Gesicht war aufgedunsen und teigig, die überflüssigen Pfunde hatten sich unvorteilhaft in der Körpermitte versammelt. Allerdings schien er Wert auf seine Kleidung zu legen. Die meisten Insassen der Forensik schlurften in Pantoffeln und ausgeleierten Jogginghosen über den Flur, Poller trug sorgfältig geputzte Budapester, eine graue Bundfaltenhose und ein hellblaues Hemd. Er war ordentlich rasiert, die weißen Haare lagen in dichte Wellen gekämmt. Seine Züge wirkten wie die einer Wachsfigur, die zum Leben erwacht war.

Ich wollte ihm gerade die Hand hinhalten und zögerte. Ein alberner Reflex, als ob seine Verrücktheit auf mich überspringen könnte, wenn ich ihn berührte. Er bemerkte es, zog eine Augenbraue hoch und schmunzelte. Obwohl die Situation jedes gesellschaftliche Normverhalten absurd erscheinen ließ, folgte ich dem Gebot der Höflichkeit und stellte mich als der Jüngere zuerst vor. »Petri. Sie haben vermutlich mit meinem Besuch gerechnet.« Ich streckte ihm energisch die Hand entgegen.

Er hatte einen festen, trockenen Händedruck. »Herr Petri. Wie schön, dass ich Sie persönlich kennenlernen darf.«

Ich hatte keine Lust auf Geplänkel. »Ich bin einzig hier, um herauszufinden, ob Sie mir wirklich weiterhelfen werden oder meine Zeit verschwenden wollen.«

»Warum setzen wir uns nicht? So plaudert es sich doch angenehmer.« Poller deutete auf die Stühle. Er wartete, bis ich Platz genommen hatte, dann ließ er sich mit einem Seufzen auf der gegenüberliegenden Tischseite nieder.

»Die Gelenke. Das Sportprogramm in diesem Kurhotel ist doch recht einseitig.« Er lachte auf eine Art, die ihn verrückterweise sympathisch erscheinen ließ.

»Herr Poller, ich möchte wissen, wieso Sie um meinen Besuch gebeten haben.«

»Ich würde es so ausdrücken: Man wollte Informationen aus mir rausquetschen, und ich habe erwidert, dass ich gerne Auskunft gebe, allerdings nur Ihnen persönlich.«

»Gut, also warum ausgerechnet mir?« Mir grauste vor der Antwort, trotzdem musste ich fragen.

»Sagen wir mal, uns verbindet ein gemeinsames Interesse.«

»Hat der Besuch von Gilbert Dietschmons etwas damit zu tun?« Den von Dietschmons selbst gewählten Alias »Azrael« behielt ich vorerst für mich.

»Von wem?« Pollers Überraschung wirkte einstudiert.

»Schmeichelt es Ihnen, dass jemand sich als Ihr Rächer aufspielt?«

Jetzt drückte seine Miene ernsthaftes Erstaunen aus.

»Gestern Morgen wurde ein weiteres Opfer erdrosselt aufgefunden«, klärte ich ihn auf.

Poller schnalzte mit der Zunge. »Das ging schnell. Nein, ich brauche keinen Bewunderer.«

*Doch, sonst wäre ich jetzt nicht hier.*

»Wenn Sie mich fragen, wirkt die Auswahl der Opfer so, als wollte da jemand eine Huldigung inszenieren.«

»Sehen Sie, ich sitze hinter diesen Mauern fest, und das wird sich vermutlich auch nicht so bald ändern. Mir ist es völlig egal, ob irgendjemand meinen Taten huldigt. Das Problem liegt ja wohl allein bei Ihnen und der Kripo, oder?«

Punkt für ihn. Der Versuch, Poller zu reizen, war gründlich nach hinten losgegangen. Er hatte mich nicht ohne Grund herzitiert. Die Frage war nur, ob er im Auftrag von Azrael handelte oder umgekehrt. Mir fehlte die nötige Fantasie, um die beiden Serienmörder Poller und Azrael als Komplizen in einem Rachefeldzug zu betrachten.

»Reden wir über Ihren Besucher. Wir wissen, dass es nicht Ihr Neffe Michael war. Mein Gefühl verrät mir, dass derjenige nicht der ist, der die Morde verübt.«

Poller lächelte. »Ihr Gefühl? Verrät es Ihnen auch, wer als Nächster ins Gras beißen wird?«

»Sie wollen mir diesbezüglich sicher nicht weiterhelfen, oder?«

»Ich kenne ja nicht mal die Namen der bisherigen Opfer. Woher sollte ich wissen, wen es sonst noch erwischen kann. Wenn ich Ihnen unter die Arme greifen soll, müssen Sie mir schon die volle Wahrheit präsentieren.«

Er verzog keine Miene, doch mein Spielerhirn hatte ein winziges Blitzen in seinen Augen bemerkt. Der Kerl versuchte zu bluffen. Da ich mir nicht sicher war, wer von uns beiden das bessere Blatt in den Händen hielt, brachte ich einen Einsatz. »Ludger Frenzel, Frida Wiener und Heinz Sehling.«

Ein salbungsvolles Lächeln schob sich über Pollers Mundwinkel – die Wahl der Opfer fand seine Zustimmung. Dass ich die Reihenfolge verändert hatte, irritierte ihn offensichtlich nicht. Den Verdacht, dass er im Hintergrund die Strippen zog, konnte ich auf diese Weise weder bestätigen noch entkräften. Ihm zu schmeicheln war einen Versuch wert. »Wenn Sie die Liste fortführen dürften: Wer wäre dann als Nächster dran?«

Poller stand auf, trat zielstrebig zum Fenster und lehnte sich auf die Fensterbank, den Blick in die Ferne jenseits der Gitterstäbe gerichtet. »Natürlich gehört Richter von Bernwitz auf einen der vorderen Plätze und sicher auch der

Gerichtsmediziner. Dieser, dieser …« Er drehte sich zu mir um. »Ach ja, Schnittger. Witziger Name für einen, der Menschen aufschneidet, oder?«

Von Bernwitz war vor einigen Jahren an Krebs verstorben, und Schnittger saß in einem Pflegeheim und erinnerte sich nicht mal mehr an seinen eigenen Namen. Poller wusste genau, dass er mir einen wertlosen Brocken zugeworfen hatte. Ich nickte auffordernd, um ihm zu signalisieren, dass er den Gedanken weiterführen solle.

Er drehte sich erneut in den Himmel sinnierend zum Fenster. »Wenn ich die Liste aufgestellt hätte, wäre als Nächster dieser überehrgeizige Kommissar dran. Ein Freund von Ihnen, wie ich gehört habe.«

Ich spürte einen Stich. Dass Frank ernsthaft in Gefahr sein könnte, hatte ich überhaupt nicht bedacht. Hoffentlich war die Kripo schlauer als ich.

Poller lächelte zufrieden, dann seufzte er. »Aber ich habe ja gar keine Todesliste erstellt. Es könnte also genauso gut jemand anderen treffen. Zum Beispiel diesen sensiblen Gutachter. Wie heißt der gleich?«

»Sie haben den Namen nie und nimmer vergessen.«

Poller drehte sich abrupt um. Enttäuschung hatte sich in seiner Miene breitgemacht. Ich kannte diesen Gesichtsausdruck: Er hätte gern eine Weile weitergespielt, und ich hatte es ihm verdorben.

»Sie haben recht, ich könnte Ihnen die Namen von sämtlichen Prozessbeteiligten im Schlaf aufzählen. Trotzdem sind Sie völlig schief gewickelt, wenn Sie glauben, dass ich jemanden beauftragt habe, Rache zu nehmen. Alles, was ich mir vorgenommen hatte, ist erledigt. Die, die es verdient haben, sind mit einem eindeutigen Zeichen vor ihren Schöpfer getreten, dass er schlampig gearbeitet hat. Er musste doch wissen, was er bei diesen Mängelexemplaren übersehen hat. Oder glauben Sie, es hat mir Freude bereitet, denen die Augen aus dem Gesicht zu pulen?«

*Hat es.*

Er hatte mir nur einen winzigen Blick hinter die Maske des netten alten Herrn erlaubt, und mir grauste davor, was zum Vorschein käme, wenn er sie vollends herunternahm. Es wurde Zeit, dass ich die Psychiatrie verließ, bevor er mir das letzte bisschen Kraft aussaugte, das noch übrig war. »Bei Ihrem letzten Opfer, Werner Jungbluth, hat es ja nicht richtig hingehauen. Wie können Sie damit leben, dass Sie Ihre Mission nicht zur Vollendung gebracht haben?«

Poller lehnte sich rücklings mit den Ellenbogen an die Fensterbank und schob ungeniert den dicken Bauch nach vorn. »Auch Jungbluth hat bekommen, was er verdient hat. Wenn Sie auf dieses Hirngespinst anspielen, dass jemand anders die Finger im Spiel hatte, muss ich Sie enttäuschen. Dem Verdacht wurde aus gutem Grund nicht nachgegangen: weil er von Anfang an Unsinn war.«

Pollers Dementi fiel einen Hauch zu vehement aus. Freiwillig hätte er den Ruhm niemals geteilt, so viel war sicher, und obendrein wäre er so oder so nicht auf freiem Fuß geblieben.

»Nun bin ich ja nicht gekommen, weil es sich bei Ihnen in der Sicherung so nett plaudert, sondern weil Sie den Wunsch nach einem Gespräch geäußert haben. Wollen Sie mich wirklich ohne einen Hinweis gehen lassen, der einen erneuten Besuch rechtfertigen würde? Noch habe ich die Entscheidung nicht getroffen, ob ich überhaupt mit der Kripo zusammenarbeiten werde, was bedeutet, dieses könnte unser letztes Treffen gewesen sein.«

Poller gluckste. »Ach, Herr Petri, Sie machen mir Freude. Wissen Sie, wie viele Therapeuten mir erfolglos den Unterschied zwischen Wahn und Wirklichkeit erklären wollten? Und jetzt sitzen Sie vor mir und behaupten ernsthaft, Sie hätten eine Wahl, ob Sie das Angebot der Kripo annehmen oder ablehnen.« Er lachte laut. »Ich lade Sie sehr herzlich zur nächsten Gruppensitzung ein.«

Jetzt half allein das einstudierte Pokerface. Er wusste ohnehin genug über mich, um mir die Hosen runterzuziehen. Wahrscheinlich hatte er die Informationen von Azrael. Wenn ich also nicht verheimlichen konnte, wo mein Problem lag, musste ich in die Offensive gehen. »Sie wollen spielen? Gern. Aber vorher verraten Sie mir, was es zu gewinnen gibt.«

Diese Offenheit schien ihn tatsächlich ins Schleudern zu bringen. Er senkte die Lider, wirkte nachdenklich. Ein Kopfschütteln beendete seinen inneren Monolog. Er würde mich zappeln lassen. »Ich bin müde, Herr Petri. Wir werden unser Gespräch an einem anderen Tag weiterführen.« Er stieß sich von der Fensterbank ab und schlenderte Richtung Ausgang.

»Bestätigen Sie mir wenigstens, dass es Gilbert Dietschmons war, der Sie zuletzt besucht hat?«

»Ich habe Ihnen bereits mehr gesagt, als Sie verdient haben. Und Sie haben mir bisher keinerlei Gegenleistung angeboten.«

»An was hatten Sie denn gedacht?«

»Ausgang.« Er lachte laut auf. »Nein, im Ernst, ein wenig Unterhaltung wäre nett. Es ist bisweilen sehr eintönig hier drin. Und überall diese Irren.« Ein winziges Kichern entfleuchte ihm, bevor seine Miene schlagartig ernst wurde. »Zum Beispiel würde mich die Geschichte interessieren, wie es dazu kam, dass sich ein Anwalt ohne Zulassung von der Kripo vor deren Karren spannen lässt.«

»Das wissen Sie doch längst.«

»Ich will es aber von Ihnen hören. Die Lösung für Ihr Problem liegt in meinen Antworten. Sie müssen einfach die richtigen Fragen stellen.« Seine Augen durchbohrten mich förmlich. Erst die Gewissheit, dass ich kapiert hatte, dass dieses Treffen auf einen Seelenstriptease hinauslaufen würde, weichte seine Miene auf. »Nicht mehr heute. Wir sehen uns morgen wieder. Ich ruhe nach dem Mittagessen gern ein Stündchen und wäre um 15 Uhr zu einem Gespräch bereit. Vielleicht bringen Sie uns eine Kleinigkeit zum Kaffee mit.« Poller lachte, dann wischte er sich das Lachen mit einer Handbewegung aus seinem Gesicht. »Ich habe eine Vorliebe für Pünktlichkeit.« Er öffnete die Tür, war schon halb draußen, aber drehte sich noch einmal um. »Enttäuschen Sie mich nicht.« Die Tür schloss sich hinter ihm.

Ich stand auf, ging zum vergitterten Fenster und schaute genauso wie Poller zuvor über das Klinikgelände hinweg in den gegenüberliegenden Wald. Ich war unsicher, ob ich diese Aussicht ernsthaft ein weiteres Mal genießen wollte.

*Hast du eine Wahl?*

Ich schlich zu meinem Wagen, warf die Aktentasche auf den Rücksitz und fuhr zurück nach Kassel.

# 5

Vor der Stadtgrenze von Kassel war die Entscheidung gefallen. Ohne Zulassung würde ich künftig viel dreckigere Jobs erledigen müssen, als ein paar Besuche in der Psychiatrie zu absolvieren. Dass ich mir das alles bewusst zu harmlos ausmalte, schob ich beiseite. Es gab einen triftigen Grund, aus dem ich unmöglich ablehnen konnte: Das Leben von Matthias Frank war bedroht.

Ich hielt an einer Bäckerei, kaufte eine Tüte Butterhörnchen und fuhr zum Polizeipräsidium.

Franks Büro war verwaist, ebenso der Besprechungsraum. Offensichtlich waren die Putzfrauen noch nicht durch. Es wirkte, als ob sich die benutzten Kaffeebecher in der Mitte des Tisches zu einer Versammlung getroffen hätten. Ich betrat den Raum und betrachtete die Fotos und Skizzen der Tatorte. Ein Räuspern holte mich aus den Gedanken.

In der Tür stand Sandra Cohn. »Schön, dass Sie sich entschieden haben, uns zu helfen.« Sie sah übernächtigt aus und brachte ein kurzes Lächeln zustande.

»Woher wollen Sie wissen, wie meine Entscheidung ausgefallen ist?«

»Hätten Sie sonst das da mitgebracht?« Sie deutete auf die Tüte.

»Wenn Sie uns einen Kaffee besorgen, teile ich meine Butterhörnchen gern mit Ihnen.«

»Butterhörnchen gegen Kaffee – tja, wie könnte ich da widerstehen? Schwarz?«

»Bitte.«

Sie verschwand mit einem unverschämten Grinsen.

Ich riss die Tüte auf. Der Inhalt verströmte einen Duft in dem Raum, der so gar nicht zu den grausam entstellten Gesichtern auf den Fotos an der Pinnwand passen wollte. Ich kannte die Gerüche an solchen Tatorten, wenn die Leiche ein paar Tage gelegen hatte. Der Körper von Heinz Sehling war vier Wochen lang unentdeckt geblieben. Die Vorstellung drehte mir den Magen um.

Sandra Cohn kehrte mit zwei Tassen zurück. Keine Pappe, sondern Henkelbecher aus Porzellan. Ich nahm ihr einen ab und schnupperte daran. Echter Filterkaffee, nicht die Brühe aus dem Automaten.

Sie schien meine Reaktion richtig gedeutet zu haben. »Hab erst mal eine Kaffeemaschine besorgt. Instantkaffee hat schon so manche Ermittlungsquote vermiest.«

Ich deutete auf die Tüte. »Bedienen Sie sich.«

Sie hockte sich auf die Tischkante, nahm ein Hörnchen, tauchte es in den Kaffee ein und nuckelte die aufgeweichte Spitze ab – genau wie ich es immer tat.

Die Zeit bis zum Eintreffen der anderen Kommissare musste irgendwie gefüllt werden. Ich versuchte höfliche Konversation. »Wo wohnen Sie?«

»Man hat mich in einer winzigen Bude aus dem Zeugenschutzprogramm einquartiert. In einer Hochhaussiedlung. Brückenhof oder so ähnlich. Eine echt miese Gegend ist das. Perfekte Tarnung. Welcher Verbrecher würde vermuten, dass die Zeugen direkt in der Wohnung nebenan untergebracht sind?« Sie lachte. »Und ich sage Ihnen: Das Bett ist die reinste Folter. Wenn das hier länger dauert, muss ich mir dringend was anderes suchen.«

»Sie gehen davon aus?«

»Sie etwa nicht? Sehen Sie sich das Schlamassel doch an. Drei Tatorte und nicht die geringste vernünftige Spur.«

»Glauben Sie, dass der unentdeckte Dritte wiedererwacht ist?«

»Möglich. Es kann genauso gut sein, dass es diesen Unbekannten nie gegeben hat. Außerdem würde es dem Psychogramm von Poller widersprechen, wenn er den Erfolg seiner Mission durch einen Mittäter in Gefahr brächte. Solche Typen sind viel zu verliebt in ihre Morde.«

»Ich war gerade bei Poller.«

»Ich weiß.« Cohn stellte die Tasse ab und legte das angebissene Hörnchen auf deren Rand. Sie rutschte elegant von der Tischkante und schlenderte zu der Pinnwand mit den Fotos. Nachdem sie einen Moment davorgestanden hatte, drehte sie sich zu mir um. »Eine Zivilstreife war Ihnen auf den Fersen, seit die Beamten vor Frau Levins Haus nachfragten, ob Sie wirklich ihr Anwalt sind. Das war keine sehr geschickte Nummer.«

Ihre Direktheit überraschte mich. Mir fiel ein, dass sie meinen Zusammenbruch auf der Landstraße mitbekommen haben mussten. Ich hatte niemanden bemerkt, der mir gefolgt war. Vielleicht hatte sie der Zwischenstopp nicht sonderlich irritiert.

Ich hätte kontern können, dass es genauso wenig geschickt gewesen war, meine Wohnung aus den Augen zu lassen, und überlegte, ob der Zeitpunkt geeignet war, um Azraels Botschaft zu erwähnen.

Sie ging gemächlich zurück zum Tisch, nahm die Kaffeetasse und meinte beiläufig: »Sachs ist immer noch stinksauer über Ihren Alleingang im Fall Azrael.«

»Sachs ist wohl eher sauer, dass er keinen Stich machen konnte. Und das, wo er doch so dringend beweisen will, dass er der perfekte Nachfolger für Frank ist. Das wäre die Gelegenheit gewesen, und dann lässt Sachs sich von einem Anwalt die Tour vermasseln.« Es tat gut, meinem Groll freien Lauf zu lassen. Die Genugtuung verpuffte im selben Moment, in dem ich mich umdrehte. Sachs hatte die ganze Zeit in der Tür gelehnt.

»Ich habe was vom Bäcker mitgebracht«, meinte ich.

Ich sah Sachs an, dass ihm eine bissige Bemerkung auf der Zunge lag. Zum Glück tauchte Frank in diesem Augenblick hinter ihm auf.

»Hörnchen.« Er deutete auf die aufgerissene Tüte. »Dann hast du dich entschieden, es zu probieren?«

Offensichtlich entsprach mitgebrachtes Gebäck in Ermittlerkreisen einer Zusage.

»Beruhigend, dass du es als Möglichkeit formulierst. Euch ist hoffentlich klar, dass die Sache auch schiefgehen kann?«

Sachs blies verächtlich Luft aus, ich versuchte, es zu ignorieren.

»Keiner erwartet Wunder von Ihnen«, lenkte Sandra Cohn ein. »Jedes winzige Detail, das wir von Poller bekommen können, ist besser als nichts.«

»Poller hat mir sehr deutlich zu verstehen gegeben, dass er sein Spielchen durchziehen wird. Er hat viel geredet, ohne das Geringste zu sagen. Der ist eine ziemlich harte Nuss.«

»Und du bist ein gewiefter Anwalt.«

Unglaublich, zu welchen Schmeicheleien Frank sich hinreißen ließ. Sachs schnaubte, er schien das genauso zu empfinden. »Das ist alles zehn Nummern zu groß für mich, und du weißt das genau. Er wird mir gerade so viele Informationen geben, wie ihr bereits habt. Und während wir unsere Zeit verschwenden, hat er seinen Spaß.«

»Ich sage es ungern, Meinhard, aber wenn es darauf hinausläuft, dann ist das eben so. Zumindest, was dich angeht. Solange Poller sich mit dir beschäftigt, kann er uns nicht dazwischenfunken. Bring den Mann einfach zum Reden. Der ist derart selbstverliebt, dass ihm in einem unbedachten Moment möglicherweise etwas rausrutscht.«

»Ich habe ihn gefragt, welche weiteren Opfer er vermuten würde. Er hat das gesagt, was ihr selbst wisst. Er deutete an, dass es Berkel sein könnte.« Ich zögerte eine Sekunde. Es nicht zu sagen, wäre falsch gewesen. »Und du.«

Frank nickte.

»Wärst du besser in der zweiten Reihe geblieben«, mischte Sachs sich ein. »Aber der Herr Anwalt musste sich ja einmischen.«

»Richard, es reicht.« Franks Stimme schnitt durch den Raum. »Wenn es jemand auf mich abgesehen hat, ist es auf jeden Fall besser, tätig zu werden, als auf einen Bildschirm zu glotzen.« Er wandte sich mir zu. »Berkel hat Personenschutz abgelehnt. Wir können ihn allenfalls mit einer Streife überwachen. Apropos: Lass diesen Quatsch und halt dich von der Levin fern. Noch funktioniert sie als Köder für ihren Bruder.« Diesmal galt die Schärfe seiner Aussage mir. »Richte Poller aus, dass ich ihn nach Gießen verlegen lasse, wenn er nicht kooperiert.«

»Ich soll ihn erpressen?« Die Forensik in Gießen war nicht die Hölle, jedoch waren die Haftbedingungen für einen alternden Psychopathen in Haina wesentlich angenehmer.

Frank rollte die Augen.

»Ist gut, ich sags ihm.«

»Da du nun Teil des Teams bist, setzen wir dich über alle notwendigen Fakten des aktuellen Falls in Kenntnis, die du an Poller weitergeben darfst.«

Eine seltsame Mischung an Gefühlen folgte mir auf den Parkplatz des Präsidiums. Frank hatte mich mit den Informationen versorgt, die freigegeben waren. Die grausamen Details spukten durch meinen Kopf, und ich ahnte, was sie dort anrichten würden.

Kurz vor dem Ford hörte ich schwere Schritte von hinten: Sandra Cohn.

»Sie haben heute Abend bestimmt noch nichts vor, oder?«

Natürlich nicht, aber bevor ich darüber nachdenken konnte, ob es geschickt wäre, das zuzugeben, schob sie nach: »Ich hatte gehofft, dass Sie mir Kassels Nachtleben zeigen würden.«

Mir kam der Gedanke, dass Frank sie auf mich angesetzt hatte, damit ich keinen Unsinn anstellte, doch ein Blick in ihre Augen verriet mir, dass ihr der Sinn nach etwas anderem stand. Das letzte Mal, als ich mit einer Frau einen Abend verbracht hatte, war Matt zwei Tage später um ein Haar von deren Bruder getötet worden. Mein Zockerhirn flüsterte, dass ich ja jederzeit aussteigen konnte. Ich hörte mich sagen: »Klar, warum nicht?«

Vorfreude breitete sich auf ihrem Gesicht aus. »Klasse. Kommen Sie einfach wieder her, wenn Sie Ihre Sachen erledigt haben. Ich werde bis zum Abend eh im Präsidium festsitzen.« Dann hüpfte sie wie ein Mädchen, dem man einen Ausflug in den Zoo versprochen hatte, in ihren Doc Martens zurück ins Präsidium.

Während ich das Auto aufschloss, sagte ich: »Meinhard, du bist ein Vollidiot.« Laut ausgesprochen würde die Erkenntnis vielleicht in eine funktionstüchtige Region meines Verstandes vordringen. Er antwortete mit der wohltuenden Gleichgültigkeit, mit der er mich immer einlullte, sobald der Hauch eines Zweifels darüber erwachte, ob ich die Dinge noch im Griff hatte.

# 6

»Sie haben sich *worauf* eingelassen?« Erda Loth hatte mich für einen kurzen Termin dazwischengeschoben. Das erste Mal entdeckte ich eine deutliche Regung in ihrer sonst undurchschaubaren Miene.

*Sie hält dich echt für verrückt.*

Den Gesichtsausdruck kannte ich von Matt und Rosetta, aber das waren meine Freunde, die durften mich für übergeschnappt halten. Wenn eine professionelle Psychologin einen auf diese Weise ansah, war das echt besorgniserregend.

»Sie wissen ganz genau, dass ich keine Wahl habe. Ohne Zulassung kann ich mich aufhängen.«

»Wenn Sie weitermachen wie bisher ...« Sie ließ den Satz im Raum stehen. Sie schien echt genervt zu sein. Ob es an mir lag oder daran, dass sie aus der Rolle gefallen war? Wahrscheinlich an beidem.

»Es war gar nicht so schlimm wie befürchtet. Poller ist ein sehr zivilisierter Geistesgestörter«, versuchte ich zu beschwichtigen.

»Sie hatten bestimmt genug Kontakt mit Psychopathen, um zu wissen, dass die sich alle so lange gesellschaftsfähig verhalten, bis Sie auf deren Speisekarte stehen.«

»Sie haben den Film mit dem Kannibalen auch gesehen?«

»Ach, Herr Petri, das habe ich nicht gemeint. Das ist Hollywood. Hier geht es um etwas sehr Reales. Wie soll ich Ihnen helfen, wenn Sie alles nur schlimmer machen? Typen wie dieser Poller weiden sich an Ihrer Schwäche. Der poliert sein Ego damit auf, indem er über Sie verfügen kann, und die Polizei lässt es zu. Unverantwortlich. Denen muss das Wasser bis zum Hals stehen, wenn sie zu solchen hilflosen Mitteln greifen.«

Sie schien eine Frau mit viel Fantasie zu sein, denn ich hatte ihr keine Details verraten. Und Sie hatte vollkommen recht, doch jetzt steckte ich schon mittendrin.

»Wenn Sie nicht bereits bei mir in Behandlung wären, würde ich Ihnen dringend raten, einen Psychologen aufzusuchen. Wir zwei müssen ernsthaft darüber reden, ob ich Ihnen überhaupt helfen kann. Vielleicht findet ein Kollege einen besseren Zugang.«

»Bitte, Frau Loth, Sie sind genau die Richtige. Ich fühle mich wohl bei Ihnen, und wenn diese Sache ausgestanden ist, kommen wir sicher weiter.«

Ihre linke Augenbraue schob sich nach oben. »Wir werden wieder von vorn anfangen. Also gut, es ist Ihre Entscheidung. Ich kann nichts tun, außer Ihnen dringend davon abzuraten, Poller in Ihr Leben zu lassen.«

»Und ich weiß Ihren Rat zu schätzen, dennoch brauche ich meine Zulassung.«

»Warum sind Sie heute hier, wenn Sie die Entscheidung ohnehin getroffen haben?«

Das war eine verdammt gute Frage. Vielleicht wollte ich Gewissheit, dass sie die Therapie nicht abbrach. Und mittlerweile lag es nicht allein daran, dass ich sie als Frau reizvoll fand. »Ich wollte sichergehen, dass ich bei Ihnen in Therapie bleiben darf, auch wenn ich mich auf Pollers Spiel einlasse. Und?«

Sie seufzte tief. »Selbstverständlich. Es wäre unvereinbar mit meinem Gewissen, Sie ausgerechnet jetzt vor die Tür zu setzen. Sie würden ewig brauchen, einen neuen Therapieplatz zu finden. Aber …«, sie erhob die Stimme und den rechten Zeigefinger, »ich halte diesen Schritt in der Zukunft nicht für ausgeschlossen.«

»Ich danke Ihnen«, erwiderte ich.

# 7

Diesmal fügte ich mich sofort in mein Schicksal und nahm die Unterführung zur gegenüberliegenden Straßenseite. Die Gitter vor der Diskothek waren aufgeschoben, die Türen mit Keilen aufgestellt. Ein Luftzug wehte abgestandenen Mief aus dem Loch. Ich warf einen Blick in das Lokal, in dem eine Frau mit Kittelschürze und Kopftuch den gefliesten Boden wischte. Im weißen Licht von Glühbirnen wirkte das Innenleben wie eine billig zusammengezimmerte Kulisse. Doch so sahen wohl alle Diskotheken aus, wenn die Putzbeleuchtung angeschaltet wurde. Diese Disko kam für das Treffen mit Cohn trotzdem nicht infrage. Es würde sich bestimmt etwas weniger Düsteres finden lassen.

Der Flur im Gesundheitsamt war genauso leer und kalt wie am Tag zuvor. An einem frühen Freitagnachmittag war kaum damit zu rechnen, noch jemand anzutreffen.

An der Tür von Manfred Berkel klopfte ich. Keine Antwort. Ich drückte die Klinke herunter, das Büro war unverschlossen – aber leer. Ich ging zwei Schritte hinein. Zwischen dem Chaos auf dem Schreibtisch war Platz geschaffen worden für eine aufgeschlagene Akte, darauf die Lesebrille, eine halb volle Kaffeetasse stand daneben. Der Bürostuhl befand sich ein Stück vom Tisch entfernt, als wäre er gerade erst zur Seite gerückt worden. Berkel war sicher nur kurz aus dem Raum gegangen.

Über den Flur näherten sich Schritte. Schreiber kam in das Büro. Er sah aus wie ein verpennter Jesus, der im falschen Jahrtausend aufgewacht war und sich in der Kleiderkammer der Heilsarmee bedient hatte.

»Was machen Sie denn hier?«, fragte er.

»Ich suche Herrn Dr. Berkel.«

»Er ist heute nicht zur Arbeit erschienen.«

»Aber sein Arbeitsplatz …« Jetzt erst fiel mir auf, dass sich auf dem Kaffee eine Milchhaut gebildet hatte. »Wann haben Sie ihn denn zum letzten Mal gesehen?«

»Gestern bei Ihrem Besuch.« Er zeigte auf den Schreibtisch. »Als ich zum Feierabend fragen wollte, ob er die Akte noch braucht, lag sie schon so da. Er geht auch zu Hause nicht ans Telefon.«

»Wann haben Sie es bei ihm versucht?«

»Heute Morgen und vor ungefähr einer Stunde noch mal.«

»Haben Sie das der Polizei mitgeteilt?«

Schreiber schüttelte den Kopf.

»Darf ich?« Ich deutete auf den Apparat auf dem Schreibtisch.

»Sie müssen die Null für ein Amt vorwählen.«

Drei Freizeichen später hatte ich Frank am Ohr.

»Berkel ist weg. Ich bin an seinem Arbeitsplatz. Macht den Eindruck, als hätte er eigentlich vorgehabt zurückzukehren.«

Am anderen Ende vernahm ich einige tiefe Atemzüge, dann knurrte Frank: »Scheiße.«

»Zu Hause geht er auch nicht ans Telefon.«

»Ich schicke die Kollegen zu ihm raus. Wenn er dort auch nicht ist, wird sich ein Team Berkels Arbeitsplatz vornehmen. Fass nichts an. Am besten, du haust ab. Ist besser, du tauchst nicht in den Akten auf, falls er wirklich verschwunden sein sollte.« Frank legte auf.

Ich wandte mich an Schreiber, der hilflos rumstand. »Es kommen gleich Beamte. Bitte bleiben Sie in der Nähe. Und lassen Sie alles so liegen.«

»Glauben Sie, ihm ist was zugestoßen?«

»Keine Ahnung. Vielleicht ist es falscher Alarm.« Es fühlte sich an wie eine Lüge. Ich ließ den Blick durch das

Büro schweifen. Der Raum schien vollkommen unverändert zu sein seit meinem letzten Besuch, mit dem Unterschied, dass Berkel nicht an seinem Platz saß. Am Garderobenhaken baumelte sogar noch die graue Strickjacke.

# 8

Ich trat an der Rathauskreuzung aus dem Schatten des Hochhauses, überquerte die Kreuzung diesmal oberirdisch und handelte mir einen bösen Blick von einer Mutter mit einem Kleinkind an der Hand ein, während ich die Fahrbahn und die Straßenbahngleise querte.

Ich hatte keinen Nerv, in die Kanzlei zu gehen. Ich brauchte ein Nickerchen und eine Kleinigkeit zu essen.

Zuhause schaute mich Azraels Botschaft vorwurfsvoll an. In meinem Kopf schien einiges in Unordnung geraten zu sein. Nicht nur, dass ich sie hatte liegen lassen, ich hatte sie nicht mit einem Wort bei Frank erwähnt. Ich starrte den Umschlag an, bis mir klar wurde, dass ein Teil meines Verstandes verbissen zu ignorieren versuchte, was Azraels Rückkehr für mich an Konsequenzen bedeuten würde. Es musste sich um dasselbe Gehirnareal handeln, das sich auf eine Verabredung mit Cohn eingelassen hatte und sich abschaltete, sobald ich dem Eingang einer Spielhölle zu nahe kam. Ich schob den Briefumschlag unter den Toaster. In ein paar Stunden würde ich Cohn treffen, dann konnte ich ihr davon erzählen.

Im Brotkasten lag eine Packung Knäckebrot, und im Kühlschrank fand ich eine Packung Margarine mit dunkelgelben Rändern. In einem Schraubglas raschelten einzelne Körnchen Instantkaffee. Ich hoffte, dass meine Zulassung als Anwalt nicht die einzige Gegenleistung für meine Mitarbeit sein würde.

Auf den zum Couchtisch umfunktionierten Umzugskarton stellte ich einen übersichtlich gefüllten Teller sowie eine Tasse mit dünner brauner Brühe und ließ mich in den Sessel fallen.

Pollers Schwester Renate wohnte gemeinsam mit ihrem Sohn Michael südlich von Kassel, im Baunataler Stadtteil Altenritte. Vielleicht konnte ich von ihr ein paar Details über ihren Bruder erfahren, die mir die Kripo verschwiegen hatte. Gleichzeitig hegte ich einen winzigen Funken Hoffnung, dass Michael Poller es doch selbst gewesen war, der seinen Onkel in der Forensik besucht hatte, und alles ein großer Irrtum gewesen war. Ob die beiden mit mir reden würden, wollte ich im Hinblick auf mein Spritproblem sicherheitshalber herausfinden, bevor ich startete. Ich hob mein Telefon vom Boden auf den Schoß und rief die Auskunft an. Die Nummer von Renate Poller war gelistet, sogar die Adresse wurde mir durchgesagt. Offenbar waren Pollers Schwester und ihr Sohn im Laufe der vergangenen Jahre aus dem Fokus aufdringlicher Journalisten geraten. Doch sobald die Presse Einzelheiten über die Art von Frenzels Tötung erfahren würde, wäre Schluss mit der Ruhe. Es konnte also nicht schaden, mich zu beeilen.

Am Apparat war Michael Poller. Erstaunlich auskunftsfreudig teilte er mir mit, dass seine Mutter gerade im Garten arbeite und er sie nicht stören wolle. Ich sollte am besten einfach um 18 Uhr vorbeikommen. Sie würde nie eine Folge von »Der Preis ist heiß« verpassen und anschließend zu sprechen sein.

Das war viel leichter gewesen, als ich erwartet hatte.

Das weiche Knäckebrot vermischte sich mit dem dünnen Kaffee zu einem bitteren Brei. Am liebsten hätte ich beides ausgespuckt, aber ich brauchte irgendwas im Magen. Ich schaltete den Fernseher ein und blieb bei Tennis hängen.

# 9

*Wach auf!*

Bis der Herzschlag aufhörte, wie Bässe durch meinen gesamten Körper zu vibrieren, hielt ich die Lider geschlossen, dann öffnete ich sie vorsichtig. Mein erster Blick fiel auf die Uhr.

*Halb sechs!*

In der Tasse stand ein Rest Kaffee. Ich kippte ihn hinunter, bereute es sofort und hievte mich hoch. Ein beißender Schmerz fuhr mir den Rücken hinauf. Meine Bandscheiben würden nicht mehr allzu viele Warnungen aussprechen. Der Raum verschwand für einen Moment hinter einem grauen Schleier, bevor ich wieder scharf sehen konnte. Der Versuch, die verkrampften Muskeln im Nacken durch ausgiebiges Strecken zu lockern, wurde mit Sternchen bestraft, die vor meinen Augen durch die Luft flirrten. Sobald ich mich gefangen hatte, verließ ich die Wohnung und hetzte zum Wagen. Die vermeintlich schnellste Route erwies sich als Irrtum. Ich verfluchte die Entscheidung, durch die Stadt zu fahren, kaum dass ich den Altmarkt passiert hatte. Vor mir schlich ein überlanger Transporter im Schritttempo durch den Steinweg. Ich überlegte kurz, umzudrehen, aber die Hoffnung blieb, dass der Kran für den Aufbau des Kunstwerks am Friedrichsplatz benötigt wurde, von dem man so viel hatte munkeln hören. Wenn ein Kunstwerk auf dieser exklusiven Rasenfläche ausgestellt wurde, dann hatte der Künstler das Wahrzeichen der aktuellen documenta geschaffen, wie in den Jahren zuvor die Eichen von Beuys, für die LKW-Ladungen voller Basaltbrocken hergefahren worden waren, oder der ominöse Messingstab, von dem ich nie geglaubt hatte, dass er wirklich einen Kilometer in den Boden ragte. Ich hatte Glück, das Gespann bog Richtung Friedrichsplatz ab. Ich folgte der Frankfurter Straße bis raus nach Baunatal.

Das Abendgeläut des Altenritter Kirchturms verriet mir, dass ich nur wenig zu spät war. Den Ford parkte ich vor einem schiefen Fachwerkhaus hinter einer romantischen Brücke im alten Dorfkern. Etwas weiter entfernt brummte ein Rasenmäher, Kinderlachen drang durch ein geöffnetes Fenster. Irgendwo übten Anfänger Blockflöte. Familienleben, dachte ich, und warf das Jackett auf den Rücksitz des Ford, als könnte ich die Bitterkeit, die mich überfiel, mit ihm im Auto einschließen.

Je näher ich dem Eingang des Häuschens kam, desto deutlicher vernahm ich zwei Stimmen, verstrickt in einer hitzigen Debatte. Vielleicht war mein Besuch doch nicht so erwünscht, wie es mir Michael Poller hatte weismachen wollen. Das Namensschild verriet mir, dass ich vor dem richtigen Haus stand, ein Zug an einer schmiedeeisernen Kette ließ eine Glocke klingeln. Das helle Läuten unterbrach den Streit im Innern des Hauses.

Ungleichmäßige Schritte näherten sich auf knarrenden Dielen. Ein Mann ungefähr in meinem Alter öffnete die

Tür. Er trug eine Strickjacke über einem gebügelten Hemd und Bundfaltenjeans sowie Hauspantoffeln. Er sah aus wie der Vorzeigesohn, der nie bei Mama ausgezogen war. Im Gegensatz zu mir war er jedoch wohlgenährt und wirkte ausgeschlafen – vielleicht also nicht die blödeste Idee, sich bei Mutti einzuquartieren. Ich entschuldigte mich stumm bei ihm und reichte ihm eine Visitenkarte über die Schwelle. »Meinhard Petri, wir haben telefoniert.«

Er hielt mir die Linke zur Begrüßung hin. Jetzt fiel mir auf, dass der rechte Arm wie leblos neben seinem Körper baumelte und die Schulter mit nach unten zog. »Michael Poller. Mama ist müde von der Gartenarbeit, aber sie wird sich kurz Zeit für Sie nehmen. Treten Sie ein.«

Er trat zurück und gab den Weg durch einen engen, dunklen Flur frei. »Gehen Sie nach hinten durch in die Stube. Möchten Sie Tee oder Kaffee?«

»Gern einen Kaffee, wenn es keine Umstände macht.« Ich ertappte mich, wie ich auf seinen schlaffen Arm starrte. Er schien es bemerkt zu haben, griff mit der Linken nach dem Unterarm und hielt ihn am Handgelenk vor dem Bauch wie einen Schutz. Ich kam mir blöd vor. Dennoch musste ich eine Sache in Erfahrung bringen, bevor ich mich auf das Gespräch mit seiner Mutter einlassen konnte. »Ich weiß, dass Sie bereits bei der Polizei ausgesagt haben, trotzdem muss ich Sie fragen: Haben Sie Ihren Onkel je in der Forensik besucht?« Schon bevor er den Mund öffnete, ahnte ich, dass der Funken Hoffnung, den ich gehegt hatte, mit seiner Antwort verpuffen würde. Die Beschreibung, die der Pfleger mir geliefert hatte, passte in keinem Punkt zu dem Mann, der mir gegenüberstand, mit seiner schiefen Körperhaltung, den braunen Haaren und dem glatt rasierten Kinn.

»Ich habe das niemals getan und ich werde es niemals tun. Schlimm genug, dass Mama immer noch hingeht.« Er ließ den leblosen Arm fallen, als hätte er sich in eine schlechte Erinnerung verwandelt.

Da ich diese Bewegung nicht übersehen konnte, wagte ich nachzuhaken: »Was ist da passiert?«

»Ist eine Ewigkeit her. Ein Unfall in der Kindheit. Ich hab Glück gehabt, dass es nur die Nerven zum Arm erwischt hat, das Bein war mehrfach gebrochen und ist nicht sauber zusammengewachsen. Mittlerweile bin ich es gewohnt, und ich komme gut klar. Mama sagt immer, ich soll mich nicht so anstellen.« Er lächelte verlegen und deutete an das Ende des Flurs. »Gehen Sie bitte durch. Ich bin gleich bei Ihnen. Mama beißt nicht.« Ein hochgezogener Mundwinkel enttarnte seine Behauptung als Lüge.

Die alten Dielen federten unter meinen Schritten, am Durchgang in die Stube musste ich den Kopf einziehen. Vor mir lag ein Raum wie eine Puppenstube. Niedrige Decke, schwere Volants vor den Fenstern, die das Zimmerchen dunkler machten, als ihm guttat. An den Wänden gerahmte Fotos, dazwischen ein vergilbter Ölschinken aus dem Kaufhaus. Auf dem Sofa saß, inmitten einer ordentlich drapierten Gruppe aus Porzellanpuppen in niedlichen Kleidchen, eine Dame mit streng zusammengesteckten ergrauenden Haaren und der gleichen wächsernen Hautfarbe wie die Puppen, die sie umringten. Sie guckte mich sogar genauso starr an. Ein Gefühl von Unwohlsein keimte in mir auf. Hinter mir tauchte Michael auf. »Mama, das ist Herr Petri.« Er drückte sich an mir vorbei in den Raum. »Nehmen Sie bitte Platz. Ich bringe Ihnen gleich den Kaffee. Möchtest du auch einen?« Er sah seine Mutter an.

»Du weißt genau, dass ich dann nicht schlafen kann. Mach mir lieber einen Tee.«

Ich folgte der ausgestreckten linken Hand von Michael Poller und ließ mich in einen Sessel fallen, in dem ich augenblicklich in eine Sitzhaltung geriet, bei der sich meine Rückenmuskeln an die schmerzhafte Verrenkung des nachmittäglichen Nickerchens erinnerten. »Ich will Sie nicht lange belästigen, Frau Poller. Wie Sie sich denken können, geht es um Ihren Bruder.«

Ein Knarren verließ ihre Kehle. »Ging es irgendwann in den letzten 20 Jahren mal nicht um meinen Bruder?« Die Verbitterung in ihrer Stimme stand in krassem Kontrast zu ihrer Porzellanpuppenerscheinung.

Ich versuchte einen mitfühlenden Gesichtsausdruck. »Sie besuchen ihn regelmäßig in der Psychiatrie, und mich würde interessieren, ob Sie in letzter Zeit eine Veränderung an ihm wahrgenommen haben.«

»Wieso wollen Sie das wissen?«

Mit einem Konter hatte ich nicht gerechnet. Ich drehte eine Schleife, um Zeit für eine Taktik zu gewinnen. »Er hat um einen Besuch von mir gebeten.« Das war die krummste Version der Wahrheit, die ich ihr auftischen konnte, und es war kein guter Start in ein vertrauliches Gespräch. Doch was hätte ich ihr sonst sagen sollen? »Es ist einigermaßen verwunderlich, dass er nach all den Jahren, in denen er sämtliche Anfragen von Juristen und Journalisten abgelehnt hat, ausgerechnet mit mir reden möchte.«

»Das ist in der Tat seltsam. Vielleicht erhofft er sich, dass Sie ihn freibekommen. Sind Sie so ein Staranwalt?«

Ich stellte mir vor, wie ich in meiner abgewetzten Kleidung in dem Sessel versunken kauerte, und musste unwillkürlich über die Bezeichnung »Staranwalt« lächeln. »Ich sehe keine Möglichkeit, ihn aus der Sicherungsverwahrung zu holen, und ich denke, er weiß das.«

»Zum Glück. Sollte Carl jemals wieder in Freiheit sein, werde ich ihn eigenhändig erschlagen.« Eine Faust ballte sich in ihrem Schoß. Sie atmete lange aus, wobei die Anspannung aus ihrem Körper wich. Die steinharte Haltung hatte sie offensichtlich nur einstudiert, vermutlich zum Eigenschutz. »Vor dem Carl ist niemand sicher, wissen Sie. Der ist ein Teufel. An dem Tag, an dem sie ihn eingesperrt haben, war ich das erste Mal in meinem Leben glücklich.«

Ihr Sohn brachte ein Tablett herein, das er oberhalb der Hüfte in seine Seite gestemmt hatte und einhändig festhielt. Er senkte es mit einer geübten Verrenkung auf dem Couchtisch ab und ließ sich neben seiner Mutter auf das Sofa fallen. »Bitte, bedienen Sie sich.« Er tätschelte ihr das Bein, als wäre sie ein Hund. »Was Mama sagen will, ist, dass Onkel Carl nirgendwo besser aufgehoben ist als hinter dicken Klinikmauern und hohen Gittern.«

Die alte Dame stupste seine Hand von ihrem Oberschenkel. »Ich kann allein antworten.« Sie sah mich kampflustig an. »Ich schwör Ihnen, nach allem, was der Carl der Familie angetan hat: Wenn die ihn rauslassen, bring ich ihn um.«

»Mama!« Bevor Michael Poller die Hand wieder besänftigend auf das Bein seiner Mutter legen konnte, trafen sich ihre Augen, und er verzichtete darauf.

»Nix Mama! Der Carl kennt keinen Respekt vor dem Leben. Nicht mal vor dem der eigenen Familie. Michaels Vater hat sich umgebracht, weil er den Rummel und die Schande nicht ausgehalten hat. Alle Freunde haben sich verdrückt, die Nachbarn schneiden uns. Und die vielen Toten.« Ihr Kopfschütteln drückte Bedauern aus.

»Aber warum besuchen Sie ihn dann so regelmäßig?«

»Ich will sichergehen, dass er für immer da drinnen bleibt. Seit er überführt wurde, wache ich jede Nacht auf. In meinen Träumen stehen Menschen ohne Augen vor mir und fragen mich: Hast du es nicht gemerkt? Warum hast du es nicht verhindert? Wenn ich den Carl besucht habe, kann ich ein paar Nächte besser schlafen, weil ich weiß, dass er eingesperrt ist.«

Jahrelange Schlafstörungen und Alpträume. Ich wollte mir gar nicht ausmalen, wie man das aushalten konnte. Ich ging ja schon nach wenigen Wochen am Stock.

»Können Sie mir verraten, ob sich irgendwas verändert hat? Haben Sie eine Ahnung, wieso er ausgerechnet jetzt mit jemandem reden will? Vor allem, warum mit mir?«

»Nein, das kann ich nicht beantworten.« Sie sah mich mitleidig an. »Ich rate Ihnen bloß, sich in Acht zu nehmen. Der Carl ist ein Menschenfresser. Im übertragenen Sinn, Sie verstehen?«

Ich ahnte, was sie meinte. Da ich jedoch das Gefühl hatte, dass sie noch etwas loswerden wollte, stellte ich mich dumm. »Nicht so wirklich. Was wollen Sie damit sagen?«

»Sie werden ihn mögen, warten Sie's ab. Sie werden ihm vertrauen und ihn näher ranlassen, als Sie wollen. Und dann beißt er zu.« Sie schnappte mit den Fingern in die Luft, dabei fixierte sie mich, und blanker Hass schwamm in ihren wässrigen Augen. »Er wird sich in Ihre Seele fressen und Sie zu seinem puren Vergnügen ausweiden.«

Ihre drastische, wenn auch blumige Schilderung überraschte mich.

»Sie glauben mir nicht? Fragen Sie den Berkel. Der hat ja seinerzeit das Gutachten geschrieben. Der Mann ist fertig.«

Michael Poller warf mir einen Blick zu, aus dem ich lesen konnte, dass es nun genug war. Tatsächlich glaubte ich ohnehin nicht, noch mehr aus ihr rauszubekommen. »Ich danke Ihnen für die Offenheit, Frau Poller.«

Ein müdes Nicken, aus dem das ganze Dilemma dieser Frau sprach. Der verrückte Bruder wäre niemals zu ihrem Lebensthema geworden, wenn sie es sich hätte aussuchen können. Aber ihn in sich wegsperren und schweigen war genauso wenig eine Option – es hätte sie innerlich aufgefressen.

»Ich bring Sie zur Tür.« Michael war aufgestanden und wartete, dass ich vor ihm das Wohnzimmer verließ.

Ich war kaum in den Flur getreten, als ich die Stimme von Frau Poller hörte. »Trauen Sie ihm keinen Millimeter, hören Sie, keinen Millimeter!«

# 10

Die Begegnung mit Renate Poller hatte ein Bedürfnis geweckt, dem ich in letzter Zeit zu selten nachgegangen war: einem Besuch in meinem Elternhaus.

Eingebettet in einen Garten mit altem Baumbestand, den statt eines Zauns eine gepflegte, mannshohe Buchsbaum-hecke umgab, stand ein unscheinbarer Kasten, der seine Entstehung in den Nachkriegsjahren nicht verheimlichen konnte. Kleine Fenster, steiles Satteldach, nach vorne raus ein Anbau, der im Erdgeschoss das Esszimmer beherbergte, und obendrauf ein Balkon. Das Ganze fußläufig zum Park Schönfeld und zum Wehlheider Knast.

Auf dem kurzen Weg zwischen Gartentor und Türklingel fielen stets Stücke von dem Panzer ab, der mir half, zu überleben. Sobald ich die Schwelle übertreten hätte, würde er nutzlos sein. Dort drin wohnte die Frau, die mich nur kurz ansehen musste und sofort alles über mich wusste, egal, wie krampfhaft ich es zu verheimlichen gelernt hatte. Viel-leicht war ich deswegen in den letzten Monaten kaum noch hergekommen. Immerhin selten genug, um nicht einfach den Schlüssel zu benutzen, den ich natürlich für Notfälle hatte. Wie jeder andere Besucher betätigte ich die Klingel.

Auf dem unteren Namensschild stand unverändert »Irene & Dr. Erhard Petri«. Den Hinweis auf die Kanzlei meines Vaters hatte ich auf ihren Wunsch ein Jahr nach seinem Tod vom oberen Klingelschild entfernt. Es hatten immer wieder ehemalige Mandanten geläutet, und sie war die Erklärungen leid geworden. Aber vollständig wollte sie auf seinen Namen nicht verzichten.

Zwei Glockenschläge und ein paar Atemzüge später näherten sich langsame, unaufdringliche Schritte.

Das Gesicht meiner Mutter leuchtete auf. »Meinhard!« Das Leuchten verlosch. »Wie siehst du denn aus?«

Nicht mal zwei Sekunden und ich war kein Erwachsener mehr, sondern ein kleiner Junge, um den man sich sorgen musste – das zumindest verrieten mir die Falten um ihren Mund, der mir im nächsten Augenblick einen Kuss auf die Wange drückte. »Du kommst genau richtig, ich hab gerade Tee gekocht.« Sie drehte sich um und ging voraus.

Im Flur zog ich die Schuhe aus. Ich konnte der Versuchung nicht widerstehen, Anlauf zu nehmen und über das spiegelblanke Parkett zu schlittern. Ein warmes Gefühl machte sich in mir breit, das ich sehr vermisst hatte.

In den letzten Wochen hatte ich das Haus vor allem deswegen gemieden, weil ich die Presse nicht hatte herlocken wollen. Mittlerweile war genug Gras über die Sache gewachsen.

*Davon abgesehen, dass mir schon wieder ein Irrer mit Mordfantasien an den Fersen hängt.*

Ich schüttelte den Gedanken ab. Er sollte mir nicht in die Küche folgen, in der meine Mutter wartete.

»Setz dich, Meinhard. Ich hab frische Brioches mit Butter und Marmelade.« Sie trug die Teekanne mit einem Tablett zum Tisch. »Du isst zu wenig. Und du musst mal zum Friseur.«

Sie hatte mit beidem Recht, aber ich würde einen Teufel tun, ihr von dem letzten Friseurbesuch zu erzählen, bei dem Azrael mir ein Rasiermesser an den Hals gehalten hatte. Allein die Vorstellung, in einem Friseurstuhl zu sitzen, ließ mir den Schweiß ausbrechen.

»Ich weiß, Mama. Ich hab viel zu tun in letzter Zeit.«

Während wir Platz nahmen, setzte sie die Muttermiene auf, die einen ohne Worte der Lüge bezichtigte und einem gleichzeitig die Absolution erteilte. Im Gegensatz zu mir sah sie fantastisch aus. Es tat mir weh, es zuzugeben, doch seit dem Tod meines Vaters war sie regelrecht aufgeblüht. Wenn ich tagsüber vergeblich versuchte, sie ans Telefon zu bekommen, war sie oft mit ihrer Damengruppe unterwegs. Theater, Museum, Wandern. Sie hatte rosige Wangen, das graue Haar war fesch frisiert, und ihre Kleidung war seit jeher elegant und einen Hauch zu farbenfroh gewesen. Meinem Vater zuliebe hatte sie sich oft dezenter gekleidet, dann jedoch wenigstens eine farbige Stola getragen oder rote Pumps. Sie war kein Paradiesvogel, aber eine Dame mit einem feinen Gespür für Extravaganz – und der entsprechenden finanziellen Ausstattung, um sich diese leisten zu können.

Der Dampf aus der Teetasse stieg mir ins Gesicht. Die Brioches dufteten köstlich. Ich musste nicht auf eine Aufforderung warten, sondern nahm mir eine und strich eine dicke Schicht Butter darauf.

Sie schaute zufrieden zu. »Hast Glück, dass ich schon zu Hause bin. Heute hatten wir eine Führung durch den Weißensteinflügel. Die Alten Meister. Sehr interessant.«

Ich kaute, spülte hin und wieder mit Tee nach und ließ sie reden.

»Roswitha hat gesagt, in Gegenwart so vieler verstaubter

Schinken fühlt man sich gleich zehn Jahre älter. Aber wenn die documenta losgeht, wird sie sich beschweren, dass sie mit dem neumodischen Kram nichts anzufangen weiß. Roswitha kann man es ja nie recht machen.«

»Ich hab gehört, dass die Dauerkarten ein Vermögen kosten werden.«

Sie zwinkerte mir zu. »Das ist kein Problem. Ein paar von Papas Mandanten bedenken mich regelmäßig mit einem Dankeschön. Ich muss mir die Karte nicht selbst kaufen.«

Geld war nie ein Problem gewesen. Mein Vater hatte ein ordentliches Polster durch sehr lukrative Vertretungen aufgebaut, die ihre lebenslange Dankbarkeit durch kleine Geschenke oder erlaubte Gefälligkeiten abzugelten versuchten. Er war ein besserer Anwalt gewesen, als ich es jemals sein würde. Die Mandanten, die ich vertrat, boten mir höchstens beim Warten vor dem Gericht eine Kippe an. Ich war an irgendeinem Abzweig falsch abgebogen. Meine Mutter sprach mich nie darauf an, als schien sie Angst davor zu haben, dass ich vor Scham nie wieder über die Schwelle ihres Hauses treten würde. Ihre Sorge war berechtigt. Ich hatte sie zwar nie angepumpt oder Teile vom Familiensilber mitgehen lassen, allerdings nur aus einem Grund: Es war, als ob dieser Ort die letzte Zuflucht für den Funken Hoffnung wäre, dass ich irgendwann der Meinhard sein konnte, den seine Eltern sich gewünscht hatten. Es wäre zu hart gewesen, der Wahrheit ins Gesicht zu sehen, wir hätten sie beide nicht ausgehalten.

Ich hatte die Brioche in mich reingestopft. Wahrscheinlich würde ich nachher Magenschmerzen bekommen, aber das war mir jetzt egal. Ich nahm mir noch eine. »Hast du was von Conny gehört?«, schmatzte ich mit vollem Mund.

Sie strafte mich mit einer tadelnden Miene, die sowohl meiner undeutlichen Aussprache als auch der überflüssigen

Frage galt. »Du weißt genau, dass sie mir jeden Sonntag die Kinder für ein paar Stunden bringt. Warum kommst du nicht mal vorbei? Conny ist den ganzen Nachmittag in der Therme, du könntest in aller Ruhe Zeit mit den beiden verbringen.«

»Ach, Mama. Wenn ich das ohne ihr Einverständnis mache, jagt sie mir das Jugendamt auf den Hals. Und das würde Fakten schaffen, die weder sie noch ich wollen.«

Sie legte ihre Hand auf meine. Ihre schlaffer werdende Haut war viel weicher als früher, aber ihre Berührung war unnachgiebiger geworden. »Versprich mir, dass du mit ihr reden wirst. Sarah leidet sehr. Sie ist verschlossener geworden.«

Ich wich ihrem Blick aus und schaute auf den Teller mit den Briochekrümeln vor mir. »Ich geh mal kurz hoch in Papas Büro.«

Die ehemalige Kanzlei hatte einen direkten Zugang von der Treppe, die vom Hauseingang nach oben führte. Ich balancierte meine Teetasse die Stufen hinauf. Die privaten Räume hinter dem Büro waren durch eine weitere Tür abgetrennt. Ich musste schmunzeln. Keine Ahnung, wie oft mein Vater an die Wand geklopft hatte, wenn ich mal wieder auf meinem Bett gehockt hatte, die Musik voll aufgedreht und pures Chaos im Teenagerschädel. Das Jugendzimmer gab es schon lange nicht mehr. Kaum hatte ich mein Anwaltsexamen bestanden, hatte meine Mutter es in einen Hobbyraum umgestaltet, in dem sie ungestört nähen und malen konnte. Sie hatte mir überdeutlich signalisiert, dass es Zeit war, ein eigenes Nest zu bauen. Und in ihren Augen war Conny die großartigste Schwiegertochter auf der Welt, auch nachdem ich es vermasselt hatte. Meine Mutter hatte die Hoffnung nicht aufgegeben, sie konnte nicht anders, als mich wieder und wieder auf die Gelegenheit, die Kinder zu sehen, aufmerksam zu machen. Aber ich durfte Conny nicht auf diese Weise hintergehen, womöglich wäre dann die letzte Chance vertan, Sarah und Simon ohne Begleitung des Jugendamts treffen zu können. Gerade waren ihre Namen wie selbstverständlich durch meine Gedanken geglitten, kein Zeichen von Panik; vielleicht war Hoffnung angebracht.

Ich betrat das Arbeitszimmer meines Vaters. Ein würdevoller Ort, als ob der Geist von Erhard Petri noch durch den Raum schwebte. Nichts hatte sich verändert. Ein riesengroßer Schreibtisch thronte vor einer Schrankwand mit dunklen Eichentüren; das Büro hatte nicht nur mir als Halbwüchsigem Ehrfurcht eingeflößt. Der hohe Lederstuhl stand so da, als wäre mein Vater gerade erst daraus aufgestanden. In der Ecke ein runder Besprechungstisch mit vier Freischwingern, daneben ein Beistelltischchen mit dem Cognac, den mein Vater sich nach einer erfolgreichen Vertretung oft genehmigt hatte. Die Flasche war halb voll. Obwohl alles so aussah wie früher, verblasste der Geruch allmählich. Das lag vermutlich auch daran, dass die Akten auf den Dachboden geräumt worden waren. Tatsächlich hatte mein Vater immer ein wenig nach Papier, Druckerschwärze und – wenn er heimlich geraucht hatte – nach Zigarren gerochen. Auf dem Schreibtisch befand sich eine gerahmte Fotografie von uns beiden. Sie war an dem Tag entstanden, an dem ich das zweite Staatsexamen bestanden hatte. Gefühlt zum ersten Mal im Leben waren wir einen endlosen Moment in einer innigen Umarmung verschmolzen gewesen, für das Foto hatte er sogar den Arm auf meiner Schulter liegen lassen. Ich erinnerte mich daran, wie stolz er gewesen war, als er zu mir sagte: »Hör auf deinen Verstand und triff die richtigen Entscheidungen, mein Sohn, selbst wenn alle anderer Meinung sind.« Es hätte ihm das Herz gebrochen, wenn er miterlebt hätte, was aus mir geworden war. Ich nahm das Foto mit nach unten.

»Willst du schon wieder gehen?« Meine Mutter saß noch immer in der Küche.

»Ich muss.« Ich hielt ihr den Bilderrahmen hin. »Darf ich das mitnehmen?«

Sie nickte. »Versprichst du mir, dass du mehr isst? Wir könnten probieren, ob dir Papas Anzugjacken passen. So dünn, wie du jetzt bist, siehst du ihm erschreckend ähnlich.«

»Beim nächsten Mal«, vertröstete ich sie. Die Vorstellung, in den Kleidern meines Vaters zu stecken, verursachte mir Beklemmung. Wenigstens ersparte meine Mutter uns einen peinlichen Moment und steckte mir kein Geld für Klamotten zu.

## 11

Ich stellte das Foto im Wohnzimmer auf die Fensterbank. Mein Vater lächelte nun stolz in die kahle Bude – das war irgendwie paradox –, aber der junge Mann, um den er den Arm gelegt hatte, versprühte Hoffnung, dass es wieder anders werden konnte.

Die feuchte Wäsche aus der Sporttasche hängte ich über der Badewanne auf ein Gestell. Die Überdosis Hefeteig schien in meinem Magen weiter aufzugehen. Kamillentee würde den Druck vielleicht besänftigen. Das Wasser im Kocher begann gerade zu simmern, als es an der Tür klingelte. Ich schaute auf die Armbanduhr. 19 Uhr durch. Ich hatte die Verabredung mit Sandra Cohn vergessen.

Mit einem flauen Gefühl im Magen drückte ich auf den

Summer und lauschte in das Treppenhaus. Schweres Schuhwerk, aber ein weiblicher Gang. Cohn war nicht mal außer Atem, als sie meine Etage erreichte.

»Woher wissen Sie, wo ich wohne?«

Sie lächelte. »Ich arbeite bei der Polizei. Vergessen?«

»Nein. Ich meine, ja. Also unsere Verabredung, die hab ich vergessen. Tut mir leid, das war ein seltsamer Tag.«

»Kein Problem. Das habe ich mir gedacht, nachdem Sie nicht mehr aufgetaucht sind. Bin mit der Straßenbahn gefahren. Der Weg von der Haltestelle zu Ihrer Adresse ist schon ein echtes Kasseler Highlight. Nicht so spektakulär wie der Brückenhof, dafür deutlich verruchter. Was hat Sie denn in dieses Viertel verschlagen?« Sie linste an mir vorbei in den leeren Flur, als könnte sie dort die Antwort auf ihre Frage finden.

»Erkläre ich Ihnen später.« Ich hielt ihr die Hand wie ein Stoppschild hin, damit sie nicht auf die Idee kam, mir in die Wohnung zu folgen. Dann zog ich rasch Schuhe und Jacke über.

Cohn lehnte lässig an der Flurwand, die Fingerspitzen in die Hosentaschen der engen Jeans gequetscht. Sie sah zu, wie ich die Wohnungstür abschloss, und folgte mir die Treppen hinunter bis zu meinem Ford. Während sie auf die Beifahrerseite ging, musterte sie die Schrottlaube. »TÜV ist überfällig«, sie deutete auf das Kennzeichen. »Und wie mir scheint, nicht nur der.«

»Wollen Sie mich deswegen verhaften?«

Sie zog eine Schnute und stopfte die Hände in die Taschen ihrer Lederjacke. »Hängt davon ab, wie der Abend läuft.«

Ich stieg ein und zog die Verriegelung der Beifahrertür auf. Sie ließ sich neben mich fallen und verschaffte sich mit ihren Doc Martens zwischen Knöllchen und leeren Flaschen Platz im Fußraum. »Gemütlich hier.«

Bevor ich den Wagen startete, fragte ich sie: »Und? Worauf haben Sie Lust?«

Ihre blitzenden Augen sprachen Bände. Ich fühlte mich genötigt, die Frage zu präzisieren, um nicht in meine eigene Falle zu tappen. »Essen? Club? Livemusik?«

»Tanzen.«

*Tanzen.* Keine Ahnung, wann ich das letzte Mal in einer Diskothek gewesen war. Das schienen Erinnerungen aus einem anderen Leben zu sein. »Und was für eine Art Musik bevorzugen Sie?«

»Egal, Hauptsache, es kribbelt in den Beinen.«

Die Disko in der Unterführung am Rathaus strich ich sofort von der Liste der Möglichkeiten. Während ich krampfhaft überlegte, welcher Club infrage kam, hoffte ich, dass wir niemanden treffen würden, dem ich Geld schuldete. Ich war schon froh, dass sich Cohn nicht für Essengehen entschieden hatte. Der Rest vom Tankgeld, das Frank mir zugesteckt hatte, hätte gerade noch für Schnitzel im »Regenbogen« gereicht. Aber auch mit dieser Variante konnte es eng werden, je nachdem, ob sie Cocktails mochte oder lieber Cola trank.

Am einfachsten wäre es, wenn wir die Friedrich-Ebert-Straße entlangliefen und sie sich selbst eins der Szenelokale aussuchte. Ich fand den Plan brillant, fuhr am Hauptbahnhof vorbei und ordnete mich rechts ein, um auf die Partymeile abzubiegen, als Cohns Aufmerksamkeit linker Hand von einer Menge schwarz gekleideter Vogelscheuchen abgelenkt wurde.

»Da will ich rein.«

»Echt? Sieht aus, als ob da heute Darkwave-Abend wäre.« Ich legte so viel Zweifel in meine Stimme, dass sie gar nicht anders konnte, als sich dagegen zu entscheiden. »Sind Sie sicher?«

»Ja klar. Darkwave ist super.«

Ich stellte den Ford auf dem Parkplatz hinter der »Komödie« ab.

»Bevor wir losziehen, müssen wir eine Sache besprechen«, meinte Cohn ernst.

Ich hoffte, dass keine peinliche Abhandlung über die strikte Trennung von Beruflichem und Privatem folgte, doch ihre Miene schmolz zu einem Lächeln. »Sandra«, sagte sie.

»Oh ja. Meinhard«, nahm ich ihr Angebot erleichtert an.

Das Cordsakko ließ ich im Auto liegen. Auf dem Weg zur Disko zuppelte ich das Hemd aus der Hose, um lässiger zu wirken. Nachdem wir uns in die Schlange von Typen eingereiht hatten, die allesamt wie Comicversionen von Dracula aussahen, war jeder Funken Coolness in mir verpufft.

»Ich dachte, so etwas gibt es hier gar nicht. Ist das nicht viel zu ausgeflippt für die Nordhessen?«, fragte Cohn.

»Lass dich überraschen. In wenigen Wochen wirst du diese Stadt nicht mehr wiedererkennen. Dann legt Kassel das Provinzmäntelchen ab und mausert sich für 100 Tage zur Weltstadt.«

»Ich hab ja keine Ahnung von Kunst, aber das würde mich durchaus interessieren.«

»Klingt so, als rechnest du damit, bis dahin wieder in Frankfurt zu sein.«

»Weiß nicht.« Sie zuckte die Schultern. »Wenn es nach Frank und Sachs ginge, sicherlich.«

»Die beiden glauben doch nicht ernsthaft an ein schnelles Ermittlungsergebnis?«

»Das meine ich nicht. Es geht wohl eher um weniger Konkurrenz im Dachsbau.«

Wir rückten in der Schlange näher Richtung Eingang. Ein paar drängelnde Fürsten der Finsternis schoben Cohn an mich heran. Sie warf mir einen unverschämten Augenaufschlag zu. »Würdest du es denn gut finden, wenn ich bliebe?«

Ein heftiger Schubs ersparte mir eine Antwort. Hinter uns gerieten zwei in Streit. Offensichtlich wollten sie sich vor einer besonders hübsch hergerichteten Morticia aufblasen. Die Frau hatte lange schwarze Haare mit einer silbergrauen Strähne darin, tiefschwarz umrandete Augen und trug einen blutroten Lippenstift. Ihre Miene machte deutlich, dass sie nicht so leicht rumzukriegen war und die beiden sich umsonst mühten.

Endlich hatten wir den Eingang passiert. Zigarettendunst, Alkohol und Schweiß hingen wie ein Vorhang über der düsteren Szene, dumpfe Bässe und schwere Beats wummerten in meinem Magen.

Cohns Körper drückte von hinten und schob mich voran. Sie überließ es mir, uns einen Weg durch die Massen zu bahnen. Allmählich gewöhnten sich meine Augen an die Lichter, die von der Decke durch das Dunkel zuckten. Am gegenüberliegenden Ende des Raumes erkannte ich eine Theke, dazwischen lag die Tanzfläche. Eine Etage darüber bot eine Galerie den Gästen einen guten Ausblick auf die Tänzer. Auch dort oben war es proppenvoll. Ich trat einige Schritte vor und stand unmittelbar eingekeilt in einer Menschentraube. Bässe und Stimmengewirr hüllten uns in eine dichte Wolke, der Laden war brechend voll mit überwiegend in Schwarz gewandeten Gestalten, einige in bodenlange Mäntel gehüllt, ihre hoch aufgestellten Haare stachen heraus. Auf der Tanzfläche schlichen leichenblass geschminkte Teenager wie zugedröhnt über den Metallfußboden. Der elegische Basslauf einer mir unbekannten Musik war wohl genau für diese Art von Tanz gemacht. Zum Glück war der Laden sehr voll, weshalb gar nicht auffiel, dass ich so gut hierherpasste wie ein Clown in eine Trauergesellschaft.

Die Stimme von Cohn stach in meine Gedankenseifenblase. »Ich nehm einen Whisky-Cola«, brüllte sie mir ins

Ohr. Ich spürte ihre Hand im Rücken unaufdringlich, aber bestimmt schieben, um mich in Richtung Theke zu dirigieren.

Das Musikstück wechselte und mit ihm die Tänzer. Plötzlich herrschte Bewegung in der Mitte des Raumes. Ich kannte zwar das Stück nicht, doch wenigstens wusste ich, dass es von Depeche Mode war.

»Personal Jesus«, brüllte Cohn mir ins Ohr. »Ich geh tanzen!« Sie machte zwei Schritte von mir weg und wurde von den drängelnden Körpern verschluckt.

Um meine Hilflosigkeit zu überspielen, setzte ich den Kampf durch die Menge fort und arbeitete mich bis zur Theke vor.

Zwischen den Umstehenden versuchte ich, den Blick des Barkeepers einzufangen, um ihm die Bestellung zuzubrüllen. Es dauerte eine Weile, bis es mir endlich gelungen war. Der DJ blendete von dem laufenden Musikstück in ein neues über. Bereits die ersten Töne jagten mir eine Gänsehaut über den Körper. Das war nicht die Version, die ich kannte, aber ich war sofort in einem anderen Film. Ich hielt Conny im Arm. Unser Hochzeitstanz. Den Text von »Dream on« konnte ich auswendig mitsprechen, so sehr hatte er sich in meine Erinnerung eingebrannt.

Die Lichterwellen, die im Takt über die dicht gedrängten Menschen wogten, verschwammen zu einem Meer. Alles im Raum bewegte sich in Zeitlupe, in meinem Kopf war nichts außer der Stimme des Sängers.

Unsere Hochzeit war von vorn bis hinten misslungen gewesen. Nur dieser Moment, in dem ich Conny im Arm gehalten hatte und wir uns gemeinsam im Takt zur Musik bewegt hatten, der war perfekt gewesen.

»Träum weiter, und hör nicht damit auf, bis alle deine Träume wahr geworden sind«, hatte Conny mir ins Ohr geflüstert.

Sie hatte so glücklich ausgesehen.

*Das ist alles falsch.*

Die Musik ging in einem aufsteigenden Dröhnen in meinem Schädel unter. Die Luft schien in der nächsten Sekunde zu dick zum Atmen.

»Entschuldigen Sie.« Jemand berührte mich von hinten leicht am Rücken und wisperte mir ins Ohr: »Träumen Sie ruhig weiter.«

*Azrael!*

Ich drehte mich um. Ein groß gewachsener, breitschultriger Mann bewegte sich von mir weg und wurde gerade von den dicht gedrängten Gästen verschluckt. Das Beben breitete sich von meinem Magen in alle Zellen aus. Jede Muskelfaser in mir war in Bewegung, und gleichzeitig war ich wie schockgefrostet. Ein schrilles Pfeifen in meinem Kopf übertönte die anderen Geräusche. Ich starrte in die wabernde Menge. Das Piepen wechselte in eine weniger schmerzhafte Frequenz und ließ eine Textzeile zu mir vordringen.

»Du musst verlieren, um zu verstehen, wie man gewinnt.«

*Weg hier!*

Ich löste mich von der Theke, sämtliche Muskeln schienen miteinander verklebt zu sein. Die Menschen um mich herum waren wie eine zähe Masse. Je verzweifelter ich versuchte vorwärtszukommen, desto fester drängten sie sich zusammen. Die Konturen verschwammen vor meinen Augen. Es war, als ob jemand den Sauerstoff aus dem Raum gesogen hätte. Endlich hatte ich den Ausgang erreicht. Ich rempelte einen Mann an, der den Weg versperrte, sein Fluchen war mir egal. Das Dröhnen der Musik begleitete mich bis nach draußen, aus der stickigen Wärme des Clubs heraus. Ich fand an einem Laternenpfahl Halt. Gierig sog ich die kühle Nachtluft ein, während in meinem Kopf Panik tobte.

Obwohl sich eine Sekunde lang ein schlechtes Gewis-

sen in mir rührte, weil ich Cohn einfach sitzen ließ, pfiff
der Rest auf das, was sich gehörte. Meine Beine suchten im
Laufschritt die sichere Umarmung des Ford. Erst nachdem
ich die Tür hinter mir zugezogen hatte, ebbte das Flackern
im Brustkorb ab, und die Geräusche der Nacht drangen
wieder zu mir durch.

Ich startete den Wagen und begab mich auf direktem Weg
zu meiner Wohnung. Der Schlüssel fiel zweimal herunter,
bevor ich die Haustür aufbekam. Drinnen eilte ich die Treppen hinauf, nur um oben angelangt nach Luft zu ringen.

Auf meiner Fußmatte lag ein Umschlag.

Ich nahm ihn hoch und fiel mit der Tür in die Wohnung.
Ein paar Atemzüge lang hielt ich mich an der Klinke fest.
Der Flur schien sich in die Tiefe zu dehnen, dann in die
Breite. Ich war einen Wimpernschlag von einer Ohnmacht
entfernt. Erst als ich sicher war, dass ich auf den Beinen blei-
ben würde, wankte ich in die Küche.

Ich durchwühlte die Schränke, fand eine Flasche stein-
alten Kräuterlikör, schüttete ein Wasserglas halb voll und
trank es leer. Mein Magen wollte den Schnaps sofort wieder
loswerden, doch der Kopf behielt die Oberhand. Ich goss
das Glas erneut halb voll und öffnete den Umschlag. Eine
Kondolenzkarte.

*Schlaf, Kassel, schlaf,*
*Im Himmel ist das Schaf,*
*Gestorben ist es voller Pein*
*Der Mond, der scheint aufs Mörderlein,*
*Schlaf, Kassel, schlaf.*

*Der erste Schritt ist getan. Sie sind nun Teil des Plans.*
*Azrael*

»Was verflucht noch mal für ein Plan, du elender Mistkerl?«, brüllte ich die Karte an und kippte das Glas Kräuterlikör runter. Es klingelte.

Für eine Sekunde überlegte ich, mich totzustellen. Die Schelle ging erneut. Azrael hatte sich aus der Deckung gewagt, aber würde er mir bis in mein Zuhause nachstellen? Die Antwort lautete: »Ja. Wieso denn nicht?« Er war mir in der Vergangenheit durch ganz Kassel gefolgt. Allerdings nie bis in meine Wohnung. Es klingelte Sturm. Azrael würde sich niemals so auffällig verhalten.

Ich drückte auf den Summer. Die sportlichen Schritte von Cohn eilten die Treppen hinauf.

»Wie hast du es so schnell hierhergeschafft?«, fragte ich.

»Ich hab einen von den Typen vor dem Eingang gebeten, mich nach Hause zu fahren. Als er merkte, dass ich nicht vorhatte, ihn mit hochzunehmen, habe ich ihm meine Marke gezeigt. Warum bist du verschwunden?« Sie schaute besorgt.

»Das ist eine lange Geschichte.« In Wahrheit war sie ziemlich kurz, aber ich versuchte, Zeit zu schinden, in der ich überlegen konnte, wie meine Flucht zu erklären war.

»Lässt du mich rein?«

*Lieber nicht.*

»Ja. Klar.«

Sie trat an mir vorbei in den Flur und warf einen Blick in das Wohnzimmer. »Nett. Bist wohl erst vor Kurzem eingezogen.« Sie schmunzelte und zog die Lederjacke aus.

»Vor ungefähr einem Jahr.«

Das Schmunzeln verwandelte sich in ein Grinsen. Sie betrat das Wohnzimmer und legte die Jacke über den Sessel. »Hast du was zu trinken da?«

In der Küche stand der Kräuterlikör neben Azraels Botschaften. Ich holte ihn und hielt ihr die Flasche hin. »Nur das da.«

»Perfekt!« Wieder dieses schiefe Grinsen. »Darf ich?« Sie deutete auf den Sessel.

»Selbstverständlich.« Ich stellte den Kräuterlikör auf den Umzugskarton und holte mir ein Kissen aus dem Schlafzimmer. Auf dem Weg nahm ich in der Küche zwei Gläser und Azraels Karten mit. Vor dem Heizkörper ließ ich mich auf den Fußboden sinken und klemmte mir das Kissen in den Rücken.

Cohn goss den Kräuterlikör ein. »Warum bist du so fluchtartig verschwunden?«

Es war gut möglich, dass meine angeknackste Psyche mir einen Streich gespielt hatte. Was, wenn der Mann, der mich angesprochen hatte, nicht Azrael gewesen war und ich unnötig ein Fass aufmachte? Egal, die Kondolenzkarten in meiner Hand, die waren real. »Der Song vorhin. Du hast dazu getanzt.«

»Personal Jesus?«

»Nein, der danach. Das Lied hat mich an die guten Zeiten erinnert. Als die Dinge noch so liefen, wie ich es geplant hatte.« Ein vorsichtiges Herantasten an die Wahrheit. »Das hier ...«, ich ließ den Arm durch den Raum schweben, »ist nicht das Leben, das ich mir vorgestellt hatte. Es ist einfach passiert.«

»Wir kommen doch alle mal an den Punkt, an dem die Dinge eine blöde Wendung nehmen.«

»Ja, aber im Moment laufen sie in die völlig falsche Richtung.« Ich hielt ihr die Karten hin.

Sie klappte sie auf, studierte den Inhalt und kippte den Likör auf Ex runter. »Verfluchter Mist. Seit wann hast du die?«

»Die erste seit gestern«, log ich. »Die andere seit gerade eben.«

Cohns Miene wurde knallhart.

»Ja, ich weiß. Es tut mir leid. Ich hab nicht wahrhaben wollen, in was ich da schon wieder drinstecke. Nach dem Treffen mit Poller heute ist mir einiges klar geworden. Hör zu, ich bin der Falsche für so was. Ich bin gerade nicht in der Verfassung, euch eine Hilfe zu sein. Echt nicht.«

Cohn stand auf und setzte sich neben mich vor den Heizkörper. »Das ist ziemlicher Mist. Du hättest uns die Karte sofort geben müssen. Ist jetzt eh zu spät. Ich lass mir was einfallen, damit Frank dir nicht den Kopf abreißt. Morgen.«

Ich roch ihr herbes Parfüm, spürte ihren Körper. Viel zu dicht. Das letzte Mal, als mir eine Frau so nah gekommen war, hatte die Geschichte in einem großen Desaster geendet. Riva Levin tauchte in meinen Gedanken auf. Elegant schwebte sie mit ihren langen Beinen in Highheels auf mich zu. Ich schloss die Augen, vielleicht würde sie dann verschwinden. Ein rhythmisches Knarren drängte sich in den Vordergrund und mit ihm ein Bild, das ich Azrael zu verdanken hatte und nie vergessen würde: der Körper eines Mannes, der an einer Laufkatze erhängt über mir pendelte. Rechts, links, rechts, links, rechts …

*Wach auf!*

Ich schreckte hoch. Im Bruchteil einer Sekunde wurde das Rasen meines Herzens von tausend Ameisenbissen abgelöst, die meine Beine traktierten. Verbogen lag ich neben der Heizung im Wohnzimmer, unter mir der harte Fußboden, über mir die Daunendecke aus dem Schlafzimmer. Das Licht im Flur brannte.

Ich kämpfte mich hoch und taumelte, weil das rechte Bein bis zum Knie taub war.

Die Karten von Azrael waren verschwunden, Cohn ebenso. Die Uhr verriet mir, dass es kurz nach vier war.

Ich schnappte mir die Decke, um mit ihr ins Bett umzuziehen. Auf dem Weg warf ich einen Blick in die Küche. Die Gläser standen in der Spüle, daneben lag ein Zettel:

*Ich hoffe, du hast gut geschlafen. S.*

Azraels Botschaften waren also endlich auf dem Weg in die Kriminaltechnik. Ich horchte in mich hinein und entdeckte nicht mal einen Funken schlechten Gewissens. Wahrscheinlich wäre mir das alles niemals so egal gewesen, wenn ich nicht so unendlich müde gewesen wäre.

## 12

Ohne Kaffee und was zu essen im Magen konnte ich Frank unmöglich gegenübertreten. Er würde mir die Hölle heißmachen, wenn Cohn ihm verraten hätte, wie lange die erste Karte bereits bei mir gewesen war. Im Kühlschrank befand sich die einsame Packung Margarine. Ich schüttelte die Dose mit dem Kaffeepulver, doch darin klapperte bloß der Löffel. Vom Benzingeld waren noch ein paar Mark übrig, also ging ich zu Fuß einkaufen. Kaffee, Toast und Scheibenkäse, mehr war nicht drin, aber besser als nichts. Der Rückweg führte mich mit einem kleinen Umweg am Vesuvio vorbei.

Matt sortierte gerade die Einkäufe vom Großmarkt in die Kühlschränke ein. Mein Erscheinen nahm er mit einem

Nicken zur Kenntnis und machte weiter. Ich reichte ihm Tomatendosen und Mehltüten, er stapelte die frische Ware ordnungsgemäß hinter die alte – das hatte mir Rosetta in der Zeit, in der ich für Matt eingesprungen war, eingebläut.

Eine wohltuende Stille herrschte an diesem Morgen zwischen uns. Matt war zwar ein großer Sprücheklopfer, aber eben auch ein Freund, und er schien zu merken, dass ich sehr mit mir selbst beschäftigt war.

Als wir fertig waren, hockte ich mich an den Tresen und Matt bediente die Kaffeemaschine. Er kletterte auf den Barhocker neben mir, und wir beide rührten so lange gedankenverloren in unseren Tassen, bis er sich mit einem Seufzen hochstemmte, über den Tresen griff und die Tageszeitung hervorkramte. Er schob sie mir rüber. »Hasse noch nich gelese?«

Der Kaffee entschied sich auf halber Strecke, die Richtung zu wechseln, ich schluckte ihn gewaltsam hinunter. Unter der Überschrift »Er ist wieder da« prangte das alte Fahndungsfoto von Azrael. Ich überflog den Text. Irgendjemand hatte geplaudert und eine Verbindung von Frenzels Tod zu Azraels Rückkehr hergestellt.

»Läuft scheiße, eh?« Matt hatte seinen Ich-habe-es-dir-ja-gesagt-Blick aufgelegt. »Isse das wahr? Mit die Irre, mein ich?«

»Sieht so aus«, antwortete ich kleinlaut.

»Und? Hat er sich schon bei dir gemeldet?«

Ich überlegte, ob ich es über mich brachte, Matt anzulügen, und schwieg.

Matts Hand landete schwer auf dem Tresen. »Du bisse wirklich eine riesige Idiota.«

»Ich wollte …« Ich wusste selbst nicht, was ich gewollt hatte. »Du hast recht, ich muss es beenden, bevor es zu spät ist.«

Ich kippte den Rest vom Kaffee in mich hinein, schnappte die Einkaufstüte und drückte Matt einen freundschaftlichen Kuss auf die Wange.

## 13

Jedes Wort, das aus dem Besprechungsraum im Präsidium drang, kam glockenklar bei mir an, dabei hatte ich gerade erst den Flur betreten. Die sich überschlagende Männerstimme war mir unbekannt.

»Unauffällige Ermittlungsarbeit! Was ist daran missverständlich? Haben Sie eine Ahnung, was im Rathaus los ist? Der OB läuft Amok. Bald wird die Stadt brechend voll mit ausländischen Gästen sein, und Sie lassen das an die Presse durchsickern?«

Wahrscheinlich wäre es besser gewesen, fluchtartig das Präsidium zu verlassen, stattdessen ging ich näher an die Tür heran.

»Sie können sich gar nicht vorstellen, wie scheißegal mir Ihre verkackte documenta ist. Ich mache denselben Fehler nicht zweimal und lasse mich aus dem Rathaus einschüchtern.« Das war Franks Stimme.

»Wir werden ja sehen, ob Sie sich diese Einstellung leisten können.«

Die Tür wurde aufgerissen und ein Mann im dunkelblauen Anzug tauchte auf. Er presste die Lippen aufeinander und rauschte ohne Gruß an mir vorbei.

Franks Wangenmuskulatur arbeitete auf Hochtouren. »Du fehlst mir gerade noch.«

Ich war versucht, ihm anzubieten, später zurückzukehren, doch er winkte mich in den Raum und wartete, bis ich die Tür geschlossen hatte.

Er legte einen Umschlag auf den Tisch und gab ihm einen Schubs. »Deine Zulassung. Wenn es nach mir ginge, hätte man sie anzünden sollen, nachdem du schon wieder Mist gebaut hast. Warst du in dem Semester krank, in dem standeskonformes Verhalten erklärt wurde?«

Beim Anblick des Umschlags löste sich das Versprechen, das ich Matteo gegeben hatte, in Luft auf. »Es tut mir leid, ich stand unter Schock.«

Frank zog eine Augenbraue hoch. »Schock? Ich hab gehört, du warst mit Cohn aus.«

»Ist das standeswidrig?«

»Nein, aber gefährlich. Sie hat einen recht hohen Verschleiß, wenn du verstehst, was ich meine.«

»Und das ausgerechnet von dir. Du warnst mich vor ihr und setzt mich gleichzeitig ohne schlechtes Gewissen auf einen Serienmörder an? Irgendwas ist hier gewaltig aus dem Lot geraten, oder?«

Frank seufzte. »Alles. Was glaubst du, was ich dafür geben würde, auch nur den geringsten Anhaltspunkt zu haben? Wahrscheinlich ist Berkel längst tot.«

»Wer war denn das gerade?«

»Justiziar im Rathaus. Dem ist völlig wurscht, wie die Presse an die Information gekommen ist, der will Köpfe rollen sehen. Die Soko kann sich vor Anrufen nicht mehr retten. Überall wurde Azrael angeblich gesichtet, und weil wir jedem Hinweis nachgehen sollen, sind alle verfügbaren Beamten gebunden. Sogar die, die ich zum Schutz der potenziellen Opfer abgestellt hatte.«

»Was ist mit dir?«

»Was soll mit mir sein?«

»Na ja …« Ich suchte nach einer Formulierung, die nicht an seiner Ehre kratzte.

»Ich kann gut auf mich selbst aufpassen, wenn du das meinst.«

»Ich mache mir nur Sorgen«, wiegelte ich ab.

»Kümmer dich lieber um dein eigenes Leben.« Er guckte ertappt und ließ die Schultern hängen. »Tut mir leid. Aber das Ganze macht mich echt fertig. Geh nach Hause. Und wenn du wieder eine Nachricht bekommst, dann will ich, dass sie ungeöffnet auf meinem Schreibtisch landet. Ist das klar?«

Ich schnappte mir den Umschlag mit meiner Zulassung, bevor Frank es sich anders überlegte, und ließ ihn allein.

# 14

Der Pfleger, der mich nach der Einlasskontrolle in der Psychiatrie in Empfang nahm, war ein anderer als am Tag zuvor. Ein wenig traurig, dass mir der Kaffee seines Kollegen nun entging, fragte ich, ob der Mann im Urlaub sei. »Herr Jonas ist krankgeschrieben«, lautete die Antwort. Mit schmerzverzerrter Miene fügte der Pfleger an: »Hexenschuss.«

Auf dem Weg durch die Flure wollte ich von ihm wissen, ob es trotz der strengen Maßnahmen möglich sei, Informationen für Insassen hinein- oder herauszuschmuggeln.

»Klar«, seufzte er resigniert, »hermetisch abriegeln kann man nichts, wo Menschen ein und aus gehen.«

Er öffnete denselben Besucherraum wie sein Kollege tags zuvor. Ich zog das Jackett aus und versuchte, mir von der tristen Atmosphäre nicht die Laune verderben zu lassen.

Wenige Minuten später trat Poller durch die Tür. Sein Erscheinungsbild war ein Beweis für die Eintönigkeit der Tage in der Psychiatrie. Er sah aus wie bei meinem letzten Besuch, so als wäre er nur kurz aus dem Zimmer gegangen.

»Herr Petri. Schade, dass wir nicht auf Ihre Rückkehr gewettet haben.« Er grinste mich an, legte die Tageszeitung demonstrativ auf den Tisch und tippte mit dem Zeigefinger auf die fette Schlagzeile über dem Foto von Azrael. »Spätestens jetzt wären Sie ohnehin bei mir aufgetaucht.«

»Alle, die von Ihrem Wunsch, mich zu treffen, wissen, haben mir abgeraten.«

»Ach, Sie waren bei Renate und Michael?«

»Sie hat mir erklärt, aus welchem Grund sie Sie besucht. Worüber unterhält man sich mit einer Schwester, die einen abgrundtief hasst?«

»Tut sie das? Ach, jetzt bin ich aber traurig.« Poller zog einen übertriebenen Schmollmund. »Wir reden über das Wetter, über das Essen in diesem Etablissement. Was denken Sie denn? Ich weiß genau, dass Renate sich nur vergewissern will, dass ich auf jeden Fall hier drinbleibe.«

»Haben Sie kein schlechtes Gewissen, dass Ihr Neffe Michael durch das Spiel, das Sie mit Dietschmons abgezogen haben, erneut in die alten Geschichten reingezogen wird?«

»Ihre Frage setzt voraus, dass ich an irgendwas beteiligt war. Wie kommen Sie darauf?«

»Niemals hätte jemand dieses Verwirrspiel ohne Sie durchziehen können. Sie wussten genau, dass der Besucher nicht Ihr Neffe Michael war.«

»Ich bin dem Jungen seit 20 Jahren nicht begegnet. Wie hätte ich ihn erkennen sollen?«

»Sie haben den Pflegern von der Lähmung Ihres Neffen berichtet. Der Mann, der Sie besucht hat, war aber gar nicht gelähmt.«

»War er nicht? So was. Muss mir glatt entgangen sein vor lauter Freude über den Besuch.« Die Unverschämtheit in Pollers Gesichtsausdruck sprang mich förmlich an.

Eigentlich hatte ich mir vorgenommen, die Karte erst zu spielen, sobald ich Poller dort hatte, wo ich ihn haben wollte. Jetzt glich es einer Verzweiflungstat, aber das war mir egal. »Sie wissen, dass Ihnen eine Verlegung nach Gießen droht, wenn Sie nicht kooperativer sind?«

Poller grinste. »Ach bitte! Was Besseres fällt denen bei der Kripo nicht ein? Die müssen ziemlich verzweifelt sein.« Er sah mich an, als wäre meine Anwesenheit dafür Beweis genug.

»Sie können das umgehen, wenn Sie weitere Hinweise liefern. Gießen ist nicht Stammheim, doch hier ist es für Sie angenehmer.«

Erneut grinste Poller. »Gut, ich werde kooperativ sein, wenn Sie es auch sind.«

»Wie meinen Sie das?«

»Plaudern wir ein wenig über Ihre Bilderbuchfamilie. Was hat Ihr Vater eigentlich gesagt, als Sie in seine Fußstapfen getreten sind? War er stolz? Er hatte vermutlich eine Vorstellung Ihrer Zukunft vor Augen, die seiner Gegenwart glich. Keine schlechte Aussicht, soweit ich weiß. Erfolgreicher Anwalt, treu sorgender Familienvater.« Poller nahm mich ins Visier. »Was ist geschehen, dass Sie dieses Bild mit Gewalt zerstören mussten?«

Ein eisiges Kribbeln glitt mir den Rücken hinab. Als ob er dabei gewesen wäre, als ich das Foto vom Schreibtisch genommen hatte. Mein Mund war trocken, während ich antwortete: »Wenn Sie es wissen, verraten Sie es mir.«

»Obwohl auch Ihr Vater seine dunklen Flecken hatte, ist ihm kein Fehler mehr als einmal unterlaufen. Sie haben nicht seine Größe, um das Richtige zu tun, oder? Stattdessen sitzen Sie vor mir und fragen sich, ob er jemals in einer solchen Zwickmühle gesteckt hat, in einer solch ausweglosen Lage.«

»Was meinen Sie?«

»Ein zweites Mal einem Höllenhund wie Dietschmons Zutritt zu Ihrem Leben zu gewähren.«

»Ich habe mir das nicht ausgesucht.«

»Ach, Herr Petri. Noch so eine lahme Ausrede? Sie langweilen mich. Sie können nicht anders, als nur an sich selbst zu denken.«

»Was soll das schon wieder bedeuten?«

»Nehmen Sie sich ein Beispiel an Ihrem Vater. Der hat seine Lieben an erste Stelle gestellt und die richtige Entscheidung getroffen.«

Mir schoss das Blut in den Kopf. »Ich habe keine Ahnung, wovon Sie reden. Wenn Sie mich demütigen wollen, tun Sie das, aber lassen Sie meine Familie aus dem Spiel.«

»Ihre Familie? Ich wusste gar nicht, dass Sie eine haben.« Er tat die Bemerkung mit einer Handbewegung ab. »Entschuldigen Sie, Demütigung ist das Letzte, was mir vorschwebt. Vertrauen Sie mir.«

»Ich soll was?«

»Das muss seltsam klingen, ich weiß. Wenn Sie handeln, wie es Ihr Vater getan hätte, wird Sie das der Lösung näherbringen.« Er wiegte die Handfläche in einer endlosen Acht in der Luft. »So oder so.«

# 15

Ich hatte im Auto gesessen und gegrübelt, ohne den Zünd-schlüssel überhaupt ins Schloss gesteckt zu haben. Die Gren-zen des Deals, den ich mit der Kripo eingegangen war, waren längst überschritten. Was hatte Frank gesagt? Die Rückgabe meiner Zulassung war an keine andere Bedingung geknüpft als an einen Besuch bei Poller. Niemand konnte von mir verlangen, dass ich weitermachte. Was für ein Wahnsinn, überhaupt eine Sekunde darüber nachzudenken, jemandem wie ihm zu vertrauen. Wie hatte er Menschen wie sich und Azrael genannt?

*Höllenhunde.*

Ich hatte diesen Begriff nur zwei Tage zuvor schon ein-mal in diesem Zusammenhang gehört. Das war kein Zufall. Ich hetzte den Weg zurück zur Forensik.

»Haben Sie etwas vergessen?« Der Mitarbeiter an der Einlasskontrolle schaute mich fragend an.

»Hatte Poller außer mir kürzlich Besuch?«

»Wenn Sie an diesen Typen mit dem falschen Ausweis den-ken – dazu kann ich nichts sagen, da war ein Kollege hier.«

»Nein, nicht der. Ich meine in den letzten Tagen.«

Der Mann überflog die Besucherliste. »Freitagmittag war einer da, kurz nach Ihnen. Dr. Berkel vom Sozialpsychia-trischen Dienst.«

*Höllenhunde.* In unserem Gespräch hatte Berkel diesen Ausdruck verwendet. »Um Himmels willen! Weiß die Kripo davon?«

»Keine Ahnung. Ich hatte keinen Dienst an dem Tag.« Im Gesicht des Mannes wechselten Schuldbewusstsein und Verteidigungshaltung einander ab.

»Kann ich Poller noch mal sprechen?«

»Da muss ich auf der Station fragen.« Er griff zum Hörer und legte wenig später wieder auf. »Tut mir leid, Herr Poller will Sie heute nicht mehr treffen.«

»Das kann ja wohl nicht ...« Ich schluckte den Frust runter. »Dann tun Sie mir bitte den Gefallen und informieren die Kripo darüber, dass Berkel bei Poller gewesen ist.«

## 16

Matthias Frank saß in seinem Büro und fuhr sich wieder und wieder über die kurzen grauen Haare. Er sah mich an, als wäre ich an den schlechten Nachrichten schuld, die ich ihm überbrachte.

»Wieso wurdet ihr nicht über Berkels Besuch in der Forensik unterrichtet?«

»Er wird immer noch für die regelmäßigen Überprüfungen der Sicherungsvoraussetzungen als Sachverständiger hinzugezogen. Die kennen ihn dort gut, es hat sich niemand was dabei gedacht.«

»Steckt er womöglich in der Sache mit drin? Ich meine, ich tauche bei ihm auf, er erzählt mir, wie dämlich es wäre, auf Pollers Forderungen einzugehen, und das Nächste, was er tut, ist, ausgerechnet zu Poller zu fahren?«

»Der Mann ist ein psychisches Wrack. Möglich, dass er überreagiert hat.«

»Kann es sein, dass er sich bewusst in diese Position gebracht hat, um Zugang zu Poller zu haben? Als Abteilungsleiter im Gesundheitsamt ist ihm das ja möglich.«

»Als selbstständiger Gutachter ebenfalls, dafür hätte er nicht ins Amt wechseln müssen. Was willst du denn damit überhaupt andeuten? Dass Berkel unser Täter ist? Quatsch. Er hat nicht das geringste Motiv, die Mitbeteiligten an Pollers Prozess zu töten. Warum sollte er das tun?«

»Vielleicht als Wiedergutmachung dafür, dass damals ein Detail übersehen und die Schuld nicht getilgt wurde. Möglicherweise weiß er, wer der zweite Täter war. Oder er war es selbst, hat sich mit seinem Gutachten einen Freifahrtschein besorgt und will nun verhindern, dass er auffliegt.« Mir war klar, dass sämtliche Erklärungsversuche ziemlich hilflos wirkten, aber in meinem Kopf herrschte derartig großes Chaos, dass ich es den Gedankengängen erlauben musste, sich in jede Richtung zu entwickeln.

»Und dann imitiert er erneut die Morde Pollers? Da gäbe es doch weniger auffällige Möglichkeiten.«

»Vielleicht ist es so auffällig, damit es nicht wie ein Ablenkungsmanöver aussieht.«

»Kann sein, ist aber extrem unwahrscheinlich. So kommen wir keinen Schritt voran. Was gibt es Neues von Poller?«

Ich überlegte, was ich antworten sollte. Frank war einer der wenigen Menschen, die noch zu mir hielten, und trotzdem brachte ich es nicht über mich, ihm zu beichten, wie weit Poller mir die Hosen heruntergezogen hatte. »Kein Hinweis, der hilfreich wäre. Er spielt sein Spiel mit mir und empfindet offensichtlich Vergnügen dabei, mir vor Augen zu führen, dass ich nicht die Größe meines Vaters besitze.« Das musste genügen.

»Wann triffst du ihn wieder?«

»Morgen.«

Im Flur lief ich Cohn in die Arme. Sie kam aus einem Büro, in dem ununterbrochen zahlreiche Telefone klingelten und fünf Beamte mit hochroten Köpfen am Hörer hingen. Der Zeitungsartikel wirkte wie ein Brandbeschleuniger.

»Wollen wir heute Abend einen neuen Anlauf wagen?« Cohn flirtete ganz unverhohlen mit mir.

Sachs lehnte hinter ihr im Türrahmen und hatte ein feistes Grinsen aufgelegt.

*Jetzt erst recht.*

»Klar, ich hol dich um acht ab.«

»Diesmal aber wirklich.« Sie klang gespielt streng. »Hol mich vor meiner Wohnung ab, ›Irina Mayer‹ steht an der Klingel. Ich muss mal unter die Dusche und frische Klamotten anziehen.« Sie ging den Flur hinunter. Sachs folgte ihr, drehte sich zu mir um und schürzte vielsagend die Lippen.

*Blödes Arschloch.*

# 17

Ich parkte im Brückenhof auf der Straße im Schatten der fünf Stelen aus pockennarbigen Waschbetonplatten, die sich mit ihren 16 Stockwerken in den Himmel fraßen. Auf dem wandtafelgroßen Klingeltableau fand ich den Namen Irina Mayer und drückte den dazugehörigen Knopf. »Bin gleich unten!«, drang es kratzig und blechern aus der Gegensprechanlage. Eine sichere Wohnung für Kronzeugen im Hochhausmoloch

des Brückenhofs einzurichten, grenzte entweder an Geniali-
tät oder an Wahnsinn. Nach meiner Erfahrung mit der Kasseler Staatsanwaltschaft lag Letzteres leider näher. Beim
Überfliegen der Namen der übrigen Bewohner des Hauses
entdeckte ich einige, die sicher gerade nicht zu Hause waren,
sondern für einen Kurzurlaub in Beugehaft saßen. Ich ging
zurück zum Ford und wartete am Straßenrand. Bis Cohn aus
dem achten Stock unten wäre, würde es eine Weile dauern.

Während ein alter Mann mühevoll einen zerschlissenen
Trolley mit einer Monatsration Karlsquell in Dosen die Stufen vor dem Eingang des Hochhauses hochzog, sprang Cohn
auf der anderen Seite herunter. Sie sah kaum verändert aus,
bis auf ein paar Details: Sie trug die langen blonden Haare
offen, hatte ein lockeres Sweatshirt an mit den fetten Buchstaben »DIESEL« auf der Brust sowie ausgefransten Bünd-
chen, und die Lederjacke hatte sie sich über die Schulter
geworfen. Sie hatte Lippenstift aufgelegt, was ihren schiefen Mund nur mehr betonte. So wie sie auf mich zuwippte,
schien sie nichts anderes als Spaß im Sinn zu haben. Dass
dieselbe Frau sich über eine Leiche beugte, ohne eine Miene
zu verziehen, war eigentlich kaum zu glauben.

Betont teilnahmslos lehnte ich an meiner Schrottmühle.
Bevor sie auf die Idee kommen konnte, mich zur Begrüßung zu umarmen, verschanzte ich mich hinter der geöffneten Beifahrertür und ließ sie einsteigen. Während ich zur
Fahrerseite um das Auto schlich, spürte ich die Müdigkeit
nach mir greifen. Ein Nickerchen war daran gescheitert,
dass ich in Gedanken andauernd das Gespräch mit Poller
durchgespielt hatte. Eine Kanne Kaffee später fühlte ich
mich immer noch wie ein Schlafwandler, nur eben wie einer
mit viel Koffein im Bauch.

»Ist es okay, wenn wir Szenelokale meiden? Die Gesellschaft von Freunden wäre mir im Moment lieber.«

Sie schaute fragend.

»Du wolltest gestern Abend wissen, was mich in der Nordstadt hält.«

Sie nickte.

»Wart's ab.«

Matt stand hinter dem Tresen und zapfte Bier. Er sah mich mit Cohn in den Gastraum eintreten und konzentrierte sich schnell wieder auf das überlaufende Glas in seiner Hand. Ein süffisantes Grinsen war ihm über die Lippen gehuscht. »Meinardo«, krakelte er durch den überfüllten Raum. Einige mir Unbekannte zuckten zusammen, während die Stammgäste unbeeindruckt weiteraßen. Gerade weil Matt sich stets zu laut gebärdete und darüber regelmäßig mit Rosetta in Streit geriet, war das Vesuvio der perfekte Ort für alle, für die die Ehe der beiden im Vergleich zum eigenen verkorksten Leben wie der Himmel wirkte. Also solche Menschen wie mich.

Matt war von seiner Stufe hinter dem Ausschank heruntergestiegen und davor getreten. Jetzt war er kaum höher als die Tresenplatte. Um Cohn ins Gesicht schauen zu können, musste er den Kopf in den Nacken legen. Aber Matt war das gewohnt, und es kratzte nicht im Mindesten an seiner sizilianischen Ehre.

»Das isse abe eine Überraschung. Setze euch da hin.« Er zeigte auf den Tisch in der Ecke, an dem Matts Vater Luca normalerweise sein Nickerchen hielt.

Matt hatte meinen Blick auf Lucas leeren Platz bemerkt. »Der alte Herr isse obe in unsere Wohnung. Gehe ihm gut.« Er wischte mit dem Tuch, das in seinen Hosenbund geklemmt gewesen war, die Krümel vom Tisch. »Willse uns nich vorstelle?« Er lächelte Sandra Cohn dermaßen breit an, dass ich fürchtete, er könnte noch mehr von seinem italienischen Charme versprühen. Matt verfügte da über einen scheinbar unbegrenzten Vorrat, den er meistens bei Rosetta einsetzte, um sie gnädig zu stimmen, aber hin und wieder gingen die Gäule mit ihm durch.

»Das ist Sandra Cohn.« Um niemandem im Raum Angst einzujagen, setzte ich flüsternd nach: »Vom LKA Frankfurt. Das ist Matteo Ferrugio, der beste Pizzabäcker der Nordstadt und der großartigste Freund, den man sich wünschen kann.«

»Ahhhh, Meinardo«, säuselte Matt und gab mir einen verlegenen Klaps auf den Arm. »Warte Sie ab, bis Sie habe kennengelernt meine Rosa, die wurde eher ihre eigene Ehemann verhungern lasse als ihre Lieblingsanwalt.«

Wie aufs Stichwort tauchte Rosetta aus der Küche auf. Sie zwinkerte mir fröhlich zu, dann zog sie kurz eine Grimasse, die ich nicht deuten konnte, als sie Cohn neben mir entdeckte. Wie eine Spinne im Angriffsmodus schoss sie vor und baute sich neben Matt auf. »Warum habe die beide nichs zu trinke? Matteo, du bisse eine schlechte Gastgeber.« Sie wischte erneut mit einem Tuch über den Tisch. Matteo rollte die Augen und verschwand hinter dem Tresen. »Bitte, setze Sie sich doch.« Rosetta wartete, bis Cohn an der einen Seite und ich ihr gegenüber Platz genommen hatte, dann quetschte sie sich neben mich. Sie beugte sich vor, bis ihre Brüste auf der Tischplatte lagen und der Jesus am Kreuz, der zwischen ihnen ein zwar kuscheliges, aber beengtes Zuhause gefunden hatte, mal wieder Tageslicht sah. »Sie sind doch nich wegen die Sache hier, die meine Anwalt so große Schwierigkeite mache?«

»Rosetta, bitte. Können wir nicht erst mal essen?«, versuchte ich sie zu bremsen.

Cohn lächelte. »Ist schon gut. Machen Sie sich keine Sorgen, wir passen gut auf Herrn Petri auf.«

Rosetta schien zufrieden. Ihre Knödelbrüste hoben sich vom Tisch und der Gekreuzigte verschwand dazwischen. Manchmal beneidete ich ihn um seinen warmen, weichen Platz.

Matt kehrte zurück. Er hielt uns eine Flasche hin. »Vino?« Ich nickte, Cohn ebenfalls.

»Und was wolle zu esse?« Er beugte sich zu uns und flüsterte in die hohle Hand: »Isse noch was von Rosettas Lasagne ubrig. Unsere private Rezept.« Er zwinkerte.

Cohn und ich sahen uns an und nickten zeitgleich. Matt goss die Gläser voll und ließ uns allein.

»Das ist der also der Grund, weshalb du dich in diesem Kiez zu Hause fühlst?«

»Du meinst eine müffelnde italienische Kaschemme?«

»Das hast du gesagt. Ich meinte das Ehepaar Ferrugio.«

»Ja, die beiden haben mich quasi adoptiert. Was ist eigentlich mit dir? Was würde Matthias Frank mir über dich verraten, wenn er nicht so verschwiegen wäre?«

»Er würde dir erzählen, dass wir uns bei einer Fortbildung nähergekommen sind, als wir es gewollt hatten. Und dass ich nach Kassel abberufen wurde, weil ich in Frankfurt ein wenig Ärger mit den Kollegen hatte.« Sie schmunzelte.

Rosetta trat mit einer Auflaufform an den Tisch und stellte Teller vor uns hin. »Aufpasse! Isse heiß. Soll ich euch bringe eine ganze Flasche Vino?«

»Möchtest du noch etwas anderes trinken?«, fragte ich.

»Nein, Rotwein ist prima. Der schmeckt sehr gut. Sizilianisch?«

Rosetta gurrte bestätigend. »Den bringe wir mit, wenn wir sind in die Heimat. Isse unser private Vorrat, aber für Meinardo un seine Freunde ...« Sie lächelte verschwörerisch und verschwand.

Matt brachte uns die Flasche und stellte sie hinter die Speisekarte, die aufrecht in einem Halter steckte. »Musse nich jede wisse.« Pfeifend scharwenzelte er zu Rosetta und tuschelte mit ihr. Ich entnahm ihrem huldvollen Lächeln, dass ich ihren Segen hatte; dabei wäre das im Fall von Sandra Cohn gar nicht nötig gewesen. Ich konnte selbstverständlich für nichts garantieren, aber hätte mich jetzt – im halb nüchternen Zustand – jemand gefragt, dann wäre es selbstverständlich für mich gewesen, sie nach dem Essen ganz brav zu ihrer Bude zu fahren und ihr vor der Tür eine gute Nacht zu wünschen – ohne Abschiedskuss.

Wir bliesen auf die brodelnde Auflaufmasse auf den Tellern vor uns. Cohn kostete vorsichtig. »Ui, heiß! Aber so was von lecker!«

»Rosetta ist die beste Köchin, die ich kenne.«

»Dann solltest du öfter herkommen. Du könntest ein paar Kilo mehr auf den Rippen vertragen.«

Das war vertraulicher, als es mir nach einem vermasselten Abend in der Disko und einem ersten gemeinsamen Essen lieb war, aber die Tatsache war nun mal so offensichtlich, dass ich es ihr nicht mal übel nahm. »Ich schlafe nicht besonders gut in letzter Zeit. Das schlägt mir auf den Appetit.«

»Azrael?«

»Es würde mir bedeutend besser gehen, wenn ich wüsste, dass er hinter Gittern sitzt.«

»Sieht nicht so aus, als wäre damit bald zu rechnen. Seine Spur hat sich auf den Malediven verloren. Keine Ahnung, wie er es nach Deutschland geschafft hat, ohne auch nur den geringsten Fußabdruck zu hinterlassen.«

»Und niemand weiß, was mit Richter Drömer auf seiner Segeltour passiert ist?«

»Nein, tut mir leid. Gibt es irgendetwas, was wir für tun können, damit du dich besser fühlst?«

»Wir? Du meinst die Kripo?«

Sie nickte.

»Vielleicht wäre es hilfreich, mich nicht auf einen irren Serienmörder anzusetzen.«

Sie lachte laut. »Okay. Was sonst?«

»Schon gut. Ich habe eine erstklassige Therapeutin. Die beißt sich an mir bereits die Zähne aus.«

»Vielleicht willst du über Poller reden?«

Ich schickte einen skeptischen Blick zu ihr hinüber.

»Nein, Matthias hat mir nicht aufgetragen, dich auszuhorchen. Es interessiert mich tatsächlich.«

»Es läuft genau so, wie du es dir wahrscheinlich vorstellst. Er spielt mit mir und freut sich über die Ablenkung vom öden Psychiatriealltag. Seht ihr gar keine andere Möglichkeit? Ich meine, ist es denn wirklich nötig, sich auf das Spiel mit diesem Psychopathen einzulassen?«

Sie zog einen Mundwinkel hoch. »Wir bringen dich nicht zum Vergnügen in eine solche Situation. Die einzige Spur ist Pollers letztes Opfer. Wir sind nahezu sicher, dass Jungbluths Mörder und unser aktueller Täter ein und dieselbe Person sind und er wieder Blut gerochen hat. Ich würde sonst was drauf verwetten, dass Poller weiß, wer es ist.«

»Nehmen wir mal an, damals hat sich jemand die spektakuläre Mordserie des Sandmanns zunutze gemacht, um sich an Jungbluth zu rächen. Und spinnen wir weiter, dass dieser Unbekannte sich jetzt bei Poller für das falsche Schuldeingeständnis bedankt, indem der Unbekannte diejenigen aus dem Weg räumt, die den Sandmann in die Forensik gebracht haben. Würde das als Motivation ausreichen, um zig Menschen als Dankeschön umzubringen? Und dann auf diese brutale Art?«

»Wenn du ein paar Jahre in Frankfurt gearbeitet hast, gibt es nichts mehr, was die grausamste Fantasie überflügeln könnte. Da töten Menschen bestialischer wegen geringerer Gründe.«

Allein der Gedanke schüttelte mich. Weil unsere Gläser leer waren, füllte ich nach, obwohl mein Pegel bereits den Punkt überschritten hatte, an dem die Müdigkeit beinahe übermächtig wurde. »Ich geh mal kurz für kleine Anwälte«, sagte ich und stand auf.

Cohn blieb allein am Tisch zurück, während ich die Treppe in den Keller nahm, wo sich die Toiletten befanden. Das Deckenlicht flackerte, ein Lufthauch zog durch das enge Gewölbe. Die Tür zum Innenhof stand offen, wahrscheinlich hatte Matt vergessen, sie nach der letzten Getränkelieferung zu schließen, oder er hatte sie absichtlich zum Lüften geöffnet. Der Geruch, der in der Herrentoilette aus dem Abfluss drang, schien direkt aus der Hölle zu entweichen. Ich stellte mich vor das Pissoir und schaute wie üblich an die Decke. Als ich den Hosenschlitz geschlossen hatte und die Hände unter den Wasserstrahl im Waschbecken hielt, ging plötzlich das Licht aus. Hinter meinem Rücken hörte ich ein gedämpftes Räuspern.

»Hallo, Anwalt.«

# 18

Das Wasser aus dem Hahn schien sich in Eis zu verwandeln. Nadelstiche wanderten von den Händen direkt zu meinem Herzen, das für einen Schlag aussetzte. Umdrehen ging nicht, alles an mir war schockgefrostet, mein Hirn war wie leer gefegt.

»Schön, Sie mal wieder zu treffen.« Aus der Dunkelheit flüsterte mir die vertraute Stimme von Azrael ins Ohr. »Ich könnte mir gemütlichere Orte vorstellen, aber ich bin einiges gewohnt in letzter Zeit. Ja, auf der Flucht landet man in Ecken der Welt, die man sonst gemieden hätte, das kann ich Ihnen sagen.«

Er plauderte in einem Ton, als wären wir alte Freunde. Ich konnte seinen Atem in meinem Nacken spüren. »Was wollen Sie?« Jedes Wort kratzte beim Sprechen.

»Ich hatte das Gefühl, Sie bräuchten ein wenig Unterstützung.«

»Wie bitte?«

»Macht nicht den Eindruck, als kämen Sie allein klar. Und da dachte ich, ich unterhalte mich endlich persönlich mit Ihnen. Nur Karten zu schreiben scheint in Ihrer Lage nicht mehr auszureichen.«

Im Flur näherten sich Schritte. »Meinardo?«

*Matteo!*

»Sie sollten ihn aufhalten, Anwalt, wenn Sie nicht möchten, dass Ihr kleiner italienischer Freund einen tödlichen Unfall erleidet.«

Schweißperlen kribbelten auf meiner Stirn. Ich rief durch die geschlossene Tür: »Warte draußen, bin gleich fertig!«

Ich merkte, wie Azrael hinter mir ein Stück zurücktrat. »Wir sind hier auch fertig für heute. Ich beobachte alles, was Sie tun, das ist Ihnen hoffentlich klar. Und nun gehen Sie.«

Mechanisch löste ich mich aus der Starre und tastete nach der Türklinke. Das Licht im Flur blendete mich, als ich hinaustrat.

Matteo lehnte an der Wand. »Du siehs krank aus. Isse alles gut?« Er kam näher. Jeder einzelne Herzschlag brachte meinen Körper zum Beben. Ich nahm sämtliche Willenskraft zusammen, legte einen Arm auf seine Schulter und zog ihn zur Treppe. »Es ist alles in Ordnung. Ich vertrage in letzter Zeit einfach keinen Rotwein.«

»Ah. Das isse scheiße.«

»Das kannst du laut sagen.« Ich schob ihn vor mir die Treppe rauf und hörte, wie sich hinter uns Schritte in Richtung Hinterausgang entfernten.

Ich hatte nur wenige Stufen Zeit, um eine Entscheidung zu treffen. Ich malte mir aus, was hier los wäre, wenn ich Alarm schlagen würde. Die Kripo würde Matt den Laden auseinandernehmen und damit den Großteil seiner halbseidenen Kundschaft für lange Zeit vertreiben. Ich sah Rosetta vor meinem geistigen Auge einen Nervenzusammenbruch erleiden und Matt mir Vorwürfe machen, weil er mich von Anfang an gewarnt hatte. Und wofür das alles? Mit Sicherheit war Azrael längst über alle Berge, und wie ich ihn kannte, hatte er weder Fingerabdrücke noch andere Beweise für seine Anwesenheit hinterlassen.

Ich setzte mich zu Cohn, trank das Glas Wein leer und hoffte, dass sie das Zittern meiner Beine unter dem Tisch nicht bemerkte.

»War was? Du bist ganz blass.«

»Mir ist schwindlig geworden. Zu wenig Schlaf, der Rotwein.«

»Willst du lieber heimgehen?«

Ich nickte stumm und nestelte fahrig nach meinem Portemonnaie.

Matt war an den Tisch getreten und winkte ab. »Vergisse das. So hohe Besuch isse selbsverständlich meine Gast.«

Cohn lächelte und quetschte sich aus der Sitzbank. Während wir zum Ausgang gingen, stand Rosetta schmunzelnd hinter dem Tresen und zwinkerte mir zu. Mit meinem Schweigen hatte ich die absolut falsche Entscheidung getroffen, was Cohn betraf, aber hundertprozentig die beste für Rosetta und Matt.

Wir gingen ein paar Schritte durch den lauen Abend, was meine Zweifel verjagte, jedoch nicht das Flattern im Magen.

An der nächsten Kreuzung folgte ich meinem Instinkt. »Soll ich dich zur Straßenbahn begleiten oder dir lieber ein Taxi rufen?«

Ich erntete einen enttäuschten Augenaufschlag. Offensichtlich hatte Cohn sich die weitere Gestaltung des Abends anders vorgestellt, und unter normalen Umständen hätte ich nach zwei Glas Wein vermutlich mitgespielt.

»Ich nehme die Bahn. Du musst nicht mit mir warten, ich bin schon ein großes Mädchen, und gegen das Frankfurter Bahnhofsviertel ist der Kiez hier ein Kinderspielplatz.«

»Ich bring dich wenigstens noch zur Haltestelle.«

Auf der Holländischen Straße ratterte eine Bahn heran. Cohn rief: »Mach's gut, bis morgen.« Sie spurtete über die Fahrbahn bis zur Haltestelle und verschwand hinter den Waggons.

Auf dem Weg nach Hause erschrak ich vor jedem Schattenspiel, das sich im Licht der flackernden Straßenbeleuchtung zeigte. Ich beobachte alles, was Sie tun, hatte Azrael gesagt. Der Damm war gebrochen, er hatte sich gezeigt. Ab sofort würde er das Spiel konsequent zu seinen Gunsten zu Ende bringen. Insgeheim verfluchte ich die Entscheidung, sein Auftauchen verschwiegen zu haben. Ich hatte mich verhalten, als könnte ich mit ihm auf Augenhöhe agieren, und hätte es besser wissen sollen: Ich hatte mich ihm ausgeliefert. Ein altbekanntes Nervenflattern arbeitete sich von den Füßen nach oben. Es war das unterschwellige Zittern, das mich seit einigen Monaten in jede Spielhölle begleitete. Mir wurde übel, als mir klar wurde, dass ich begonnen hatte, das Spiel mit Azrael aufregend zu finden, so wie ich es aufregend fand, Geld in einen Automaten zu werfen. Er hatte mir mal auf den Kopf zugesagt, dass ich dem Irrtum erlegen sei, den Ausgang einer Partie kontrollieren zu können. Er hatte recht gehabt. Genau das war der Grund, weshalb ich seine Nachrichten und sein Auftauchen für mich behalten hatte. Er hatte ein Spiel begonnen, und ich war eingestiegen. Und wie bei unserer ersten Begegnung handelte es sich beim Einsatz um nichts Geringeres als Menschenleben.

## 19

*Wach auf!*

Als mich die Stimme aus dem Schlaf riss, war ich höchstens eine Stunde weg gewesen. Davor hatte ich scheinbar endlos wach gelegen und im Dunkeln an die Decke gestarrt. Dabei war der Entschluss gewachsen, ab sofort alles zu tun, um Azrael zur Strecke zu bringen, keine weiteren Alleingänge zu unternehmen und auf jede Art mit der Polizei zu kooperieren, die notwendig sein würde. Frau Loth hatte mir mal erklärt, dass alles, worüber man in der Nacht beim Wachliegen grübelte, am nächsten Tag vergessen oder zumindest verblasst sei, da eine Unterversorgung mit irgendeinem Hormon das Gehirn in einen unzurechnungsfähigen Zustand versetzte.

Tatsächlich war der Vorsatz am Morgen allenfalls noch ein laues Lüftchen. Während die Kaffeemaschine gurgelte und

Wasser in den Filter spie, nahm ich die brettharte Wäsche von der Leine im Bad. In das Fauchen der Maschine mischte sich ein Kratzen. Ich folgte dem Geräusch und ortete den Ursprung im Hausflur. Ich riss die Tür auf. Eine alte Dame mit löchrigem Strickmantel schaute mich perplex an. Wir waren uns ein paarmal im Treppenhaus begegnet, sie wohnte vermutlich in der Etage über mir. Als wäre es meine Schuld, dass sie ertappt worden war, schürzte sie missmutig den faltigen Mund und schob fahrig mit der Hand einen Umschlag unter den Mantel. Ihr Atem roch nach Alkohol.

»Haben Sie mir etwa die Beileidskarten vor die Tür gelegt?«

»Und wenn?« Ihre Stimme klang so ähnlich wie das Fauchen der Kaffeemaschine. Ihre eingefallenen Wangen blähten sich auf.

Ich war mir sicher, dass sie nicht der Ursprung, sondern lediglich die Überbringerin der Karten war. »Bitte, ich werde Ihnen keinen Ärger machen. Ich will nur wissen, woher sie stammen.«

Sie hielt den unter ihrem Mantel verborgenen Umschlag fest wie einen Schatz und kniff skeptisch die Augenlider zusammen.

»Was auch immer Sie dafür bekommen, dass Sie die vor meine Tür legen, ich gebe Ihnen das Doppelte.« Mir war klar, dass das ein gewagtes Versprechen war, ich hatte jedoch keine andere Wahl.

Sie legte den Kopf schief. »Echt?«

»Versprochen.«

Langsam zog sie den Umschlag unter dem Mantel hervor und hielt ihn mir entgegen. Das Kuvert vibrierte in ihren Fingern. Kein ängstliches Zittern, eher ein Tremor. Alkoholmissbrauch im Endstadium. Sie tat mir leid. Ich schnappte mir die Karte, bevor sie es sich anders überlegte.

»So ein Kurzer passt mich vor dem Aldi ab und gibt mir die Dinger.«

»Ein Kurzer?«

»Höchstens acht, älter ist der auf keinen Fall.«

»Hat er Ihnen verraten, woher er sie bekommt?«

»Hab ihn nicht gefragt und will es auch gar nicht wissen. Er gibt mir Geld für das …« Sie zog eine Flasche Wodka unter ihrem Mantel hervor. »Sie schulden mir jetzt zwei Flaschen.« Sie reckte den Kopf nach vorn, der genauso vibrierte wie ihre Hand.

»Ihre Wohnung ist über meiner, richtig?«

Sie zuckte zurück.

»Ich muss erst was besorgen.«

»Sie haben gesagt, ich kriege das Doppelte.«

»Versprochen. Ich habe bloß nichts im Haus.«

»Das Doppelte!«

»Ehrenwort!« Ich hob die Finger zum Schwur, das schien sie zu besänftigen.

»Bin oben«, murmelte sie und begann den Aufstieg zu ihrer Etage. Sie zog sich Stufe für Stufe am Geländer hoch. Als Botin war sie die perfekte Wahl, niemand würde eine alte Frau verdächtigen.

Ich trug den Umschlag in die Küche. Frank hatte gesagt, ich dürfe ihn nicht öffnen. Ich erinnerte mich an die guten Vorsätze der Nacht. Bevor ich in Versuchung kommen konnte, sie zu brechen, griff ich zum Telefon. Es dauerte eine Ewigkeit, bis ich Frank am Apparat hatte. Sämtliche Beamte waren mit der Aufnahme von Hinweisen zu Azrael beschäftigt. Endlich wurde ich zu ihm durchgestellt.

»Lass mich raten: Du hast Post gekriegt.« Frank klang müde.

»Über mir wohnt eine alte Dame. Sie hat die Briefe vor meine Tür gelegt. Sie sagt, dass ein Junge sie ihr übergibt.

Höchstens acht Jahre alt, also bestimmt nicht der Urheber der Botschaften.«

»Ich schicke dir jemanden, der den Umschlag abholt.«

Aufgelegt.

Die Gelegenheit nutzte ich, um die versprochene Gegenleistung zu besorgen. Ich schnappte mir die Schlüssel und wartete auf der Straße, bis ein Wagen mit zwei Beamten auf den Seitenstreifen fuhr. Es waren die beiden, die Frenzel aus den Augen gelassen hatten. Der Botendienst war eine eindeutige Strafarbeit. Der Polizist auf der Fahrerseite kurbelte das Fenster runter. Ich hielt den Umschlag mit genug Abstand vor die geöffnete Scheibe, damit er ihn zwar sehen, aber nicht greifen konnte. »Bevor ich Ihnen den übergebe, müssen Sie mir einen Gefallen tun.«

»Ja?«

»Können Sie mir 20 Mark leihen?«

»Wie bitte?«

»Sie haben mich schon verstanden.«

»Kleinen Moment.«

Die Scheibe wurde wieder hochgekurbelt. Der Beamte griff zum Funkgerät. Nach einer Weile öffnete sich die Wagentür. Er holte sein Portemonnaie hervor. »Frank meint, ich soll Ihnen alles geben, was ich dabeihabe.« Er reichte mir ein paar zerknautschte Scheine, ich übergab ihm den Umschlag.

Ich wartete ab, bis die Beamten weggefahren waren. Am Kiosk um die Ecke verlangte ich zwei Flaschen Wodka. Mein Einkauf löste selbst um diese Uhrzeit nicht mal ein Stirnrunzeln aus. Ich zählte die restlichen Scheine. Es waren über 100 Mark übrig. Erstaunlich, wie viel Bargeld ein Beamter mit sich herumtrug.

Ich stieg die Treppen eine Etage höher als üblich. Die ausgeblichene Schrift auf dem Klingelschild verriet den Namen »Hirsch«.

Die alte Frau öffnete sofort. Hinter ihr erstreckte sich ein Flur, der aussah wie meiner, nur aus einer anderen Zeit. Der Teppichboden hatte mal ein Muster gehabt, das man an den Rändern noch erahnen konnte. Die Tapete warf das funzelige Flurlicht gelblich zurück.

»Sie können nich in meine Wohnung«, kommentierte sie meine unverhohlene Neugierde.

»Hier.« Ich hielt ihr die Flaschen entgegen. Ich hätte mich schäbig fühlen müssen. Leider hatte sich diese Empfindung in all den Jahren als Pflichtverteidiger abgewetzt. Keine Ahnung, wie oft ich Mandanten vor einer Verhandlung Alkohol besorgt hatte, damit die gerade vor dem Richter hatten stehen können. Mir kamen Pollers Worte in den Sinn: »Nehmen Sie sich ein Beispiel an Ihrem Vater.« Er hatte recht. Erhard Petri war eine andere Art von Anwalt in einer besseren Realität gewesen, und ich steckte in einer davon weit entfernten Galaxie fest, ohne Möglichkeit zur Umkehr.

Ich erschrak, als sie nach den Flaschen schnappte.

»Wenn Sie den Jungen das nächste Mal treffen, verraten Sie ihm bitte nicht, dass ich davon weiß.«

»Das Doppelte?«

»Ja klar.«

»Dann ist das geritzt.« Sie schlug mir die Tür vor der Nase zu.

Ich kehrte in meine Wohnung zurück. Im Flur roch es nach dem Kaffee, den ich gekocht hatte. Bevor ich endlich einen Schluck davon nehmen konnte, klingelte es Sturm.

Ich betätigte den Türöffner und lauschte ins Treppenhaus. »Zieh dir was an und komm runter!«, hallte Cohns Stimme von unten rauf.

Neugierig, ob ihr Überfall mit Azraels Nachricht zusammenhing, ließ ich den Kaffee stehen und folgte ihrer Aufforderung.

Cohn winkte von der Beifahrerseite eines dunkelblauen Audi. Hinter dem Steuer saß Sachs und schaute demonstrativ in eine andere Richtung. Ich war kaum eingestiegen, als er mit quietschenden Reifen losfuhr.

»Haben wir es so eilig?«

Cohn drehte sich nach hinten um. »Es gibt einen Toten.«

»Und was habe ich damit zu tun?«

»Er steht nicht auf unserer Liste der potenziellen Opfer.«

»Das beantwortet nicht meine Frage.«

Sachs sah mich im Rückspiegel auf die Art an, die ohne Worte zum Ausdruck brachte, wie sehr es ihn ankotzte, für mich den Chauffeur zu spielen. »Keine Ahnung, warum Frank Sie dabeihaben will. Wenn ich es entscheiden dürfte, würde man Sie festsetzen.«

»Was stand denn in der Karte?«

Cohn reichte mir einen Notizblock mit der abgeschriebenen Botschaft nach hinten.

Schlaf, Kassel, schlaf,
Der Doktor war ein Schaf,
Ist selbst das liebe Gotteslamm,
Das um uns all zu Tode kam,
Schlaf, Kassel, schlaf!

Zu spät. Azrael.

»Das klingt, als ob ihr die Leiche von Berkel gefunden hättet.«

»Nein, die von Berkel ist es nicht.«

# 20

Den Rest der Fahrt schaute Cohn stumm nach vorn auf die Fahrbahn. Sachs schielte ab und zu in den Rückspiegel. Seine Mimik verriet mir, dass ich seiner Meinung nach an allem schuld war.

In Niederzwehren bogen wir an der Kurhessenhalle Richtung Park Schönfeld ab. Mehrfamilienblocks und Reihenhäuser wechselten sich mit Nachkriegsbauten auf überschaubaren Grundstücken ab. Ich kannte die Gegend gut. Von meinem Elternhaus aus brauchte man bis Niederzwehren gerade mal eine Viertelstunde zu Fuß quer durch den Park. Ein Verdacht wühlte in meiner Magengrube. Wir passierten eine Reihe von Einsatzfahrzeugen und bogen in eine Einfahrt ein, die mir sehr bekannt war. »Nicht Dr. Skorka.«

Cohn hob die Augenbrauen. »Du erinnerst dich also an ihn? Wir haben ein Foto von dir in seinem Haus gefunden.«

»Er war ein Freund meines Vaters.«

Sachs stieß scharf Luft aus und zog krachend die Handbremse an.

Frank lehnte an der Hauswand neben dem Eingang. Der Notarzt eilte mit verkniffener Miene an ihm vorbei. Er hätte sich besser um den Kommissar kümmern sollen, der aussah, als stünde er kurz vor dem Kollaps.

Ein Mann von der Spurensicherung ging auf Frank zu. »Skorka muss den Täter gekannt haben. Keine Einbruchspuren oder Anzeichen eines Kampfes. Er muss ihn reingelassen haben.«

Frank wartete ab, bis Cohn und Sachs im Haus verschwunden waren, dann nahm er mich zur Seite. »Die Sache entwickelt sich gerade in eine Richtung, die …«, er pustete die Backen auf, »mir ehrlich gestanden ... Mist, Mist, Mist.« Er fuhr sich mit den Händen über die Haarstoppeln.

»Findest du wirklich, dass wir unter diesen Umständen Poller weiter mit Informationen füttern sollten?«

»Wir? Ich sag dir, was *wir* tun werden: Wir können jetzt Skorkas sämtliche Akten auf der Suche nach einer Verbindung zu den übrigen Toten wälzen. Hatte dein Vater beruflich mit Skorka zu tun?«

»Nicht dass ich wüsste. Sie waren Freunde, sonst nichts.«

»Es liegt nicht bloß an deiner Präsenz in der Presse, dass Poller ausgerechnet mit dir reden wollte. Dein Vater könnte irgendwie mit drin hängen. Da ist etwas, was wir nicht erkennen.«

»Ihr habt doch sicher die Fälle gecheckt, in denen Wiener, Sehling und Frenzel gemeinsam aufgetaucht sind. Gab es da einen, in dem mein Vater die Verteidigung hatte?«

»Glaubst du ernsthaft, du wärst hier, wenn das so gewesen wäre?« Frank kaute auf seiner Unterlippe. »Rede noch mal mit Poller. Aber kein Wort über Skorka. Bevor nicht klar ist, ob es wirklich derselbe Täter war, behalten wir diese Information für uns.«

»Kann es ein anderer gewesen sein?«

Frank schüttelte müde den Kopf. »Geh selbst gucken, wenn du es wissen willst.«

Ich haderte, ob ich meine Kindheitserinnerung an Hartmut Skorka zerstören wollte, indem ich mir seine Leiche ansah. Da die Fantasie manchmal grausamer war als die Realität, ging ich hinein und merkte, dass ich mich geirrt hatte: Die Vorstellung hätte absolut ausgereicht. Die Leiche auf dem Boden war schwerlich als Hartmut Skorka zu identifizieren. Blut war in den beigefarbenen Teppich eingesickert, auf dem sich ein grausames Ritual abgespielt haben musste.

Ich erschrak, als mich Cohn am Rücken berührte. »Ist das Skorka?«

»Es ist eine Ewigkeit her, aber ja, leider.«

»Die Haushälterin hat ihn gefunden. Die Haustür stand offen, nichts deutet auf gewaltsames Eindringen hin. Skorka hat seinen Mörder ins Haus gelassen.«

Ich schaute mich um. Das Wohnzimmer sah beinahe genauso aus, wie ich es in Erinnerung hatte. Die Tapete war erneuert worden, der Teppich ebenfalls. Die schweren Möbel, die den Raum zu erdrücken schienen, befanden sich exakt dort, wo sie früher schon gestanden hatten. Auf einem Regalbrett entdeckte ich zwischen einigen Bilderrahmen einen Abzug des Examensfotos von mir und meinem Vater. Die Männer hatte eine tiefe Freundschaft verbunden. Wenn mein Vater mich an den Wochenenden zu einem Spaziergang durch den Park Schönfeld mitgenommen hatte, war unser Ziel stets dieses Haus gewesen. Skorka und er hatten im Garten genüsslich ihre Zigarren geschmaucht und geredet. Ich hatte ihre Unterhaltung langweilig gefunden und mit Skorkas Terrier gespielt, bis zwischen den beiden alles gesagt gewesen war und wir denselben Weg durch den Park zurückgegangen waren. Der Zigarrengeruch war meiner Mutter nie verborgen geblieben, und dem Streit, der darüber ausgebrochen war, hatte sich mein Vater durch Flucht in sein Arbeitszimmer entzogen.

Der Zigarrengeruch war aus den Räumen verschwunden, genauso wie das vertraute Gefühl jener Tage. Wie konnte etwas derart Banales zu einer lieb gewordenen Erinnerung werden? Jetzt lag Skorka da, verstümmelt, entstellt. Die Bilder der Vergangenheit waren überschrieben worden durch einen ungeheuerlichen Akt der Grausamkeit. Eine schwere Traurigkeit trieb mich nach draußen an die frische Luft.

Frank wartete in der Einfahrt auf mich. In seinen Augen lag eine Mischung aus Mitleid und Verachtung, die mir für meinen Geschmack in letzter Zeit zu häufig begegnete.

»Was ist mit Berkel?«, fragte ich.

»Nach wie vor verschwunden. Derzeit kommt er genauso als Hauptverdächtiger wie als nächstes Opfer infrage. Er hat sich genug Freiraum dadurch verschafft, dass er Polizeischutz abgelehnt hat. Wir haben sein Büro auf den Kopf gestellt – ich kann dir sagen, eine Gerümpelkammer ist leer dagegen. Die Kollegen haben den gesamten Kram eingepackt und sichten ihn gerade.«

»Hätte er ein Motiv?«

Frank schnaubte genervt. »Braucht ein Irrer, der zunehmend mehr Spaß am Töten findet, ein Motiv?«

»Es müsste doch irgendeinen Zusammenhang zwischen ihm und den Opfern geben.«

»Berkel arbeitet im Gesundheitsamt, wie du dich vielleicht erinnerst, und nebenbei als psychologischer Gutachter. Davor jahrelang als Freiberufler. Kontakte zu Sehling, Frenzel und Wiener gibt es da vermutlich unzählbare. Hast du eine Ahnung, wie viele alte Fälle wir sichten müssten? Und die Hälfte ist wahrscheinlich längst nicht mehr aktenkundig.« Frank spuckte wütend in den Vorgarten und fing sich dafür den tadelnden Blick eines Spurensicherers ein.

»Soll ich Poller irgendetwas Bestimmtes sagen?«

»Sag ihm, dass ich ihn in das dunkelste Loch stecke, das in ganz Nordhessen zu finden ist, und ihn bei Brot und Wasser so lange dahinvegetieren lasse, bis er endlich mit der Sprache rausrückt.« Auf Franks Winken eilte ein Beamter zu ihm. »Bringen Sie Herrn Petri nach Hause.«

Ich hatte das Grundstück noch nicht verlassen, als Frank mir hinterherrief: »Ach, Meinhard!« Er trat ein paar Schritte zu mir heran. »Ich muss dich darüber aufklären, dass du das natürlich nicht mehr tun musst. Die Zulassung hast du zurück, deine Schuld ist quasi beglichen. Aber sobald du irgendetwas anstellst, was die Ermittlungen behindert, oder uns relevante Informationen verschweigst, bist du sie umgehend wieder los.«

Er fixierte meine Augen, als wüsste er, was ich am Abend zuvor angestellt hatte. Ich setzte mein Pokerface auf und spürte, wie die guten Vorsätze der Nacht von dem Kribbeln, das mich seit dem Treffen mit Azrael begleitete, fortgespült wurden.

# 21

Wenn es jemanden gab, der über die Beziehung von Skorka und meinen Vater Bescheid wusste, dann war es meine Mutter. Ich musste sie vorwarnen, dass die Kripo bei ihr auftauchen würde. Sie hatte erwähnt, dass die Kinder bei ihr zu Besuch seien. Ich wollte mir nicht vorstellen, was los wäre, wenn Conny sie abholen käme und auf Kriminalbeamte träfe.

Kurz vor der Einfahrt zwang ich mich, nicht weiterzufahren. Obwohl Connys Volvo nirgends zu entdecken war, ließ ich den Ford auf dem Bürgersteig stehen, wahrscheinlich, um mir eine letzte Möglichkeit zur Flucht offenzuhalten.

Am Fuß der Treppe zur Haustür hörte ich ein Kind gackern. Simon. Der kleine Kerl war viel leichter zum

Lachen zu bringen als seine Schwester. Ich fand, dass Sarah schon bei ihrer Geburt einen ernsteren Ausdruck gehabt hatte. Aber während ich mich oft genug umsonst abgemüht hatte, schaffte Simon es jedes Mal, sie mit seinem Lachen anzustecken.

Ein Tonnengewicht an meinem Arm schien die Bewegung zur Klingel zu begleiten, mein Puls hatte sich in Bassschläge verwandelt. Während mein Zeigefinger auf den Klingelknopf drückte, war mein Kopf leer. Wie in weiter Ferne hörte ich die Glocke. Schritte näherten sich, es war es zu spät, um wegzulaufen.

»Meinhard? Das ist aber eine Überraschung.« Ein Anflug von Skepsis im Gesicht meiner Mutter wurde von einem breiten Lächeln weggewischt. »Kinder, guckt mal, wer hier ist.«

Ich trat in den Hausflur. Genau so, wie ich beim letzten Besuch über das glatte Parkett geschlittert war, rutschte Simon mir auf Socken entgegen. »Papa!«

Aus dem Wohnzimmer drang Sarahs Stimme, verhalten und angespannt. »Papa?«

Keine Sekunde später schlangen sich Simons Arme um meine Oberschenkel. Sarah tapste mit schiefgelegtem Köpfchen heran. Ich sank auf die Knie, um mit ihr auf Augenhöhe zu sein. Als sie nah genug war, nahm ich ihre Hand und zog sie zu mir. Ich drückte meine Kinder so fest, wie es gerade eben ging, ohne ihnen wehzutun. Eine Woge flutete mein Bewusstsein. Widersprüchliche Gefühle in einer Konzentration, die nur auszuhalten waren, indem ich die Luft anhielt. Dieselbe Gefühlsdichte wie am Tag ihrer Geburt. Darauf konnte einen das Leben nicht vorbereiten, weil es nichts Vergleichbares gab. Ich wagte nicht, zu atmen, da mich die Welle dann unweigerlich davontragen würde. Und ich wollte stark sein, es die beiden nicht spüren lassen. Es funktionierte nicht. Ich drückte das Gesicht zwischen meine Kinder, sog mit einem tiefen Atemzug den vertrauten Geruch ein und fragte mich, wie ich je wieder eine Sekunde ohne ihn leben sollte. Ich hob den Kopf. Die Augen meiner Mutter glitzerten feucht. Sie lächelte. »Ich koche in der Küche Kakao für euch.« Sie ließ uns im Flur allein.

Simon löste sich als Erster aus der Umklammerung. »Papa, komm, ich zeig dir, welche Buchstaben ich schon kann.«

Ich hatte verpasst, wie mein Sohn Schreiben gelernt hatte. Eine Träne glitt mir kalt die Wange hinab. Simon zog an meiner Hand, bis ich aufstand, ließ mich los und stürmte in die Küche, während Sarah mit einem beängstigend erwachsenen Blick zu mir aufsah.

»Warum weinst du, Papa?«

Ich hob sie hoch und hielt sie an meine Hüfte gepresst fest. »Ich freue mich einfach so sehr, bei euch zu sein.«

Sie schaute aus ihren ernsten Kinderaugen, und ich erkannte darin tausend ungestellte Fragen. Es beruhigte mich, dass sie noch zu klein war, um sie zu formulieren, da ich keine Antworten gehabt hätte.

Aus der Küche quengelte Simon. »Los, Papa! Guck!«

Ich ließ Sarah runter. Sie zog mich hinter sich her. Simon hockte auf den Unterschenkeln auf dem Küchenstuhl und malte mit einer Wachsmalkreide riesige Schreibschriftbuchstaben in ein Heft mit Hilfslinien. Er hatte sich die Zunge zwischen die Zähne geklemmt und atmete angestrengt, während er mit steifen Bewegungen schiefe Bögen produzierte. Ich liebte ihn allein für die Hingabe, mit der er ein einziges kleines E malte.

»Genau wie du«, sagte meine Mutter verträumt.

Ich versuchte, ihr nicht in die Augen zu sehen. »Ich kann nicht …«, wisperte ich. Ein Fuß tastete bereits nach dem Fluchtweg.

Im Bruchteil einer Sekunde packte sie meinen Arm. Ich kannte diesen kompromisslosen Griff, hatte ihn aber schon eine Ewigkeit nicht mehr zu spüren bekommen.

»Doch, du kannst.« Sie dirigierte mich an den Küchentisch und sagte an Simon gewandt: »Das machst du toll, mein Großer. Zeig dem Papa mal ein A.«

Ein Strahlen huschte über Simons Gesicht, dann wanderte die Zungenspitze in den anderen Mundwinkel und der Wachsmalstift wieder auf das Papier. Sarah hatte mich die ganze Zeit stumm gemustert. Sie setzte sich an den Tisch, hob die Kakaotasse mit ihren Händchen hoch und trank, während ihre Augen nicht von mir wichen. Ich war versucht, sie mir zu schnappen und sie festzuhalten, aber ich wollte sie nicht überfordern. Sie schien Zeit zu brauchen.

Meine Mutter stellte eine Schale mit Keksen auf den Tisch. Sofort wanderte einer in Simons Mund und krümelte das Schreibheft voll. Er spülte mit Kakao nach und lächelte mit einem breiten Milchbart auf der Oberlippe.

Meine Mutter tätschelte ihm den Kopf und gab mir mit einem sanften Nicken zu verstehen, dass alles in Ordnung war.

*Nichts ist in Ordnung. Und ich habe nicht die leiseste Ahnung, wie ich das wieder geradebiegen kann.*

Ich musste aufstehen und den Raum verlassen, weil ich sonst den Schmerz, der ohne Vorwarnung zubiss, herausgeschrien hätte.

Meine Mutter folgte mir in den Flur. Ich spürte erneut ihren entschlossenen Griff am Unterarm. »Sei nicht so unnachgiebig zu dir.« Als ob sie in mich reingucken könnte.

»Mama, ich hab es nach allen Regeln der Kunst versaut. Nichts, was ich tun kann, macht das ungeschehen.«

»Aber vielleicht geht es nicht darum. Erinnerst du dich an das Jahr, in dem Papa fast jede Sekunde in seinem Büro gehockt hat?« Ich schüttelte den Kopf.

»Siehst du, als Kind vergisst man so etwas. Du warst ein elender Rotzbengel, gerade fünf. Nein, kann sein, dass du erst vier warst. Ein unausstehlicher Scheißer, entschuldige meine Ehrlichkeit. Und dein Vater hat es vorgezogen, sich täglich volllaufen zu lassen. Natürlich gehörte er zu denen, die dadurch nicht die Kontrolle über sein Leben verloren. Dafür hatte er ja mich. Ich hab ihn jeden Abend vom Büro ins Schlafzimmer gebracht und ihm ins Bett geholfen, weil er kaum in der Lage war, allein zu stehen. Aber du hast zum Glück vergessen, was damals geschehen ist. Dein Hirn hatte Ferien.«

»Das muss die Zeit gewesen sein, als Papa Skorka kennenlernte, oder?«

»Ja, ungefähr ein Jahr nachdem er angefangen hatte zu trinken. Die Freundschaft hat ihn gerettet. Du und dein Vater, ihr habt ihn oft besucht, weißt du noch?« Sie lächelte, wahrscheinlich hatte sie den sich an die Ausflüge anschließenden Streit wegen der Zigarren vergessen, oder sie blendete ihn bewusst aus. Es tat mir leid, diese warme Blase zum Platzen zu bringen. »Skorka ist tot.«

»Wie ...?«

»Er ist heute Morgen ermordet worden.«

Sie sah mich stumm an, dann senkte sie den Kopf und flüsterte: »Hängst du da irgendwie mit drin?«

Ich antwortete mit gesenkter Stimme: »Ich bin in einem Mordfall um Mitarbeit gebeten worden. Dummerweise ist Skorka vermutlich Opfer desselben Täters geworden. Keine Ahnung, ob das was mit mir zu tun hat, aber stell dich darauf ein, dass die Kripo bald bei dir auftauchen wird. Die wissen, dass Skorka und Papa Freunde waren.«

»Meine Güte, ausgerechnet er. Ohne ihn hätte Papa vielleicht nicht die Kurve gekriegt, weißt du?« Ihre Traurigkeit war greifbar.

»Warum hat Papa angefangen zu trinken?«

»Er hat mir ja nie Details erzählt, aber er hatte einen Mandanten rausgeboxt. Kein sauberer Freispruch, sondern die dreckige Variante, irgendwas mit Formfehlern. Du weißt selbst, das fühlt sich immer mies an. Der Mandant hat später mutmaßlich einen schlimmen Unfall verursacht, der nicht geschehen wäre, wenn er eingesessen hätte. Man hat ihm nichts nachweisen können und ihn wieder laufen lassen. Das hat Papa sich nie verziehen.«

Daher also die strikte Ablehnung einer Verteidigung von Typen wie Poller. »Erinnerst du dich daran, wer der Mandant war?«

Sie dachte nach, schließlich schüttelte sie den Kopf. »Du kannst ja nachschauen. Sämtliche Akten sind oben auf dem Dachboden. Die Verfahrenseinstellung muss irgendwann Anfang der 60er gewesen sein.«

Ich warf den Kindern am Küchentisch einen sehnsüchtigen Blick zu. »Ist es okay, wenn ich hochgehe?«

»Ist schon in Ordnung. Ich beschäftige die Knirpse.« Meine Mutter zwinkerte mir zu. »Dein Vater hat damals gerade noch rechtzeitig die Kurve gekriegt. Es gibt einen Weg zurück, du darfst dir nur nicht ewig Zeit lassen. Irgendwann ist es nämlich wirklich zu spät.«

*Zu spät.*

Sie verschwand in die Küche. »Der Papa muss was in den Sachen vom Opa suchen. Er kommt gleich zurück«, hörte ich sie sagen. Simon quengelte: »Darf ich mit?«

Am liebsten hätte ich die Durchsicht der Unterlagen verschoben, doch ein unheilvolles Gefühl sagte mir, dass ich das sofort erledigen sollte.

Ich zog die Luke zum Dachboden auf und ließ die Leiter runtergleiten. Jemand musste meiner Mutter geholfen haben, die Akten dort raufzuschaffen. Wahrscheinlich Conny.

Ich hievte mich auf den staubigen Dielenboden. In einer Ecke waren mit Jahreszahlen beschriftete Kartons gestapelt. Ich schnappte mir den mit der Aufschrift »1960–1965« und stupste ihn mit dem Fuß bis vor das blinde Gaubenfenster. Dort nahm ich den ersten Ordner heraus. Nichts. Im zweiten gab es zwei Fälle, in denen das Verfahren wegen Formfehlern eingestellt worden war. Einer davon betraf eine Tötung unter Alkoholeinfluss. Das war der Fall, von dem meine Mutter gesprochen hatte. Der, für den mein Vater sich Vorwürfe gemacht hatte, weil derselbe Mandant später erneut einen Unfall verursacht hatte. Der Name des Mannes sprang mich im fahlen Licht an und jagte mir einen eiskalten Schauer über den Rücken.

*Werner Jungbluth.*

# 22

Ich brauchte meiner Mutter nicht zu erklären, dass mich der Fund auf dem Dachboden aufgewühlt hatte, sie sah es mir sofort an, als ich mit der Akte in der Hand nach unten kam. »Wenn du losmusst, ist das in Ordnung. Den beiden geht es gut. Willst du Conny nicht fragen, ob wir das wiederholen können? Den Kindern zuliebe muss das doch möglich sein, oder?«

»Ich fürchte, wenn Conny erfährt, dass ich hier war, bekomme ich es mit dem Jugendamt zu tun.«

»Soll ich mal mit ihr reden? Sie vertraut mir, sonst würde sie die Kinder ja nicht herbringen.«

»Kann sein, dass sie dir übel nimmt, dass du mich reingelassen hast.«

»Du bist mein Sohn. Soll ich dich vor der Tür stehen lassen?«

»Kannst du Conny irgendwie erreichen? Die Kripo wird wegen Skorkas Ermordung jeden Augenblick bei dir auf der Matte stehen. Vielleicht sollten die Kinder das nicht mitbekommen. Übergib den Beamten bitte diese Akte.« Ich reichte ihr den Ordner, den ich vom Dachboden mitgebracht hatte.

»Ich werde einen Teufel tun, meine Enkel früher herzugeben als nötig. Wenn, dann müssen die von der Kripo eben warten.«

Sie gab sich kämpferisch, aber ich spürte, dass das an den Rand ihrer Kraft ging. Sie wirkte plötzlich zerbrechlich. Ich nahm sie in den Arm. »Ich bleibe noch eine halbe Stunde.«

Meine Mutter stand am Fenster. Sie hatte Simon auf einen Stuhl gehievt, er winkte mir zum Abschied. Sarah schien beinahe erleichtert gewesen zu sein, als ich mich verabschiedet hatte. So als ahnte sie, was los wäre, falls Conny mich in ihrer Gegenwart antreffen würde, oder als spürte sie die Unruhe, die sich in mir breitgemacht hatte, nachdem ich auf dem Dachboden gewesen war. Mir war hundeelend. Wenn ich der Kleinen je wieder aufrecht gegenübertreten wollte, mussten sich eine Menge Dinge grundlegend ändern.

Während ich den Wagen zur Autobahnauffahrt Auestadion lenkte, herrschte wirres Durcheinander in meinem Schädel. Erst die monotone Autobahn ließ die Gedanken endlich in eine Richtung fließen. Franks Ermahnung, nicht schon wieder Mist zu bauen, war keine Stunde später bereits hinfällig gewesen. Ich hätte die Akte sofort ins Präsidium bringen müssen. Frank hätte mich jedoch ohne das geringste Zögern abgezogen, und ich wollte Poller unbedingt in die Augen sehen, wenn ich ihn mit den Fakten konfrontierte.

Ich hatte das Gefühl, als lägen sämtliche Puzzleteilchen falsch herum ausgebreitet auf dem Tisch und sobald eins sich wendete, entglitt mir ein anderes. Meine Hoffnung, das Gesamtbild hinter den Mauern der Psychiatrie vervollständigen zu können, war gering. Aber für einen Spieler war die winzigste Aussicht auf Gewinn Anreiz genug.

# 23

Auf dem Parkplatz der Psychiatrie saß ich im Ford und versuchte, mich zu sammeln. Selbst nach einer Viertelstunde war ich nicht bereit, Poller mit genug Selbstbewusstsein entgegenzutreten, um die ultimative Partie mit ihm zu spielen. Im Auto konnte ich aber auch nicht sitzen bleiben, und Umkehren war ausgeschlossen. Mit einem miesen Gefühl im Bauch ließ ich die Personenkontrolle am Eingang über mich ergehen und wurde in denselben Raum geführt wie bei meinen letzten Besuchen.

Mit triumphaler Miene kam Poller herein und legte die Zeitung vom Morgen mit der Titelseite nach oben zwischen uns auf den Tisch. »Berkel ist verschwunden? Ehrlich, ich war's nicht.« Er grinste frech.

»Wozu die Spielchen? Sie wussten davon, bevor die Zeitung erschienen ist, oder? Ich habe es satt. Warum haben Sie mir nicht einfach gesagt: Gehen Sie in das Arbeitszimmer Ihres Vaters und suchen Sie einen Hinweis in den alten Akten. Wir hätten uns die Umwege ersparen können.«

*Und Skorka wäre noch am Leben.*

Poller lächelte. »Ich bin nicht Ihr Feind, im Gegenteil. Wir haben eben alle einen Auftrag im Leben zu erledigen. Meiner war es, ein paar stinkende Exkremente zu beseitigen. Was Ihre Aufgabe ist, Herr Petri, müssen Sie selbst herausfinden. Es bringt nichts, wenn ich Ihnen die Lösung vor die Füße werfe.«

»Oh, vielen Dank auch. Sie wollen mir Ihre Psychospiele als Hilfestellung verkaufen?« Ich atmete tief ein und senkte die Stimme. »Ich hätte gern Antworten.«

»Na, dann fangen Sie mal an zu fragen.« Poller verschränkte die Hände vor dem Bauch und ließ die Daumen kreisen.

»Das Ganze hat mit Ihnen nur am Rande zu tun. Der Täter verfolgt sein eigenes Ziel. Ist es derselbe, der Jungbluth getötet hat?«

»Woher soll ich das wissen? Ich sitze in dieser Einrichtung fest, wie Sie unschwer feststellen können.« Pollers Augen blitzten verräterisch.

»Gut. Ich entnehme Ihrer ausweichenden Aussage, dass Jungbluth nicht auf Ihre Kappe ging und dass Sie seinen Mörder kennen. Verraten Sie mir doch einfach den Namen.«

Poller schmollte. »Warum sollte ich, Herr Petri? Kommissar Frank will mich nach Gießen verlegen, damit ich rede. Auf Erpressung reagiere ich eher empfindlich. Wenn er verspricht, dass er davon absehen wird, könnte ich noch mal in mich gehen.«

Sobald Frank erfahren hätte, was ich in den Akten meines Vaters gefunden hatte, wäre ich aus der Sache raus. Ich musste schleunigst einen Stich landen, denn die Vorstellung, Poller gewinnen zu lassen, fand ich unerträglich. Ich wählte einen Umweg. »Berkel war am Freitag hier. Was hat er von Ihnen gewollt?«

»Im Wesentlichen das, was Sie sich ebenfalls von mir erwarten: Antworten.«

»Ist Berkel der Mann, den wir suchen?«

Pollers Finger lösten sich voneinander. Eine Handfläche ließ er sanft wippen. »Nicht so schnell. Was hätten Sie denn davon, wenn ich jetzt Ja oder Nein sagen würde? Sie wären der Lösung kaum näher als zuvor. Sie müssen die richtigen Fragen stellen, anschließend erhalten Sie auch die notwendigen Antworten.«

»Das ist doch keine Gameshow. Es geht um Menschenleben.«

Poller lächelte milde. »Tut es das nicht immer? Vielleicht treffen wir uns morgen wieder und Sie denken vorher mal darüber nach, was Sie wirklich von mir wissen möchten.«

»Wenn ich heute nichts abliefern kann, wird man mich aus dem Fall rausnehmen. Dann wird es keine weiteren Gespräche geben.«

»Das wäre natürlich sehr schade. Aber wer hindert Sie, mich privat zu besuchen?«

»Die Klinik wird Ihre Kontakte weiter einschränken und mich von der Besucherliste streichen. Außerdem werde ich vermutlich observiert.«

Poller lachte laut. »Na, wir wissen ja beide, wie gut das funktioniert.« Er zwinkerte amüsiert, stand auf und ging zur Tür. Dort drehte er sich erneut um und sagte: »Nehmen Sie sich ein Beispiel an Ihrem Vater.«

# 24

Im Präsidium am Altmarkt herrschte eine eigenartige Stille, die der momentanen Lage völlig unangemessen zu sein schien. Ein dumpfes Nichts, als ob jeder den Atem anhielte. Ich drückte ein Ohr an das Besprechungszimmer. Dort drin wurde in gesenktem Tonfall eine Unterhaltung geführt, die Beteiligten schienen sich beim Ertasten der Sätze gegenseitig zu belauern. Ich identifizierte zwei Stimmen, und tatsächlich sahen mich Cohn und Frank ertappt an, als ich den Raum betrat. Sie standen Schulter an Schulter vor der Pinnwand mit den Tatortfotos.

»Kannst du nicht anklopfen?«

Ich quittierte Franks Tadel, indem ich entschuldigend die Lippen zusammenkniff. Cohn lächelte nur leicht.

»Gibt es etwas Neues?« Ich stellte die Frage so harmlos in den Raum, als hätte sie nichts mit mir zu tun.

Frank seufzte. »Kein Lebenszeichen von Berkel. Allerdings kannst du dir vorstellen, dass sich über seine Klienten im Amt zu sämtlichen Opfern irgendeine Querverbindung auftut. Sogar zu Skorka. Als Kinderarzt hatte der oft genug Anfragen aus dem Amt zu beantworten.«

»Ist Berkel jetzt der Hauptverdächtige?«

»Wir haben keinen anderen. Uns fehlt jedoch das Motiv.«

»Nun, er war psychisch extrem angeschlagen. Wie du bereits sagtest: Braucht ein Irrer ein Motiv?«

Frank rieb sich die Schläfen. »Das ergibt alles keinen Sinn.«

»Wart ihr bei meiner Mutter? Sie hat euch bestimmt den Aktenordner gegeben, oder?« Den Besuch bei Poller verschwieg ich.

»Ja, zwei Kollegen waren da.« Frank wandte sich Cohn zu. »Haben die eine Akte mitgebracht?« Sie zuckte die Schultern, er sah zu mir. »Egal, du kannst uns wahrscheinlich verraten, was drinsteht, oder?«

»1961 hat mein Vater die Einstellung eines Verfahrens wegen Formfehlern erwirken können. Die Anklage lautete Totschlag, und der schwer alkoholisierte Hauptverdächtige hieß Werner Jungbluth.«

Franks Mund entwich ein Knurren. »Das hätte doch aktenkundig sein müssen.«

»Nach der langen Zeit? Außerdem kam es nicht zur Anklage, das Ganze wurde vorher abgebügelt. Irgendjemand hat gewaltig Mist gebaut und Jungbluths Blutprobe mit einer anderen vertauscht, die einen Blutalkoholwert von 0,0 Promille aufwies, während Jungbluth zum Unfallzeitpunkt sicher weit über 3,0 Promille hatte. Es machte den Eindruck, als wäre das absichtlich geschehen, vielleicht weil dieser Jemand hatte verhindern wollen, dass Jungbluth mit einer geringen Strafe oder gar einem Freispruch wegen Schuldunfähigkeit davonkommt. Der Vollrauschparagraf wäre sicher zur Anwendung gekommen. Es flog auf, dass die Blutprobe nicht von Jungbluth stammte, es blieb jedoch ungeklärt, wer den Bock geschossen hatte.«

»Wusstest du schon länger, dass es diese Akte gibt?« Franks Ton hatte Verhörschärfe angenommen.

»Nein. Nachdem ich meine Mutter über Skorkas Tod unterrichtet hatte, erzählte sie mir, wann er und mein Vater Freunde geworden waren. Es war einige Jahre nach dem Fall Jungbluth. Es hat einen schweren Unfall gegeben, verursacht durch Jungbluth, bei dem jemand getötet wurde. Irgendwie muss mein Vater sich dafür verantwortlich gefühlt haben, weil er dafür gesorgt hat, dass Jungbluth zuvor nicht eingefahren ist.« Den privaten Rest behielt ich für mich.

»Mehr über den Unfall wusste deine Mutter nicht zufällig?«

»Leider nein.«

Die Unruhe in Franks Körper schien zu explodieren. »Ich hol Sachs aus der Kantine und stelle ein Team zusammen, das sämtliche Zeitungsartikel nach dem durchforstet, was Jungbluth angestellt haben könnte. Parallel dazu machen wir Druck bei der Sichtung von Skorkas Patientenakten.« Der plötzliche Aktionismus ebbte ab. Frank hatte begonnen, kleine Kreise mit den Fingerspitzen an den Schläfen zu drehen. »Das dauert Tage.« Die Finger standen still, sein Blick heftete sich auf mich. »Ist dein Vater damals als Pflichtverteidiger einbestellt worden oder gab es frühere Kontakte zu Jungbluth?«

»Zumindest habe ich nichts gefunden. Aber mein Vater war auch als Pflichtverteidiger extrem gewissenhaft. Er hat kurz nach dem Unfall selbst eine Blutuntersuchung durchführen lassen, und da hatte Jungbluth noch knapp drei Promille. Die aktenkundige Probe musste demnach falsch gewesen sein. Wie sich herausstellte, war sogar die Blutgruppe eine andere.«

»Der Alkoholpegel passt zu Jungbluth. Der muss ab dem 16. Lebensjahr dauerbetrunken gewesen sein. Bei seiner Ermordung hatte er 3,8 Promille auf dem Tacho.«

»Wo ist denn seine Leiche damals gefunden worden?«

»Im Kleingartenverein an den Fuldaauen. Er hat in der Laube eines Bekannten gehaust, nachdem ihn seine Frau vor die Tür gesetzt hatte. Ich hätte auf mein Gefühl hören müssen, dass Jungbluth überhaupt nicht in Pollers Muster passte.«

»Ich dachte, es hätte gar kein eindeutiges Opferschema gegeben?« Irgendwie hatte ich das Bedürfnis, Frank Mut zuzusprechen. Er sah echt mitgenommen aus.

»Quatsch. Ein großer Mist war das, mehr nicht. Noch mal lasse ich mich nicht dazu hinreißen, vorschnell einen Fall als geklärt abzuheften. Wir müssen verdammt vorsichtig sein. Mit Skorka hat die Sache eine völlig neue Wendung genommen.« Er kaute auf seiner Unterlippe. »Jetzt, wo du indirekt involviert bist, darfst du nicht mehr für uns tätig werden. Zwei Aufpasser bleiben ab sofort an deiner Seite.«

Ich hatte damit gerechnet und gab trotzdem den Entrüsteten. »Ach komm. Findest du das nicht übertrieben?«

»Du hast Skorka gesehen. Glaubst du, der hat geahnt, was ihm passieren wird, als er seinen Mörder in das Haus gelassen hat?«

»Wenn er ihn reingelassen hat, hat er ihn vermutlich gekannt.«

»Deswegen durchforsten wir ja alle seine Akten und Kontakte. Nur kann das eben dauern, und bis dahin wäre es mir lieber, du bliebest in Deckung und wir hätten ein Auge auf dich. Deine Besuche bei Poller haben uns ja nicht entscheidend vorangebracht, und ich glaube kaum, dass noch viel aus ihm rauszuholen ist.«

Ich hätte erwidern können, dass ich anderer Meinung war, behielt es aber für mich.

»Werden die Beamten nicht woanders nötiger gebraucht?« Ich hegte weiterhin die Hoffnung, Frank könnte es sich anders überlegen.

»Einige Teams können abgezogen werden. Es fallen genug Personen aus der Liste der Gefährdeten raus.«

»Und wenn Skorka nichts als ein Ablenkungsmanöver war? Ich finde es vorschnell, die alte Linie komplett abzuhaken«, gab ich zu bedenken.

»Da bin ich seiner Meinung«, mischte Cohn sich ein. Ihr schiefer Mund unterdrückte ein Lächeln. »Ich könnte ja auf ihn aufpassen.«

Franks Blick flog zwischen ihr und mir hin und her. Er wollte gerade etwas sagen – ich sah ihm an, dass es eine bissige Bemerkung war –, stattdessen atmete er hörbar aus. »Ich kann doch keine LKA-Beamtin als Personenschützerin abstellen. Die zerreißen mich in der Luft, wenn das an die Öffentlichkeit dringt. Nee, das lassen wir mal schön bleiben. Die beiden Spezialisten, die Frenzel verloren haben, sind ja nach wie vor frei, und die können schließlich nicht ewig Botendienste erledigen.«

Ich hatte wohl etwas zu offensichtlich zu den Fotos der Opfer geschaut. Frank schnaubte. »Die werden besser aufpassen. Glaub mir, so was passiert denen nicht noch mal.«

Ich fand: Wenn er schon die zwei Versager zu meinem Schutz abstellte, hatte ich was gut. »Darf ich morgen ein letztes Mal zu Poller?«

Frank schien nachzudenken. »Ich weiß zwar nicht, wozu das gut sein soll, aber wenn es für dein Seelenheil entscheidend ist, dann in Gottes Namen.«

## 25

Rastlos schritt ich im Wohnzimmer auf und ab und versuchte, meine Gedanken zu sortieren. Sie schienen unlösbar ineinander verknotet, und so gab ich es schließlich auf. Seit ich wusste, dass es eine Verbindung zwischen Jungbluth und meinem Vater gegeben hatte, war klar, dass Poller nicht nur Lust gehabt hatte, den Mann kennenzulernen, mit dem »Azrael« sein Spiel gespielt hatte. Bisher war ich überzeugt gewesen, Poller wolle lediglich herausfinden, ob ich mich auch auf eine Partie mit ihm einlassen würde. Doch er schien ein ganz anderes Ziel zu verfolgen, das sich mir einfach nicht erschloss.

Ich schaute zu dem Foto, das mich und meinen Vater zeigte. »Was kann Poller damit gemeint haben, als er sagte, ich solle tun, was du getan hättest?« Von dem stummen, ernsten Mann auf der Aufnahme war keine Hilfe zu erwarten.

Allmählich ebbte die innere Unruhe ab, augenblicklich trat Müdigkeit an ihre Stelle, die binnen einer Sekunde von Herzrasen abgelöst wurde, weil es an der Tür klopfte.

Ich öffnete einen Spalt. Frau Hirsch stand am Treppenabsatz. Sie hatte sich in den Wollmantel gewickelt. Ihre Füße steckten in Pantoffeln. Blickdichte braune Nylonstrümpfe schlabberten um ihre Knöchel. Sie starrte mich böse an. »Sie haben mir die Bullen auf den Hals gehetzt.«

»Tut mir leid, ich hätte Ihnen sagen müssen, dass die wahrscheinlich aufkreuzen werden.«

»Wollten eine Beschreibung von dem Rotzbengel, der mir die Karten gegeben hat.«

»Und, konnten Sie weiterhelfen?«

»Klar. Wird denen nur nichts bringen. Von der Sorte rennen Tausende rum. Sie sind mir was schuldig.«

»Ich mach es wieder gut. Versprochen.«

»Hm. Sie sollten sich aufs Ohr legen, bei den dunklen Ringen, die Sie unter den Augen haben«, sagte sie, während sie ihren verbogenen Körper am Geländer hochzog.

Ich sah ihr nach, seufzte und vergrub die Hände in die Hosentaschen. Meine Finger ertasteten die Scheine, die mir der Polizist am Morgen gegeben hatte. Ich schnappte das Cordsakko, schlüpfte in die Schuhe und lief Richtung Hauptstraße. Fünf Minuten entfernt fand ich den Ort, der mein Grübeln für eine Weile stoppen würde.

Der Typ am Eingang nickte mir zu. Wir kannten uns. »Lange nicht hier gewesen«, sagte er. Das war eigentlich mein Stichwort, um auf dem Absatz kehrtzumachen. Doch stattdessen zog mich ein Sog in die schummrige Bude. Der Stolz, dass ich Wochen durchgehalten hatte, wurde binnen Sekunden zum schlechten Witz. Ich wechselte die Scheine in Geldstücke und setzte mich in der hintersten Ecke auf einen Barhocker vor einen Spielautomaten. Die Räder drehten sich, ich ließ die bunten Bildchen an mir vorbeiziehen, warf nach und warf nach. So lange, bis die letzte Münze im Rachen des Automaten verschwunden war, sämtliche Nerven flatterten und mir kotzelend war.

Mein Hirn war wie durchgepustet, während ich heimging. Der Frust darüber, dass ich wochenlange Enthaltsamkeit in Minuten zunichtegemacht hatte, traf mich mit voller Wucht, als ich bemerkte, dass mir ein Wagen folgte. Die Polizisten, die ich ab sofort im Schlepptau hatte. Nun wusste der eine von ihnen vermutlich, dass sein Geld futsch war, und er musste Frank von meinem kleinen Ausflug berichten, wenn er es zurückhaben wollte.

Ich schlich ins Haus und hievte meinen schlappen Körper in den zweiten Stock. Kaum hatte ich den Schlüssel im Schloss gedreht, räusperte sich jemand vernehmlich hinter mir.

# 26

Riva Levin saß auf der Treppe nach oben. Neben ihr stand eine Plastiktüte.

Keine Ahnung, wie oft dieser Moment in meiner Vorstellung aufgetaucht war – ich hatte ihn jedes Mal mit einem schlechten Gewissen verdrängt. War es Zufall, dass mein heimlicher Wunsch in Erfüllung ging, nachdem ich rückfällig geworden war? »Wie bist du ins Haus gekommen?«, fragte ich.

»War kein Problem. Die zwei Zivilbeamten sind dir gefolgt und eine nette alte Dame hat mir die Tür geöffnet.«

»Und die Wachhunde vor deiner Haustür?«

»Ich bitte dich. Denen muss mal jemand erklären, dass es Hinterausgänge gibt.« Sie lächelte. »Wollen wir das wirklich im Treppenhaus besprechen?«

In meinem Schädel war nichts als Leere. Ich öffnete die Tür zu meiner Wohnung und ließ sie eintreten. Sie duftete nach teurem Parfüm, trug eine dunkelblaue Bluse aus fließendem Stoff und schwarze Leggings. Das lockige blonde Haar war zu einem ungewöhnlich seriös wirkenden Pferdeschwanz gebunden. Vor mir stand eine andere Frau als die, die auf Highheels durch ihre Nobelvilla stolziert war. Aber die auffällige Riva von früher wäre auch niemals unbemerkt durch Kassel spaziert. Die Tüte hing schwer an ihrem Arm. Sie streifte auf dem Weg durch den Flur ihre Pumps von den Füßen und ließ sie nebeneinander auf den Boden plumpsen, als wäre sie hier zu Hause. »Ich hab uns was zu essen besorgt. Und eine Flasche Wein.« Sie warf einen Blick in das Wohnzimmer und steuerte dann direkt die Küche an.

Irritiert folgte ich ihr. Sie war schon dabei, die Einkäufe auf die Arbeitsplatte zu stellen. »Hast du Teller?«

Wortlos deutete ich auf den Hängeschrank vor ihr.

»Übersichtlich«, kommentierte sie dessen Inhalt.

»Grundausstattung aus einem schwedischen Möbelhaus.« Ich schaute ihr zu, wie sie Eingelegtes aus allerlei Plastikschälchen auf zwei Tellern platzierte, Käse, Schinken und Weißbrot. Sie drückte mir den Wein in die Hand. »Machst du auf?«

Ich hätte sie vor die Tür setzen müssen, stattdessen suchte ich den Korkenzieher und öffnete die Flasche. In diesem Moment klingelte es. Sicher die Streife. Gut, dass ich nicht den Spielverderber geben musste, trotzdem betrübte mich der Gedanke irgendwie, dass Riva gleich würde gehen müssen.

Ich drückte den Summer und horchte ins Treppenhaus. Der Gang war mir sehr vertraut. Obwohl Conny nicht gerade ein Schwergewicht war, stampfte sie beim Treppensteigen wie ein Elefant, erst recht, wenn sie sauer war. Am liebsten hätte ich die Haustür zugeworfen und mich tot gestellt, aber sie wusste ja, dass ich zu Hause war. Flucht war zwecklos.

Über dem Treppengeländer tauchte ihr Gesicht auf. Den Mund fest zusammengekniffen, die Wangen leicht gerötet. Stocksauer. Diese Conny hatte ich in den letzten Jahren deutlich öfter gesehen als die, in die ich mich verliebt hatte.

Ich gab ihr Zeit, sich zu sammeln, nachdem sie außer Atem auf meiner Etage angekommen war. Trotz ihrer Wut sah sie gut aus. Hatte ein wenig zugenommen, das stand ihr. Sie hatte ihren Haarschnitt verändert, er schien kürzer, vielleicht war es auch nur eine andere Farbe, jedenfalls wirkte sie jünger. Die Art der Kleidung war ebenfalls ungewohnt. Enge Jeans, Blazer und halbhohe Pumps – sie hatte den letzten Rest von Ehefrau abgelegt und sah aus wie eine Frau, die wieder auf dem Markt war. Frank hatte vor einigen Wochen angedeutet, dass sie einen neuen Partner hatte. Der Gedanke versetzte mir nach wie vor einen heftigen Stich.

»Conny?«, lieferte ich das Stichwort, damit sie loslegen konnte.

»Was hast du dir dabei gedacht? Einfach so, ohne mich vorzuwarnen? Ich hab den gesamten Nachmittag gebraucht, um Sarah zu beruhigen, und Simon ist ebenfalls völlig durch den Wind. Du kannst die Kinder doch nicht mit einem Besuch überrumpeln. Und mich auch nicht.«

»Es tut mir leid, ich musste mit meiner Mutter ein paar Dinge besprechen. Hätte ich unbemerkt ins Haus schleichen sollen?« Okay, das war nicht mal die halbe Wahrheit, es klang jedoch halbwegs plausibel, fand ich.

»Du hättest einfach anrufen können. Vor allem hättest du vorher mit mir darüber reden müssen. So geht das nicht. Bisher hab ich gedacht, wir kriegen das ohne Jugendamt hin, aber wenn du dich nicht an unsere Abmachungen hältst …« Sie zuckte hilflos mit den Schultern.

»Bitte, Conny, ich wollte wirklich keine Probleme verursachen. Ich hab mich so furchtbar gefreut, die beiden zu sehen. Da hab ich nicht überlegt.«

Sie schnaubte. »Ja klar. Vielleicht schaltest du einfach dein Hirn ein. Sarah war endlich auf einem guten Weg. Weißt du, dass sie wieder angefangen hat, ins Bett zu machen? Nein, natürlich nicht. Du wusstest es ja auch nicht, als diese Scheiße mit dir losging. Du bist ja bloß mit dir selbst beschäftigt. Es wurde gerade leichter, nach deinem Auftritt fange ich ganz von vorn an.«

Ich kannte ihren Gesichtsausdruck, wenn sie merkte, dass sie zu dramatisch geworden war. Seltsam, einen Menschen so gut zu kennen und gleichzeitig so weit von ihm entfernt zu sein. Ihr jetzt zu widersprechen, wäre ein großer Fehler gewesen. »Ich verstehe, warum du sauer bist, und es tut mir leid. Ich hatte trotzdem das Gefühl, dass sie mich vermisst haben. Schließlich bin ich immer noch ihr Vater.«

»Echt? Dann verhalte dich auch so.«

»Ich gebe mir wirklich Mühe, Conny.«

»Davon hab ich in der Zeitung gelesen.« Sie schüttelte fassungslos den Kopf. »Gibst dich weiterhin mit diesem Abschaum ab.«

»Ich bin Anwalt für Strafrecht. Das war ich schon, als wir geheiratet haben. Du wusstest, dass ich es hin und wieder mit schwerem Kaliber zu tun bekommen würde. Kein Grund, meine Kinder nicht sehen zu dürfen, oder?«

Sie stutzte, schien tatsächlich über diesen Einwand nachzudenken, als sich ihr Kopf hob und ihre Miene einfror. Mir war klar, dass Riva hinter mir im Flur aufgetaucht sein musste. Ich drehte mich um. Sie hielt die Flasche Wein in der Hand und deutete auf den Eingang zum Wohnzimmer. »Ich will nicht stören«, murmelte sie verlegen, während sie barfuß weiterschlich.

»Mensch, Meinhard, du kapierst es nicht, oder?«, fuhr mich Conny an. »Scheißegal, was du anfängst, es endet in einer Katastrophe. Krieg dein Leben endlich auf die Reihe.« Sie spähte an mir vorbei in den kargen Flur mit der nackten Glühbirne, die von der Decke baumelte, dann glitten ihre Augen missbilligend an mir auf und ab. »Oder tu wenigstens so, als würdest du ein normales Leben führen.«

Sie machte auf dem Absatz kehrt und rauschte die Treppe runter. Die Haustür wurde hektisch aufgerissen und knallte gegen die Flurwand. *Ein normales Leben.* Leichter gesagt als getan.

Bevor die Tür ins Schloss fiel, rief von unten eine Stimme: »Herr Petri? Alles in Ordnung da oben?«

Einer der Polizisten. Ich beugte mich über das Treppengeländer: »Ja sicher. Das war meine Ex-Frau, wir hatten was Privates zu besprechen. Bitte lassen Sie sie gehen.« Ich stellte mir Conny vor, wie sie vor Wut kochend von dem Typen in Schach gehalten wurde, und betete um meiner Willen, dass sie sie laufen ließen.

»Ist okay«, rief der Beamte nach oben. »Gute Nacht, Herr Petri.«

Ob Conny sich verplapperte und verriet, dass ich nicht allein war? Ich wartete einen Moment, unten blieb es ruhig.

Riva saß im Wohnzimmer im Sessel und kaute auf ihrem rot lackierten Zeigefingernagel. »Entschuldige, ich wollte dich nicht in Schwierigkeiten bringen. Deine Frau?«

»Ex. Conny. Ich habe die Absprache gebrochen, die Kinder nur in ihrer Begleitung und nach Voranmeldung zu treffen.«

»Du hast Kinder?«

»Riva, bitte. Was soll das? Du bist sicher nicht gekommen, um über meine kaputte Familie zu plaudern.«

»Ich hab die Zeitung gestern gelesen.«

»Und?«

»Keine Ahnung, wieso die so einen Unsinn veröffentlichen, aber er ist nicht hier, glaub mir bitte.« Ihr Blick flehte regelrecht um Zustimmung.

»Du hast die Botschaften nicht gelesen, die ich erhalten habe. Die sahen sehr nach deinem Bruder aus. Und falls dich das nicht überzeugt: Ich hatte gestern Abend eine nette kleine Unterhaltung mit ihm, im Klo von Matts Lokal. Du kannst es glauben oder nicht, aber er ist zurück.«

Sie schüttelte den Kopf. »Warum um alles in der Welt sollte er nach Kassel zurückkehren? Du siehst doch selbst, dass er damit ein enormes Risiko einginge, oder?«

»Dennoch ist es so.«

Sie atmete tief durch. »Gut, vielleicht ist es wahr. Trotzdem hat das Ganze nichts mit mir zu tun. Ich will dir nicht schaden und kann es mir genauso wenig leisten, selbst Ärger zu bekommen.«

»Dann hättest du besser wegbleiben sollen. Was passiert wohl, sobald die Kripo rausfindet, dass du bei mir warst?«

»Und was geschieht, wenn die spitzkriegen, dass du mich reingelassen hast? Kann es sein, dass wir beide bis zum Hals in Problemen stecken?« Ihr Gesicht war hart geworden. Sie seufzte, nahm die Weinflasche, goss zwei Gläser voll und hielt mir eins hin.

Ich genehmigte mir einen kräftigen Schluck. Sie hatte einen ausgezeichneten Wein ausgesucht, in dem Moment hätte ich jedoch am liebsten alles in mich reingeschüttet, um das dumpfe Gefühl in mir zu besänftigen.

Riva trank einen kleinen Schluck und stellte ihr Glas weg. »Nicht auf nüchternen Magen.« Sie stand auf und kehrte mit dem Teller voller Vorspeisen in der Hand und einem Baguette, das sie sich unter den Arm geklemmt hatte, zurück. Sie stellte das Essen auf dem Umzugskarton ab und hockte sich im Schneidersitz auf den Boden davor. Sie brach sich großzügig die Spitze vom Baguette ab und fischte mit den Fingern nach einer Olive. »Willst du dich nicht setzen?«

Mein Kopf lieferte nicht einen einzigen hilfreichen Gedanken. Im Gegensatz dazu sendete mein Magen eindeutige Signale. Ich ließ mich auf den Boden fallen, den Karton als Abstandhalter zwischen uns, brach mir ein wenig von dem Weißbrot ab und griff mir etwas Käse.

Wir aßen schweigend, und ich versuchte, sie nicht zu auffällig im Auge zu behalten. Nachdem die Teller beinahe leer waren, kaute sie gedankenverloren auf einem Stück Weißbrot herum. Schließlich sagte sie: »Du glaubst immer noch, dass ich nur mit dir geschlafen habe, um dich in Gilberts Schusslinie zu bringen, oder?«

Ihre unerwartete Offenheit zeigte die vermutlich beabsichtigte Wirkung. »Ist das wichtig?«, fragte ich perplex.

»Finde ich schon.« Sie schaute mich an.

»Warum?«

»Ich mag dich. Und ich fände es traurig, wenn das, was zwischen uns passiert ist, durch Gilbert in den Dreck gezogen würde.«

»Du hättest damals ehrlich sein können.« Ich spürte ein unzufriedenes Grummeln in der Magengegend, das meiner Nachsichtigkeit galt. »Nein, du hättest nicht eine Sekunde lang verschweigen dürfen, dass du deinen Bruder im Verdacht hattest, ein Mörder zu sein, auch wenn es dir noch so unwahrscheinlich erschien.« Die Predigt, die Matthias Frank mir gehalten hatte, hatte beinahe den identischen Wortlaut gehabt. »Es hätte niemals so weit kommen dürfen.«

»Meinst du unsere gemeinsame Nacht?«

»Du weißt, dass ich nicht davon rede. Es sind Menschen gestorben. Und es werden noch mehr sterben.«

Sie schüttelte vehement den Kopf. »Glaub mir doch bitte. Er hat mich nicht kontaktiert.«

»Vielleicht traut er dir auch nicht mehr.«

»Auch? So wie du?«

»Ja. Wie könnte ich?«

Sie stand auf. »Sieh mich an. Was hätte ich davon, ihn länger zu schützen?« Sie machte einen Schritt nach vorn, dann sank sie vor mir auf die Knie.

Die weit geschnittene Bluse erlaubte mir einen Blick auf den Ansatz ihrer Brüste. Diesen Moment hatte ich tausendmal in meiner Vorstellung durchgespielt. Ich hatte ihn genauso gefürchtet wie ersehnt. Ihr Parfüm war wie eine vertraute Einladung. »Besser, du gehst«, murmelte ich und küsste sie. Sie schob sich auf meinen Schoß und ich umfasste ihren Rücken. Ihre warme Haut zu spüren, den Brustkorb, der sich in rhythmischen Atemzügen hob … – mir war, als ob eine Hand Balsam auf meine aufgeraute Seele striche.

Ich drückte ihren Oberkörper nach hinten und presste die Lippen auf ihre. Der Kuss war so vertraut, dass ich in ihm versank. Das Spiel ihrer Zunge kitzelte blitzartig eine Erektion hervor. Ein Weinglas kippte vom Umzugskarton. Das Klirren holte mich für einen Moment in die Realität zurück. Mein Blick streifte das Foto meines Vaters.

»Nicht hier«, entschied ich. Ich hob sie hoch und trug sie ins Schlafzimmer, sie lag leichter in meinem Arm als vor ein paar Wochen.

# 27

*Wach auf!*

Helligkeit! Es war das erste Mal, dass sich die Stimme bis nach Tagesanbruch Zeit gelassen hatte.

Riva war weg. Ich legte mich auf den Rücken, zog das Kopfkissen übers Gesicht und sog mit ihrem Duft die Erinnerung an die vergangene Nacht in mein Gedächtnis.

Die Teller im Wohnzimmer waren weggeräumt, die Rotweingläser ebenfalls. Der Fleck auf dem Teppich war zwar verblasst, dafür umso größer geworden.

Ich schabte mir mit dem Elektrorasierer die Haare aus

dem Gesicht und sah mich im Spiegel dümmlich grinsen. Schon oft war ich an dem Punkt gewesen, an dem letztlich alles egal gewesen war, ich erinnerte mich bloß nicht, wann es sich zuletzt so gut angefühlt hatte. Kaum war das Brummen des Rasierers verstummt, hörte ich, wie sich der Anrufbeantworter abschaltete. Ich ging ins Wohnzimmer und ließ das Band laufen.

»Hallo, Herr Petri, Erda Loth. Ich weiß, dass unser Termin erst am Donnerstag ist, aber ich muss vorher eine Sache mit Ihnen besprechen. Es ist nicht dringend, könnten Sie bitte trotzdem heute in der Praxis vorbeischauen? Die Uhrzeit ist egal, ich erledige Büroarbeit. Bis später.«

Ausgerechnet. Das wohlige Gefühl in meinen Eingeweiden wurde von einem schlechten Gewissen niedergekämpft. Als wäre ich mit Riva fremdgegangen, was ja kompletter Blödsinn war in Anbetracht des tatsächlichen Verhältnisses zwischen mir und Loth. Klar war allerdings, dass ich mir den leisesten Hauch einer Chance bei der Therapeutin würde abschminken können, wenn ich ihr von der letzten Nacht berichtete. Wahrscheinlich wäre es sowieso überflüssig, darüber zu reden. Loth würde sofort merken, dass sich meine Stimmung verändert hatte.

Ich nahm eins von den brettharten Hemden aus dem Wäschekorb, zog es über und strich es mit den Handflächen glatt. Die Hose hatte ich noch in der Hand, als es an der Haustür schabte. Mit Schwung riss ich sie auf. Frau Hirsch stand tief gebückt davor. Ihr Blick verharrte an meinen nackten Beinen, dann schaute sie hämisch zu mir hoch. In der zitternden Hand hielt sie einen Umschlag.

»Warum benutzen Sie nicht die Klingel?«

»Ich wollte Sie nicht wecken. Spät geworden gestern? Tolle Frau. Gefällt mir besser als dieser Schlaks mit den hässlichen Stiefeln. Ist sie schon weg?« Sie linste an mir vorbei in den Flur.

»Sagen Sie mal, beobachten Sie mich?«

»Sie hat bei mir geschellt, ich hab sie ins Haus gelassen. Sie meinte, sie werde im Treppenhaus auf Sie warten. Hier!« Sie hielt mir den Brief vor die Nase. Er vibrierte noch heftiger als am Tag zuvor. »Das Doppelte?«

Am liebsten hätte ich ihr gesagt, sie solle ihn wieder mitnehmen und verbrennen. Stattdessen schnappte ich mir das Kuvert, bevor sie vollends die Kontrolle über ihre Hand verlor. »Hatte ich versprochen. Später, ich hab nichts im Haus.«

Sie nickte und schlurfte zur Treppe. Ohne sich umzudrehen, murmelte sie: »Übrigens, die beiden Typen vor der Tür sind weg. Ich hab denen verraten, dass ich den Knirps, der mir neulich den Umschlag zugesteckt hat, gerade beim Einkaufen getroffen hab. Jetzt suchen die Schwachköpfe in der gesamten Nordstadt nach einem achtjährigen Bengel mit einem Trikot von den Kassel Huskies. Wahrscheinlich können die nachher einen Bus mieten, um die Gören alle wieder heimzubringen.«

Ich wedelte mit dem Kuvert. »Und davon haben Sie denen nichts gesagt?«

»Wollte nur, dass die Polizei vor der Tür verschwindet. Die machen mich nervös. Dass der Junge mir etwas übergeben hat, muss ich wohl vergessen haben.« Sie tippte sich gegen die Stirn, kicherte und schlurfte weiter. »Das Doppelte. Ich nehm Sie beim Wort.«

Ich legte den Umschlag in der Küche neben die Reste vom Essen. Während ich ihn anstarrte, knabberte ich ein Stück trockenes Weißbrot. Gestern hatte ich mich durchgerungen, die letzte Botschaft ungelesen an die Kripo zu übergeben, und war kurz darauf mit Skorkas Tod konfrontiert worden. Ich hatte keine Lust, erneut überrumpelt zu werden. Dass ich den Umschlag entgegen Franks Anweisung

geöffnet hatte, würde ich bestimmt irgendwie als Versehen
verkaufen können.

Schlaf, Kassel, schlaf,
Und blök nicht wie ein Schaf,
Sonst kommt des Schäfers Metzger fein
Und killt mein armes Schwesterlein,
Schlaf, Kassel, schlaf.

Schon wieder zu spät.
Azrael.

Gefühlt vergingen Minuten, bevor ich mich bewegen konnte,
dabei konnten es höchstens Sekunden gewesen sein. Ich
schlüpfte in Hose und Schuhe, schnappte meine Jacke und
den Brief und rannte die Treppen runter. Wie Frau Hirsch
es angedeutet hatte, waren weit und breit keine Aufpasser
zu sehen. Der Ford brauchte drei Anläufe, bis er ansprang.
Zum Glück herrschte kein Berufsverkehr mehr, trotzdem zog sich die Fahrt über die Kölnische Straße endlos.
Eine Spur war wegen Baustellen gesperrt, und ich hing hinter einem Bus fest. Endlich erreichte ich den Abzweig zu
Rivas Wohnung, ich fand sogar einen Parkplatz in der Nähe.
Sie hatte unbemerkt das Haus verlassen, weil sie sich
durch den Hinterausgang an den Beamten vorbeigeschlichen
hatte, vielleicht kam ich auf diesem Weg genauso unbeobach-
tet hinein. Ich rannte in die Parallelstraße und entdeckte eine
Einfahrt in einen Hinterhof. Tatsächlich trafen sich hier die
Rückseiten der Häuser in einer von Fassaden eingerahmten
Idylle, mit einem quadratischen blauen Himmel. Ein junger
Mann in Trägershirt und Jogginghose reparierte sein Fahrrad.
Er war so vertieft, dass er mich nicht bemerkte. Ich eilte an
ihm vorbei zu ein paar Stufen, die abwärts zu einer Holz-

tür führten. Die Tür war offen, ich trat in einen muffigen Keller aus feuchtem Sandstein, passierte rechts und links Holzverschläge, aus denen es nach Kartoffeln und Terpentin roch. Hinter einer Metalltür bollerte ein Brenner, das war bestimmt der Heizungskeller. Eine weitere ließ sich öffnen, dahinter lag das Treppenhaus zu Rivas Wohnung. Ich hetzte die Stufen bis in den ersten Stock hoch und linste vorsichtig aus dem Fenster mit dem Gummibaum, das zur Straße hin ging. Ein Streifenwagen mit zwei Personen darin stand direkt vor dem Haus. Immer eine Stufe auslassend, rannte ich weiter, bis ich oben angekommen war.

In Rivas Wohnung war alles ruhig. Vorsichtig klopfte ich an. Füße in Socken näherten sich. Riva schaute mich entgeistert an. »Meinhard, was ist denn los? Du bist ja völlig außer Atem.«

»Geht's dir gut?« Ich spähte an ihr vorbei in den Flur.

»Ja klar.« Ihr besorgter Blick galt dem Treppenaufgang hinter mir. »Willst du einen Kaffee?« Schon verschwand sie in der Küche.

Ich folgte ihr und übergab ihr die Karte. »Ich hab heute Morgen das hier erhalten.«

Riva runzelte die Stirn, während sie die Botschaft las. »... und killt mein armes Schwesterlein? Was ist das für ein kranker Scheiß?«

»Dein netter Bruder hat mir einige dieser freundlichen Botschaften hinterlassen.«

»Die ist nicht von Gilbert.«

»Klar. Das ist hundertprozentig sein Stil.«

»Kann ja sein, trotzdem ist sie nicht von ihm. Er würde mir niemals etwas tun.« Sie goss Kaffee in einen Becher und reichte ihn mir.

»Vielleicht hat er es sich anders überlegt, wenn du möglicherweise seinen Plänen im Weg stehst.«

Sie nippte an ihrer Tasse, stellte sie weg und lächelte. »Du machst dir ja richtig Sorgen um mich.« Sie trat einen Schritt näher. Ihre Augen sahen müde aus, aber sie wirkte zufrieden, ihr Atem roch nach Zahnpasta und Kaffee. »Und du glaubst mir immer noch nicht?«

»Nur weil ich mit dir geschlafen habe, macht dich das nicht glaubwürdiger.«

»Wer weiß.« Sie pflückte mir den Becher aus der Hand und presste sich an mich. Ihre Lippen landeten auf meinen. Ihre Finger glitten hinunter, bis sie zwischen meinen Beinen ertastet hatte, wonach sie suchte. Mein Penis drückte sich gegen ihre Handfläche. Ich spürte, wie ihre Lippen während des Kusses ein Lächeln formten, bevor sie mir die Zunge tief in den Mund schob.

*Zum Teufel mit der Vernunft.*

# 28

Auf dem Rückweg wäre ich beinahe durch die Vordertür hinausspaziert, weil ich komplett in Gedanken versunken war. Gerade rechtzeitig schaltete sich das Hirn wieder ein und schlich über den Keller und den Hinterhof Richtung Straße. Meine Beine waren noch ganz weich, als ich mich in den Ford fallen ließ. Sex auf dem Küchenfußboden war was für 20-Jährige. Wobei mir bewusst war, dass ich mich gerade nicht viel erwachsener verhalten hatte.

Auf der Fahrt in die Innenstadt spielte ich verschiedene Varianten durch, weshalb Loth außerhalb eines Termins mit mir sprechen wollte. Die wahrscheinlichste war, dass sie einen Therapeutenwechsel für angebracht hielt. Dass sie für mich niemals nur eine Therapeutin sein würde, wurde mir klar, sobald ich vor ihrer Praxistür stand: Die Sache mit Riva konnte ich ihr auf keinen Fall beichten. Ziemlich schlechte Arbeitsgrundlage, wenn man dem eigenen Seelenklempner wichtige Details verschwieg.

Erda Loths Äußeres irritierte mich. Ich kannte sie ausschließlich in Pullover und Hose. Jetzt trug sie ein grünes Kleid, das ihre roten Locken wie Mohnblumen auf einer Wiese erstrahlen ließ, dazu zarte, spitze Pumps. Sie sah bezaubernd aus und gleichzeitig, als würde sie mir am liebsten die Tür vor der Nase zuschlagen, was ich seltsam fand, schließlich war ich aufgrund ihrer Aufforderung hier.

»Bitte sehr.« Sie gab den Weg in die Praxis frei.

Da dies kein offizieller Termin war, ging ich durch bis zum Fenster und lehnte mich mit dem Rücken an die Scheibe

Ihre Stirn überzog eine Welle von nachdenklichen Falten. »Wir hatten bereits besprochen, dass wir auf einem schmalen Grat wandeln, was das Therapeut-Patienten-Verhältnis angeht.«

»Ich weiß«, gab ich mich kleinlaut. Also lief es tatsächlich auf einen Korb hinaus.

»Wollen Sie sich nicht setzen?«, fragte sie.

»Ungern.« Eine Abfuhr holte ich mir lieber aufrecht stehend ab.

»Gut, dann eben nicht.« Sie tat es mir gleich, indem sie sich an die Schreibtischkante lehnte. »Ich hatte eine Nachricht auf dem Band, die heute Morgen draufgesprochen wurde.« Sie stellte den Anrufbeantworter an.

Die Stimme erkannte ich sofort, obwohl die Aufnahme blechern klang.

»Michael Poller hier, Rückruf wäre nett. Bin den ganzen Tag zu erreichen.« Nachdem er noch seine Telefonnummer durchgegeben hatte, verkündete die abgehackte Stimme des Anrufbeantworters, dass keine weiteren Nachrichten auf dem Band seien.

»Haben Sie ihn zurückgerufen?«, fragte ich.

»Sie sind mein Patient, Herr Petri. Herr Poller ist Teil Ihres Problems. Ich möchte auf jeden Fall einen Interessenskonflikt vermeiden, sonst droht die Konsequenz, die ohnehin im Raum steht.«

Also doch eine Abfuhr. »Soll ich ihn anrufen und fragen, was er wollte?«

»Ich möchte nicht in Ihre Sachen reingezogen werden. Können Sie das bitte persönlich mit ihm klären?«

»Selbstverständlich. Aber was, wenn es gar nichts mit mir zu tun hat?«

»Dann hat es sicher bis morgen Zeit, dass ich ihn zurückrufe.«

»Okay.« Sie war sauer, das war ihr deutlich anzumerken. Vielleicht rutschte es mir raus, um ihr zu signalisieren, wie dringend ich ihre Hilfe brauchte oder um von Riva abzulenken, ich weiß es nicht, jedenfalls sagte ich: »Ich habe meine Kinder gesehen.«

Ihr Mund formte ein tonloses *Oh*.

»Ich weiß, das ist überraschend. Conny fand das leider auch, und es kann sein, dass ich es dadurch endgültig versaut habe.«

Sie riss die Augen auf. »Sie haben Ihre Ex-Frau vorher nicht informiert?«

»Ich musste meiner Mutter persönlich eine Nachricht überbringen. Die Kinder waren zufällig bei ihr.«

Loth schürzte die Lippen. Ihr wohlgeformter Hintern lehnte nach wie vor am Schreibtisch, während sich ihr Oberkörper neugierig vorbeugte. »Und, wie lief das Treffen?«

»Simon kann mit den Umständen besser umgehen als Sarah.« *Sie ist deine Therapeutin, sag ihr die Wahrheit.* »Es war einfach nur bedrückend.«

»Und welches Fazit ziehen Sie aus diesem Wiedersehen?«

»Ich weiß ja, dass ich dafür verantwortlich bin. Und klar ist auch, dass niemand außer mir etwas an der Situation ändern kann. Ich muss die Sache mit Poller senior erledigen, und dann stürzen wir beide uns in die Arbeit, ja?«

Sie lächelte »Sie machen sich etwas vor. Es wird immer eine Situation geben, die Sie erst klären müssen. Sie haben ein unglaubliches Talent, sich permanent selbst zu sabotieren. Damit sollten Sie als Allererstes aufhören.« Sie seufzte. »Ich kann Ihnen erst helfen, wenn Sie aktiv mitarbeiten. Wollen wir uns nicht doch setzen?«

»Nein, nein, mir ist es lieber so.« Sie weiterhin stehend in dem Kleid mit lasziv gekreuzten Unterschenkeln zu sehen, war zu verlockend.

»Sie bewegen sich auf ziemlich dünnem Eis.« Erst dachte ich, sie meine meinen Blick auf ihre Beine, doch ihre Miene verriet Besorgnis.

»Das ist seit Jahren so. Man gewöhnt sich dran.«

»Das stimmt, aber Ihr massiver Schlafmangel bereitet mir Kopfzerbrechen. Sie müssen unbedingt zur Ruhe kommen.«

»Und wie soll ich das anstellen? Sie wissen selbst, was in meinem Leben los ist.«

»Ich habe Ihnen gesagt, dass es Wahnsinn ist, sich auf die Treffen mit Poller einzulassen. Hat dieser Azrael sich erneut gemeldet?«

Ich nickte stumm.

»Erklären Sie mir bitte, wie ich Ihnen helfen soll, wenn Sie jeden Rat in den Wind schlagen?«

Ich zuckte die Achseln.

Loth seufzte. Sie wischte den Vorwurf mit einem Handwedeln fort und wechselte das Thema. »Was gab es denn mit Ihrer Mutter zu besprechen, als Sie auf Ihre Kinder trafen?«

»Ein Freund der Familie wurde getötet. Ich wollte herausfinden, ob das Zufall war oder mit unserer Familiengeschichte zu tun hat.«

»Und, was haben Sie in Erfahrung gebracht?«

»Es gibt wohl eine Verbindung zu meinem Vater.«

»Das ist regelrecht beängstigend, und Sie stehen da, als wäre es das Normalste der Welt. Merken Sie eigentlich, dass Sie mit jedem Schritt nur weiter in den Abgrund steigen? Sie können sich die Psychiatrie schon mal genauer ansehen. An einem solchen Ort landen Menschen nämlich früher oder später, die stets das Gegenteil von dem tun, was gut für sie wäre.« Ein bitteres Geräusch entfleuchte ihrem Mund. »Nein, im Ernst, Herr Petri. Sie brauchen Ruhe. Halten Sie sich aus der Sache mit Poller raus, schließen Sie sich zu Hause ein und schlafen Sie sich richtig aus.«

Ich wollte gerade protestieren, als sie die Hand hob. »Ich weiß, Ihre Alpträume. Ich schreib Ihnen was auf.«

Sie lehnte sich über den Schreibtisch, zog einen Block zu sich heran und notierte ein paar Worte. »Das nehmen Sie bitte genau nach Anweisung. Keinen Alkohol. Und Sie steigen nicht ins Auto«, sprach sie Richtung Schreibtischplatte, während sie mir ihren Hintern zudrehte.

Ich hatte ihre Worte zwar gehört, aber in meinem Hirn dominierte das Bild von ihrem grünen Kleid, das sich über ihren Po spannte. Jetzt gerade war ich nicht ihr Patient und sie nicht meine Therapeutin. Mir geisterten Schnappschüsse durch den Kopf, die verdammt denen ähnelten, die sich vor nicht ganz einer Stunde in Rivas Wohnung abgespielt hatten. Um diesen Film zu beenden, wandte ich mich ab und schaute aus dem Fenster. Ich musterte die Fassade des gegenüberliegenden Hochhauses, ohne etwas Konkretes wahrzunehmen, lediglich die Erinnerung an meine Besuche dort im Gesundheitsamt blitzte auf. Meine Gedanken wanderten zurück zu Riva und Erda Loth, die in meiner Vorstellung zu einer Frau verschmolzen, dabei glitt mein Blick an den gleichförmigen Reihen der Bürofenster entlang. Berkels Büro lag oberhalb, ungefähr zwei Etagen über dem Praxisfenster, aus dem ich gerade schaute. Ich erinnerte mich, wie ich vor seinem unordentlichen Schreibtisch und der vollgestopften Fensterfront gestanden hatte. Eine vertrocknete Grünpflanze, afrikanische Holzschnitzereien, Muscheln, Gläser mit Sand, ein Globus und zwischen all den Souvenirs: ein Fernglas.

Ich trat von der Fensterbank weg und setzte mich in den Sessel, in dem Erda Loth während der Therapiestunden saß. Sie wollte protestieren, ich stoppte sie mit einem erhobenen Zeigefinger. Ich brauchte den Kopf nur leicht nach links zu drehen, um aus dem Augenwinkel die gegenüberliegende Fassade zu sehen. Von dort hatte man eine perfekte Sicht auf mich, wie ich in dem anderen Sessel saß und Erda Loth mein Herz ausschüttete. Und mit einem guten Fernglas konnte man wahrscheinlich sogar die Notizen auf ihrem Schoß lesen. Die Jalousien waren stets hochgezogen gewesen – in der zweiten Etage wähnte man sich normalerweise unbeobachtet.

»Sie haben doch gesagt ...«, setzte Erda Loth an.

»Es kann sein, dass wir beobachtet wurden«, fiel ich ihr ins Wort.

»Wie bitte?« Ich las Ungläubigkeit in ihrem Gesicht. Sie löste sich vom Schreibtisch und ging zum Fenster. Ihre Augen wanderten zwischen mir und der Hausfront auf der anderen Straßenseite hin und her. »Das ist nicht möglich.« Sie starrte mich fassungslos an, dann zog sie an der Schnur der Jalousie. Die Alulamellen rumpelten nach unten. Eine hilflose Handlung, jetzt, wo sie nicht mehr notwendig war.

»Warum sollte mich jemand beobachten? Und vor allem, wer?« Sie war ein dunkler Schatten vor der Jalousie, aber ihre Bestürzung war greifbar.

»Ich bin mir nicht sicher. Es könnte mit mir zu tun haben.«

»Hat es nicht immer mit Ihnen zu tun?« Sie ging zum Schreibtisch, riss das Rezept vom Block ab und reichte es mir. »Lassen Sie mich wissen, ob sich Ihr Verdacht bestätigt. Und bitte halten Sie sich an meine Anweisungen und ruhen sich mal richtig aus.«

# 29

Ich eilte auf die andere Seite der Kreuzung und betrat den Eingangsbereich des Hochhauses mit den Aufzügen. Von der Anzeige las ich ab, dass die Kabine ganz oben im elften Stock war. Ich nahm die Treppen, in der zweiten Etage ging mir die Puste aus. In der vierten keuchte ich schwer, und meine Beine signalisierten, dass sie keine weitere schaffen würden. Sternchen flirrten durch das Neonlicht, während ich die Tür zum Gesundheitsamt aufdrückte.

Berkels Büro war nicht verschlossen oder versiegelt. Seine Strickjacke hing noch am Haken, aber Schreibtisch und

Fensterbank waren leer geräumt. Das Fernglas war ebenfalls verschwunden.

Schreiber war nicht in seinem Büro. Das Geräusch eines Kopierers erfüllte den Flur mit Getöse. Ich folgte ihm bis zu einem winzigen Raum mit geöffneter Tür. Schreiber sortierte darin neben dem ratternden Gerät Papierstapel. Er hatte mich nicht kommen hören und erschrak, als er sich umdrehte. Rasch fing er sich, deutete Richtung Flur und ging an mir vorbei bis zu einem Kabuff von der Größe einer Abstellkammer. Die Teeküche, wie sich herausstellte.

»Ist ruhiger als neben dem Kopierer. Möchten Sie einen Tee?« Er füllte einen Topf mit Wasser und versenkte einen Tauchsieder darin. Dann kramte er aus einem Hängeschrank eine Blechdose, hielt sich den Inhalt unter die Nase und atmete verzückt ein. »Darjeeling. First Flush.«

»Ich bin nicht hier, um Tee zu trinken. Sagen Sie, können Sie sich erinnern, dass auf Berkels Fensterbank ein Fernglas stand?«

Schreiber ließ gedankenverloren Teeblätter in ein Netz rieseln, das, der Farbe nach zu urteilen, schon Jahre im Einsatz war. Er sah auf. »Ein Fernglas? Nein, davon weiß ich nichts. Wenn es dort war, hat es die Kripo mitgenommen. Die haben kartonweise Sachen aus dem Büro rausgetragen.«

»Bei Ihnen hat Berkel sich auch nicht mehr gemeldet?«

Schreiber schüttelte entschuldigend den Kopf. »Wollen Sie wirklich keinen Tee? Sie machen den Eindruck, als könnten Sie einen vertragen.«

*Das weiß ich selbst.*

»Nein danke. Heute nicht.«

# 30

Ich kam zügig voran auf meinem Weg durch die Frankfurter Straße, trotzdem fuhr ich an der Messehalle auf die Autobahn. Wie ferngesteuert lenkte ich den Wagen. Meine Gedanken pendelten gebannt zwischen den Treffen mit Riva und Erda Loth hin und her und mühten sich, rational zu ergründen, was zum Teufel eigentlich mit mir los war. Ich hatte Azraels Karte bei Riva liegen lassen und niemandem berichtet, dass ich schon wieder eine Nachricht erhalten hatte. Daran ließ sich im Moment nichts ändern, es musste also warten, bis ich zurück in Kassel war.

Hinter dem VW-Werk wählte ich die Abfahrt, keine fünf Minuten später erreichte ich das Fachwerkhaus der Pollers in Altenritte.

Die Haustür stand einen Spaltbreit offen. »Herr Poller«, rief ich hinein, »sind Sie da?« Ich zog an der Glocke. Bis auf das Läuten blieb es im Innern still. »Frau Poller?« Keine Antwort. Ich trat in den niedrigen Flur und ging an der geöffneten Badezimmertür vorbei bis zum Wohnzimmer. Die Vorhänge waren zugezogen. Der Raum wirkte noch düsterer, als ich ihn in Erinnerung hatte.

Erst beim zweiten Hinsehen fiel sie mir auf. Sie saß auf dem Sofa. Genau wie vor ein paar Tagen, umringt von ihren Porzellanpuppen. Es lag nicht nur an ihrer leichenblassen Haut, dass sie wirkte, als wäre sie nun tatsächlich eine von ihnen geworden. Wie die Kerbe am Übergang zwischen Stoffkörper und Porzellankopf bei den Puppen zog sich bei Renate Poller ein roter Strich längs über ihren Hals. Das entwürdigende Ritual war ihr erspart geblieben, die Augen waren intakt, aber unnatürlich weit aufgerissen. Sie starrte genauso leblos in den Raum wie die Puppen mit ihren glasigen Schlafaugen.

Ein Rumpeln ließ mich zusammenzucken. Ich hielt den Atem an. Schwere Schritte polterten Richtung Straße. Jemand rannte die Steinstufen vor dem Haus hinunter.

Auf einem Tischchen stand ein Pierrot aus Porzellan. Ich griff ihn, hob ihn wie eine Keule hoch und schlich aus dem Wohnzimmer. Die Haustür war weit geöffnet. Ich lauschte. Draußen wurde ein Motor gestartet, der Wagen war allerdings von meiner Position aus nicht zu erkennen. Ich wollte hinterherlaufen, strauchelte, fiel auf die Knie und biss mir auf die Lippe. Der Pierrot landete auf dem Boden und zersprang in tausend Einzelteile. Beim Aufstehen stachen mir Splitter in die Handflächen, um die Ecke quietschten Reifen.

Der Täter musste im Bad hinter der offenen Tür gestanden haben. Mir wurde übel, als mir klar wurde, was für ein Glück ich gehabt hatte. Den Bruchteil einer Sekunde lang überkam mich der Impuls, zu flüchten. Dann wurde mein Verstand wach. Es gab Spuren, die zu mir führten, und mir fehlte im Moment schlicht die Fantasie, wie ich hätte erklären können, dass ich hier gewesen sei und mich aus dem Staub gemacht hätte.

Im Flur nahm ich den Hörer des Telefons hoch, der altmodische Samtbezug fühlte sich eklig in meiner Hand an. Ich wählte die Nummer des Präsidiums und verlangte Frank. Nachdem ich mehrmals durchgestellt worden war, hatte ich Cohn am Apparat.

»Tut mir leid, Frank ist gerade in einem Gespräch. Was kann ich für dich tun?«

»Ich bin im Haus der Familie Poller in Altenritte. Frau Poller ist ermordet worden.«

»Du bist wo?«

»Renate Poller ist tot. Jemand ist kurz nach meiner Ankunft aus dem Haus geflüchtet. Leider kann ich keine Beschreibung liefern.«

Sie setzte an, etwas zu sagen, bremste sich aber. Das würde ich mir später anhören müssen. »Du bleibst, wo du bist. Es ist gleich eine Streife da«, zischte sie.

Ich legte den Hörer auf und bemerkte, dass sich der Samt mit dem Blut aus meiner aufgeschnittenen Handfläche vollgesogen hatte.

Mit einem großen Schritt versuchte ich, nicht auf die Scherben zu treten, dennoch knirschte es, während ich das Wohnzimmer ansteuerte. Beim zweiten Mal war der Anblick der alten Frau nicht weniger verstörend, als mir klar wurde, dass sie niemals in dieser Haltung erdrosselt worden war. Man hatte sie nach ihrem Tod so zwischen den Puppen drapiert, ihre Hände im Schoß gefaltet und ihr das Kleid gerichtet. Sogar der Spitzenkragen lag ordentlich am Hals. Das war kein kaltblütiger Mord gewesen wie bei Frenzel oder Skorka. Das sah beinahe aus wie ein irrer Liebesdienst, schoss es mir durch den Kopf.

*Sonst kommt des Schäfers Metzger fein und killt mein armes Schwesterlein.*

Ich Idiot! Ich hatte die falsche Schwester gewarnt.

Ein Signalhorn näherte sich. Ich ging dem Geräusch entgegen. Autotüren knallten, zwei Beamte stürzten ins Haus, ich wich in das Badezimmer aus und ließ mich auf den geschlossenen Toilettendeckel fallen. Die Scherben knirschten unter ihren schweren Stiefeln.

»Sie bleiben, wo Sie sind, und machen keinen Mucks!«, brüllte einer der Polizisten; ich hatte nichts anderes vorgehabt.

Womöglich wäre Renate Poller noch am Leben, wenn ich der Kripo am Morgen die letzte Karte übergeben hätte. Ich presste die Lippen aufeinander und schmeckte Blut. Meine Zulassung steckte in dem Umschlag, den Frank mir gegeben hatte. Nun konnte ich ihn ungeöffnet zurückgeben.

Aus dem Wohnzimmer drang die Stimme eines Beamten. »Die ist eiskalt, sicher seit gestern tot.«

Erleichtert sackte ich auf dem Klodeckel zusammen. Einer der Männer kam um die Ecke. »Bei Ihnen alles in Ordnung?« Ich nickte.

»Sieht nicht so aus.« Er zeigte auf meine Lippe.

Ich stand auf und schaute in den dreiteiligen Spiegel eines Hängeschranks. Ein dünner roter Faden war mir am Kinn heruntergelaufen. Ich drehte den Hahn auf und spülte vorsichtig Splitter und Blut von den Handflächen, griff zur Seife und wusch die Reste weg. Anschließend zupfte ich ein paar Blatt Klopapier von der Rolle und tupfte die Handinnenflächen trocken sowie den Blutfaden vom Kinn.

*Mein armes Schwesterlein.* Wahrscheinlich hielt sich Poller für den gütigen Schäfer. Doch hatte Azrael sich zu des Schäfers Metzger machen lassen? Diese Terminologie passte so gar nicht zu dem Feingeist, der mir zu den Klängen von Miles Davis ein Rasiermesser an die Kehle gehalten hatte. Ich schaute in den Spiegel. Als ob er mittlerweile ein Teil von mir geworden wäre, stellte ich dem Gesicht, das mir entgegenblickte, die Frage: »Du hast die alte Frau nicht getötet, stimmt's? Das ist nicht dein Stil. Die anderen Opfer vielleicht, aber nicht dieses wehrlose Muttchen.« Ich sah mich den Kopf schütteln, als würde er zu jemand anderem gehören. Allmählich begann ich mir selbst Angst einzujagen.

Ich knüllte das blutige Papier zusammen und warf es in einen kleinen Treteimer, der rechts neben dem Waschbecken stand. Dann wurde mir klar, dass das an einem Tatort eine ziemlich blöde Idee war, und ich fummelte es zwischen gebrauchten Rasierköpfen und Wattepads wieder heraus und stopfte es in meine Hosentasche. Als mir einfiel, dass der Täter sich im Bad versteckt und ich möglicherweise gerade Spuren vernichtet hatte, war es bereits zu spät. Die Liste der Dinge, die ich Frank beichten musste, wurde zusehends länger, und die Gleichgültigkeit, die ich dabei verspürte, überraschte mich selbst.

Im Flur stoppte ich einen Beamten, der an mir vorbeistürmen wollte. »Darf ich an die frische Luft? Ich laufe Ihnen nicht weg, versprochen.«

Er musterte mich kurz. Wahrscheinlich dachte er, dass er mich locker einholen würde, selbst wenn ich es versuchte. »Klar, kommen Sie mit.«

Er ging vor zum Bürgersteig, um ein Fahrzeug einzuweisen, das sich mit brummendem Diesel näherte. Die Gardinen der umliegenden Häuser waren zurückgezogen worden und deren Bewohner gafften aus den Fenstern. Einigen war es nicht mal peinlich, sich in Schlappen und Jogginghose in den Vorgarten zu stellen. Ihre neugierigen Mienen ekelten mich an.

Aus einem Lieferwagen mit getönten Scheiben sprangen Mitarbeiter der Spurensicherung. Der Beamte wies ihnen den Weg, ließ sie passieren und rollte ein Absperrband von einer Seite der Zufahrt zur anderen. »Darf ich schnell mal zu meinem Fahrzeug?« Ich deutete auf den Ford, der direkt rechts neben der Einfahrt parkte. Er nickte, signalisierte mir aber mit einer Geste, dass er mich im Auge behalten würde. Ich öffnete die Beifahrertür und holte die Schachtel Zigaretten aus dem Handschuhfach, die seit Wochen darin lag. Ich bot dem Beamten eine an, er lehnte ab, gab mir jedoch Feuer. Der Tabak war trocken und stärker geworden. Das Nikotin rauschte durch meine Adern, ich ließ mich auf einen Findling im Vorgarten sinken. Hier war ich wenigstens niemandem im Weg.

Zehn Minuten später knatterte ein Höllenlärm durch den Ort, untermalt vom Einsatzhorn eines begleitenden Polizeiwagens, aus dem Sachs stieg. Er fixierte mich, und für einen Moment sah es aus, als würde er vor mir ausspucken, dann marschierte er ins Haus. Als der Motor des Wagens, der mindestens doppelt so laut war wie erlaubt, abgestellt wurde, kehrte plötzlich eine unwirkliche Ruhe ein. Aus dem tiefergelegten Sechszylinder schälte sich Frank ächzend heraus, nachdem Cohn wie eine gespannte Feder von der Fahrerseite auf den Bürgersteig gesprungen war.

Frank stürzte auf mich zu und holte tief Luft. »Du blödes Arschloch! Das Observationsteam hat die Karte auf dem Küchentisch von der Levin gefunden. Hat sie dir das letzte bisschen Hirn rausgevögelt?«

Ich schaute zu Cohn, die verständnislos den Kopf schüttelte, von ihr war keine Hilfe zu erwarten. Mit einer verlegenen Geste hielt ich Frank die Zigarettenschachtel hin.

»Ach, leck mich.« Er ging zwei Schritte weg, drehte um und nahm sich eine der Kippen. Der Beamte, der die Absperrung beaufsichtigte, gab ihm Feuer und flüsterte ihm etwas ins Ohr. Frank nickte und pustete Rauch aus. »Da hast du aber Schwein gehabt. Wenn dieser Mord zu verhindern gewesen wäre, hätte ich dich eigenhändig eingebuchtet.« Er sog erneut tief an der Zigarette und hustete. »Deine Zulassung kannst du gleich wieder abliefern.«

»Dachte ich mir schon.«

»Nee, mein Lieber. Wenn du irgendwas gedacht hättest, würdest du zu Hause hocken, wie es von dir erwartet wurde, und hättest uns Azraels Nachricht ungeöffnet übergeben.«

Ich versuchte, eine zerknirschte Miene aufzusetzen. »Ich wollte mich lediglich vergewissern, dass es Riva gut geht.« Hitze stieg mir vom Hals in den Kopf. Offensichtlich schwanden meine Zockerqualitäten, sobald es um sie ging.

Frank zog die Augenbrauen hoch. »Wie hast du es geschafft, dich an der Observation vorbeizuschleichen?«

»Sag deinen Leuten, dass Altbauten Hinterausgänge haben, die jeder – und nicht nur ich – ganz bequem auch als Eingang benutzen kann.«

Frank knirschte mit den Zähnen. »Ich hatte sie angewiesen, dafür zu sorgen, dass alle Hintertüren verschlossen sind.«

»Fluchtwege sind stets offen zu halten«, zitierte Cohn. »Unterschätze niemals die Gewissenhaftigkeit deutscher Hausmeister.«

»Danke für den Hinweis«, pampte Frank zurück und sah dabei mich an. »Was, wenn der Levin was geschehen wäre, während du zu ihr unterwegs warst? Spinnst du jetzt total?«

»Das ist unlogisch. Es hätte viel länger gedauert, wenn ich die Nachricht erst zu euch gebracht hätte.«

»Warum hast du sie nicht den Typen vor deiner Wohnung gegeben?«

»Die waren leider anderweitig beschäftigt.«

Frank kniff ungläubig die Augenbrauen zusammen. »Quatsch. Allmählich habe ich den Eindruck, du ziehst mal wieder dein eigenes Ding durch. Kapierst du eigentlich, was auf dem Spiel steht?«

Ich wollte ihm antworten, aber Cohns fest aufeinandergepresste Lippen deuteten darauf hin, dass es klüger war, die Klappe zu halten.

»Cohn bringt dich heim, und da bleibst du, verstanden? Du regst dich nur, falls Azrael Kontakt zu dir aufnimmt. Da hast du eine Nummer, bei der du nicht ewig in der Warteschleife festhängst. Seit diesem unsäglichen Zeitungsartikel sind unsere Leitungen permanent überlastet.«

Da ich mich kaum noch auf den Beinen halten konnte, hatte ich keine Kraft mehr, mit ihm zu streiten, und nahm den Zettel mit der Telefonnummer, den er mir hinhielt.

»Los, ich fahr dich.« Cohn nickte mir zu. Im Vorbeigehen streifte sie Franks Arm. Ich bemerkte einen Blickwechsel, der weit davon entfernt war, kollegial zu sein.

Ich folgte ihr. Sie öffnete mir die Beifahrertür zu dem schwarzen BMW mit dem beeindruckenden Heckspoiler, mit dem sie hergekommen war. »Aus der Sicherstellung«, erklärte sie aufgrund meiner fragenden Miene. »Die Jungs waren der Meinung, der würde zu mir passen.«

Nachdem ich auf dem Sitz gelandet war, in dem man mit dem Hintern gefühlt auf der Straße schliff, war ich sicher, dass sie mir wahrscheinlich aus dem Auto würde heraushelfen müssen.

Sie deutete auf die Mittelkonsole. »Immerhin mit Autotelefon. Funktioniert sogar.«

Ich quälte mir ein anerkennendes Lächeln ab. »Dann kann ja nichts mehr schiefgehen.«

Auf der Autobahn verwandelte sich das Knattern des Motors in gleichmäßiges Brummen. Ich musste trotzdem gegen den Krach anbrüllen. »Ist irgendwas in Skorkas Unterlagen zu finden gewesen?«

»Der Mann muss seit dem Mittelalter praktiziert haben. Das Team, das seine Akten sichtet, hat nichts gefunden und geht alles erneut durch.«

»Und was ist mit den Unfällen, in die Jungbluth verwickelt war?«

»Das ist ähnlich verzwickt. In dem infrage kommenden Zeitraum haben sich unzählige Unfälle ereignet, und nicht mal ein Bruchteil davon ist aktenkundig.«

»Habt ihr in Berkels Büro ein Fernglas sichergestellt?«

»Ein Fernglas?«

»Ja.«

»Warum?«

»Von Berkels Büro hat man direkte Sicht in das Behandlungszimmer meiner Therapeutin. Möglich, dass er mich oder Loth beobachtet hat. Sie sitzt mit dem Rücken zum Fenster, mit einer guten Vergrößerung kann man wahrscheinlich sogar ihre Notizen lesen. Ich könnte schwören, dass auf der Fensterbank ein Fernglas gestanden hat.«

»Ich lasse das prüfen.« Cohn schaute mich ernst an. »Du wirkst, als ob du gleich umkippen würdest.«

»Loth hat mir das hier verschrieben.« Ich hielt ihr das Rezept hin.

Sie schielte mit einem halben Auge darauf. »Na, da hat sie es aber gut gemeint. Diazepam, das ist Valium.«

Sie hielt auf der Frankfurter Straße an einer Apotheke und begleitete mich hinein. Unsere Ankunft in der Protzkarre war allein wegen der Lautstärke niemandem entgangen. Eine Apothekerin musterte uns missbilligend, wahrscheinlich hielt sie uns für Kriminelle oder Drogensüchtige. Zögernd legte sie eine Schachtel auf den Tresen. »Eine Tablette vor dem Schlafengehen. Auf keinen Fall Auto fahren. Nicht mit anderen Substanzen mischen. Und keinesfalls über die verordnete Dauer hinaus einnehmen.« Sie leierte die Anweisungen herunter, als gäbe sie nicht einen Pfifferling darauf, dass ich mich daran halten würde.

Cohn grinste den Rest des Weges Richtung Nordstadt in sich hinein, als ob sie die Aufmerksamkeit genösse, die der schwarze BMW in den Kasseler Straßen verursachte. Nachdem sie sich vergewissert hatte, dass die Kollegen auf ihrem Posten waren, setzte sie mich vor der Haustür ab, ließ aber den Motor laufen. »Ich komme heute Abend vorbei und löse die Streife ab.«

»Bist du sicher, dass Frank das gut findet?«, rutschte es mir schnippischer raus, als ich gewollt hatte.

»Bist du sicher, dass du dich nicht besser von der Schwester eines Killers fernhalten solltest?«, gab sie die Spitze zurück. »Ich erwarte, dass ich dich später zu Hause antreffe. Allein!«

Sie ließ den Motor aufheulen und fuhr mit quietschenden Reifen los. Der Überwachungsbeamte am Steuer schüttelte den Kopf.

Ich schloss die Wohnungstür hinter mir, zog die Schuhe aus, ohne sie aufzubinden, ging in die Küche und las den Beipackzettel des Medikaments unter dem hellen Licht der Abzugshaube. Die winzigen Buchstaben verschwammen vor meinen Augen. Die Apothekerin hatte gesagt, ich solle das Mittel vor dem Schlafengehen nehmen, sie hatte keine Tageszeit genannt. Ich drückte eine Tablette aus dem Blister und spülte sie mit Wasser aus dem Hahn herunter.

Im Schlafzimmer ließ ich mich angezogen auf das Bett fallen.

## 31

Derart entspannt war ich seit Wochen nicht gewesen. Ich zögerte das Öffnen der Augen hinaus, weil ich fürchtete, die Realität könne das Weichgespülte fortwischen. Ich hatte vergessen, wie es war, ohne zuckende Nerven aufzuwachen, und genoss die durch das Medikament weich gewordenen Muskeln und die leichte Duseligkeit, als hätte ich ein Glas Rotwein zu viel getrunken. Ich öffnete ein Lid gerade so weit, dass ich die Leuchtziffern auf dem Wecker erkennen konnte. 20:25. Keine Ahnung, wann ich zuletzt acht Stunden lang nicht durch die Stimme aufgeschreckt worden war. Ich schickte Erda Loth ein stummes Dankeschön. Am liebsten hätte ich mich auf die Seite gedreht und weitergeschlafen, aber mit dem Abflauen der größten Erschöpfung rückte ein anderes Bedürfnis in den Vordergrund: Mein Magen knurrte.

Ich setzte die Füße auf den Boden, blieb auf der Matratze sitzen und wartete, bis ein seichter Schwindel vorübergezogen war, dann stand ich auf. Beim Blick in den Kühlschrank wurde das Magenknurren eindringlicher, doch das Klingeln des Telefons lenkte mich ab.

Ich hob ab. »Petri.«

»Hallo, Anwalt, schön, dass Sie drangehen. Lust auf ein kurzes Gespräch?«

Im Bruchteil einer Sekunde riss mein gespanntes Nervenkostüm auf, als hätte jemand Messer durch das fadenscheinige Gewebe gezogen. Sämtliche Sehnen schienen zusammenzuschnurren. Ich ließ den Hörer fallen, sank in den Sessel und starrte ihn an. *Azrael.*

»Hallo?«, kam es weit entfernt aus der Muschel. »Anwalt? Sind Sie noch da?«

Ich hielt den Hörer erneut ans Ohr. »Bin da.«

»Da wir ja beim letzten Mal unterbrochen wurden, dachte ich, wir setzen unsere Unterhaltung am Telefon fort.«

Mein Arm zitterte wie unter Strom.

»Sie haben sich mit Riva getroffen, nicht wahr? Ich kann nicht gerade behaupten, dass ich es gut finde, aber besser als dieser alte Langweiler, den sie vorher hatte, sind Sie allemal. Riva hatte schon immer eine Schwäche für Männer ohne Geschmack.«

»Ist es wahr, dass Sie sich nicht bei ihr gemeldet haben?«

»Wenn sie das gesagt hat, dann stimmt es auch. Sie können ihr genauso vertrauen wie mir.«

»Ihnen ... was?«

»Besser mir als der Kripo. Glauben Sie wirklich, die werden Ihnen beistehen, wenn diese Angelegenheit schiefgeht, in der Sie stecken?«

»Ich weiß seit Langem nicht mehr, was ich glauben soll. Und Ihre verklausulierten Botschaften helfen mir nicht gerade weiter.«

»Ach, Anwalt, Sie kennen mich. Mindestens genauso gut wie sich selbst. In einer anderen Welt könnten wir zwei richtig dicke Freunde sein. Vertrauen Sie Ihrem Instinkt. Und jetzt lege ich auf, bevor der Anruf zurückverfolgt werden kann.«

Ein Klicken in der Leitung. Nichts hatte sich verändert. Er zog sein Spiel durch und war mir eine Nasenlänge voraus.

Eine Woge der Erschöpfung walzte unerbittlich über mich hinweg. Sollte sich doch die Kripo mit ihm rumschlagen, ganz egal, ob ihm das gefiel oder nicht. In Gedanken legte ich ein miserables Blatt auf den Spieltisch. Zeit, um auszusteigen.

Es klingelte. Ich rappelte mich hoch, betätigte den Türöffner und lauschte. Schwere Schuhe erklommen mit leichtem Schritt die Treppe. Cohn. Sie trug einen Pizzakarton unter dem Arm, über ihrer Schulter baumelte ein prall gefüllter navy-grüner Nylonsack.

»Ich übernehme die Nachtschicht.«

»Ich hoffe, die ist von Matteo.« Ich deutete auf den Karton.

»Was hast du denn da angestellt?«

Ich schaute auf meine Hände. Die, die den Hörer umklammert gehalten hatte, war voller Blut. Die feinen Schnittwunden waren aufgeplatzt.

»Komm erst mal rein.«

Sie ging an mir vorbei, warf den Nylonsack vom Flur aus zielsicher auf den Sessel im Wohnzimmer und steuerte die Küche an. Dort klappte sie den Karton auf dem Herd auf und zog eine Flasche Wein unter der Jacke hervor, die sie neben ihre Knarre ins Holster geklemmt hatte. Beim letzten Mal war sie ohne Waffe hier aufgetaucht. Langsam konnte ich nicht mehr leugnen, wie ernst die Lage war. »Zeig mal her.« Sie schnappte sich meine Hand, zog mich zum Spülbecken, drehte den Wasserhahn auf und wusch das Blut behutsam weg. »Nicht so schlimm. Hast du was zum Verbinden?«

Ich schüttelte den Kopf.

Sie verschwand im Bad und kehrte mit einer Klopapierrolle zurück. »Das reicht fürs Erste.« Sie wickelte ein paar Umrundungen Papier um die Handfläche. »Halt einfach fest.«

Ich zog die Schublade auf, in der der Korkenzieher lag. »Musst du dir selbst öffnen. Ein Glas findest du da oben.« Ich deutete auf den Hängeschrank.

»Du nicht?« Sie sah mich skeptisch an.

»Ich nehm zum Schlafen eine Tablette. Du hast gehört, was die Apothekerin gesagt hat: nicht mit anderen Substanzen mischen.« Dass ich bereits eine genommen hatte, musste sie nicht wissen. Ebenso wenig, dass ich entschieden hatte, die Dosis eigenmächtig zu erhöhen. Die Wirkung hatte mich überzeugt, und eine Nacht durchzuschlafen, war zu verführerisch.

»Aber Pizza ist doch okay, oder?« Sie machte sich am Korken der Flasche zu schaffen, zog ihn mit einem beherzten Ruck heraus und goss sich das Glas halb voll. »Bin ja irgendwie auch noch im Einsatz. Greif zu.« Sie schnappte sich ein Stück von der Pizza, begleitet von einem wohligen Seufzen. »Oh, ich bin kurz vorm Verhungern. Seit heute Morgen nichts gegessen.«

Mein Magen stimmte ihr mit einem hörbaren Knurren zu. »Mir ist leider gerade der Appetit vergangen. Azrael hat angerufen.«

Sie ließ die Pizza sinken. »Mist. Was hat er gesagt?«

»Wie immer: nur Andeutungen, nichts Konkretes. Er hat seine Besorgnis darüber geäußert, dass ich seiner Schwester zu nahe gekommen bin.«

»Oh, ein Irrer mit Familiensinn. Was noch?«

»Ich soll auf meinen Instinkt vertrauen.«

»Toll. Er hätte dir auch ein Rezept für Hefeteig geben können, das wäre genauso hilfreich gewesen. Kann ich telefonieren?«

Sie wartete nicht auf eine Antwort und verschwand. Ich hörte, wie sie sich für die späte Störung entschuldigte, dem vertraulichen Tonfall nach bei Matthias Frank. Während sie die Neuigkeiten schilderte, griff ich mir ein Stück Pizza und spürte beim ersten Bissen, wie der Appetit zurückkehrte und mein Magen ein Geräusch von sich gab, als würde er sich freuen. Gierig stopfte ich das Pizzastück in mich rein und gleich ein weiteres, beinahe ohne zu kauen. Meine Körpermitte quittierte es mit einem Druckgefühl, aber immerhin war Ruhe.

Cohn kam zurück. »Ist dir ein Glas Wein umgefallen? Das ist ja ein Riesenfleck. Jetzt ist es zu spät, den bekommst du nicht mehr aus dem Teppich, na ja, was soll's. Frank klärt, ob man den Anruf zurückverfolgen kann.«

Zum Glück hatte sie nicht gefragt, wie das mit dem Weinfleck passiert war. Nachdem der Hunger nachgelassen hatte, trat die Müdigkeit aus seinem Schatten und meldete sich bretthart. »Ich muss mich hinlegen.«

Cohn nickte. »Ich hab mir einen Schlafsack mitgebracht, wenn du mir eine Decke zum Unterlegen gibst, schlaf ich im Wohnzimmer.«

Ich hielt den Blister wie ein Kartenspiel verdeckt, drückte unauffällig zwei Valium in die hohle Handfläche. Dann warf ich die Tabletten ein und spülte mit einem Schluck Wasser nach.

Sie nahm die Packung und las die Beschriftung. »Pass wirklich auf, mit dem Teufelszeug ist nicht zu spaßen.«

»Ich nehme es nur, bis das alles vorbei ist. Ich muss ein paar Stunden am Stück schlafen.«

Ihr schiefer Mund wurde gerade, als sie die Lippen aufeinanderpresste. »Ich hab ein Auge drauf.«

Für Widerspruch war ich zu fertig. Ich schlich ins Schlafzimmer, gab ihr eine Decke, murmelte »Nacht« und schaffte es gerade so, Hose und Hemd vor dem Bett auf den Boden fallen zu lassen.

## 32

*Wach auf, Anwalt!*

Wie ein gleißend heller Spot bohrten sich die Worte durch den dichten Nebel, in den das Schlafmittel mich gehüllt hatte. Mein Herz schlug schnell, aber nicht panisch. Ich schaute auf den Wecker – 07:30 –, ließ den Kopf in das Kissen fallen und schloss die Augen. Zehn Stunden Schlaf am Stück. Ein zufriedenes Glucksen entfuhr mir.

Den Preis für die tiefenentspannende Wirkung des Medikaments auf Geist und Muskeln bezahlte mein Rücken. Wahrscheinlich hatte ich die ganze Nacht in ein und derselben verrenkten Haltung gelegen. Beim Versuch, mich aufzurichten, schien mir jemand ein Messer in die Hüfte zu bohren und von dort das Bein bis in die Fußspitzen aufzuschlitzen. Bevor ich den Schrei unterdrücken konnte, war er bereits draußen.

Sandra Cohn riss die Tür auf. »Himmel, was ist denn los?« Sie war bereits angezogen, die Haare zum Pferdeschwanz gebunden, ein feuchter Fleck zeichnete sich auf ihrem Shirt ab. »Ich hab vor lauter Schreck meinen Kaffee verschüttet.«

»Ist schon gut. War nur der Rücken. Dafür hab ich geschlafen wie ein Toter.«

»Sag so etwas nicht.« Sie grinste. »Raus aus dem Bett, es gibt Kaffee.«

Ich hievte mich in die Senkrechte, wartete, bis die Bandscheiben sich erbarmten, den Körper aufrecht zu halten, und mein Kreislauf das Signal gab, dass er auf dem Weg in die Küche nicht zusammenbrechen würde. Ich schlurfte in T-Shirt, Unterhose und Socken hinter Cohn her.

Sie musterte mich mit einem Schmunzeln. »Hätte ich das vorher gewusst ...«

»Witzig.« Ich nahm ihr die Tasse ab, die sie mir entgegenhielt.

»Du siehst erholt aus.«

»Ich sag doch: war komplett weg. Hatte ich eine Ewigkeit nicht mehr.«

Sie deutete auf die Tablettenpackung, die noch auf der Küchenarbeitsplatte lag. »Ja, und irgendwann geht es nur noch damit.«

»Ich hab deine Warnungen verstanden, danke.«

Ich nippte am Kaffee. In dem Moment, in dem der erste Schluck das Koffein in meiner Blutbahn verteilte, hörte ich die Stimme erneut wispern: *»Wach auf, Anwalt.«* Diese Anrede hatte Azrael vor seinem Verschwinden häufig benutzt. Auch auf der Ansichtskarte, die er von den Malediven geschickt hatte. Doch in keiner Botschaft, die mich in den letzten Tagen erreicht hatte, war ich so angesprochen worden.

»Sag mal, habt ihr die Schrift in den Kondolenzkarten mit den alten Schreiben von Azrael abgeglichen?«

»Die taugen nicht als Vergleichsproben. Alle von einem Rechtshänder mit links geschrieben. Das macht den Abgleich schwierig. Der Schriftexperte vom LKA wurde aus dem Urlaub geholt, der ist erst morgen in Kassel.«

»Das kann doch nicht so schwer sein, seine Handschrift mit irgendeinem anderen Schriftstück zu vergleichen. Es muss irgendwo handgeschriebene Dokumente von Dietschmons geben.«

»Leider nein. Er hat Tabula rasa gemacht, bevor er verschwunden ist.«

»Er hatte einen Friseurladen. Du willst mir ernsthaft weismachen, dass es nichts Handschriftliches von ihm gibt?«

Ihr Gesichtsausdruck genügte. Offensichtlich hatte Azrael seine Existenz sehr gewissenhaft getilgt.

Mir fiel ein, wie Riva auf die Botschaft reagiert hatte. Spontan hatte sie gesagt, dass ihr Bruder sie nicht geschrieben hatte. »Habt ihr sie Riva Levin vorgelegt? Vielleicht hat sie noch irgendwo eine Schriftprobe von ihm.«

Cohn ging ins Wohnzimmer, um zu telefonieren. Als sie in die Küche zurückkehrte, sah sie mich fragend an. »Wird umgehend nachgeholt. Wie kommst du darauf, dass er sie nicht geschrieben haben könnte?«

»Er hat gestern am Telefon die Anrede ›Anwalt‹ verwendet. Das hat er vor seinem Verschwinden ständig getan, nur in den letzten Botschaften nicht.«

»Das muss nichts bedeuten.«

»Stimmt, aber es nährt erhebliche Zweifel.«

»Schon«, gab sie zerknirscht zu.

»Ich stehe zwischen den Fronten von zwei Killern, hab seit Monaten nicht mehr richtig geschlafen. Ich muss mich darauf verlassen können, dass ihr eure Arbeit macht.« Mir war das dünne Eis bewusst, auf dem ich mich bewegte. Hätte ich die Nachrichten früher an die Kripo übergeben, wären nicht Tage unverrichteter Dinge verstrichen.

Das Telefon klingelte. Geradezu erleichtert verließ Cohn die Küche. Sie meldete sich und murmelte nach einer Weile: »Verstehe.«

Sie kam mit ernstem Gesichtsausdruck zurück. »Michael Poller hat sich gerade der Polizei gestellt. Ich soll dich mitbringen.«

# TEIL III

# 1

Durch die Putzschlieren auf der Fensterscheibe fielen staubige Sonnenstrahlen in meine Bude. Draußen kämpften Vögel zwitschernd gegen den Straßenlärm an. Mir war gar nicht danach, an diesem Frühsommertag eines der Hemden anzuziehen, die nach der letzten Wäsche starr wie Karton waren, also schlüpfte ich in einen dünnen Strickpullover, der mir wie alle anderen Kleidungsstücke mittlerweile zu weit geworden war und gerade deswegen lässig wirkte. Die Hose vom Vortag war noch okay, außerdem eingetragen, die frisch gewaschenen standen von meinen dürren Stelzen ab wie Papiertüten. Cohns Nervosität brachte mich nicht aus der Ruhe. Sie ging im Flur auf und ab, während ich mich gemächlich anzog. An diesem Morgen war ich nicht länger Anwalt auf Mission der Kripo, ich war Meinhard Petri auf dem Weg in ein neues Leben. Wie sehr ein nächtlicher Tiefschlaf doch die Sichtweise verändern konnte.

Vor dem Haus öffnete Cohn die Beifahrertür des protzigen BMW; die Kiste war wie für die Nordstadt gemacht.

»Wenn du den hier in der Gegend parkst, musst du vorsichtig sein, dass der ehemalige Besitzer ihn nicht wiedererkennt.«

Sie lachte und ließ sich mit einem Hüftschwung in den tiefergelegten Sitz fallen. Bei mir sah das wahrscheinlich deutlich weniger elegant aus. Sie startete den Motor. Ein Donnerhall waberte durch die Häuserschlucht. Mit unauffälligen 100 Dezibel bogen wir auf die Holländische Straße ein und ernteten dabei anerkennendes Nicken einer Gruppe Männer, die gerade an einer türkischen Teestube eintraf.

Cohn beschleunigte, ohne hochzuschalten, und fuhr bei

Rot über die Kreuzung am Holländischen Platz. Bis zum Präsidium brauchten wir keine fünf Minuten.

Im Besprechungsraum betrachtete Sachs die Tatortfotos an den mobilen Stellwänden, als wir eintrafen. Es war eine weitere Pinnwand in den Raum geschoben worden, selbst die füllte sich allmählich. Er nickte Cohn zu, mich bedachte er mit zusammengekniffenen Augen.

Frank kam aus dem Nebenraum. Er ließ eine Akte auf den Tisch fallen. »Unglaublich, aber wahr. Der spaziert zum Präsidium rein ...«, er brach ab und korrigierte sich, »also, der humpelt rein und gesteht, dass er schuld am Tod seiner Mutter sei.«

Cohn imitierte Pollers schiefe Körperhaltung. »Er kann sie nicht getötet haben.«

»Auf keinen Fall. Dennoch behauptet er steif und fest, dass er schuldig sei.«

»Und was ist mit den anderen Morden?«, wollte ich wissen.

»Da haben wir leider ein kleines Problem.« Frank legte den Kopf schief. »Genau wie sein Onkel will er nicht mit uns reden, sondern einzig und allein mit dir.«

Sachs trat einen Schritt nach vorne. »Ich würde den Krüppel lieber grün und blau schlagen, um was aus ihm rauszuholen, als diesen Anwalt auch nur eine Sekunde zu ihm zu lassen.« Er hob die Faust und reckte sie in meine Richtung.

»Beruhig dich, Richard. Das passt mir alles genauso wenig wie dir, aber wir haben keine Wahl.«

Sachs trat einen Schritt auf mich zu. »Die aus dem Rathaus machen Druck. Der Polizeipräsident droht, uns den Fall zu entziehen, wenn nicht bald Ergebnisse auf dem Tisch liegen. Diese Verzögerungen sind einzig Ihre Schuld, und ich schwöre Ihnen, sollte das Konsequenzen für die Abteilung haben, dann stecke ich Sie in das dreckigste Gefängnisloch, das Nordhessen zu bieten hat.«

Cohn schob ihren schmalen Körper zwischen Sachs und mich. »Komm, Richard, wir zwei gehen mal raus zum Abkühlen.«

Frank wartete, bis sie den doppelt so breiten und gleichzeitig einen Kopf kürzeren Sachs vor sich her aus dem Raum geschoben hatte.

»Er hat recht, das kann üble Konsequenzen für uns haben. Denk nur mal dran, wie es nächsten Monat in Kassel aussehen wird. Da werden sämtliche Hotels, Restaurants, Clubs und Kneipen aus allen Nähten platzen. Kriminelle werden uns überrennen, die die Gunst der Stunde nutzen. Drogen, Falschgeld, das gesamte Paket. In dieser Situation können wir alles Mögliche gebrauchen, aber keinen Serienmörder auf freiem Fuß.«

»Du willst mir nicht ernsthaft erklären, dass dir ein Geständnis von Michael Poller recht käme? Er kann es gar nicht gewesen sein.«

»Er hat die Morde nicht explizit gestanden, zumindest bis jetzt nicht. Aber irgendwas weiß er, und er wird es dir möglicherweise verraten.«

»Ist der Haftrichter informiert?«

»Ja, er wird allerdings erst tätig, wenn Poller mit seinem Rechtsbeistand gesprochen hat, worauf er übrigens besteht.«

»Und wer ist das?«

Frank schürzte die Lippen.

»Ich? Niemals. Und falls deine Drohung gestern ernst war, besitze ich keine Zulassung.«

»Doch, tust du, sie ist nicht offiziell wieder einkassiert worden.«

»Moment, Moment. Warst du es nicht, der mir neulich

erst einen Vortrag über standesgemäßes Benehmen gehalten hat? Ich kann schlecht den Onkel aushorchen, um euch zu helfen, und gleichzeitig den Neffen vertreten. Das nennt man Interessenkonflikt, weißt du?«

»Scheiß drauf. Du musst ihn ja nicht vor Gericht verteidigen. Nur bis wir wissen, ob er uns zur Lösung des Falls oder auf einen Holzweg führt.«

»Sag mal, geht's noch?«

Frank rollte die Augen, dann zischte er: »Spiel einfach mit. Du hast doch eh nichts mehr zu verlieren.«

Sein beinharter Blick verschlug mir die Sprache. Jetzt erst kapierte ich, wie verzweifelt er war. Er würde sogar mich über die Klinge springen lassen, wenn das sein Problem lösen würde. Es musste daran liegen, dass mir die wenigen Stunden Schlaf ein paar klare Gedanken verschafft hatten – ich konnte ihn irgendwie verstehen und schaffte es sogar, den aufsteigenden Ärger hinunterzuschlucken. »Wenn Poller während unseres Gesprächs voraussetzt, dass ich als sein Verteidiger agiere, bin ich verpflichtet, Stillschweigen über das zu bewahren, was er sagt.«

»Du gibst das Mandat rechtzeitig ab, bevor du Ärger bekommen kannst.«

Er hatte nicht ausdrücklich von mir verlangt, dass ich die Schweigepflicht brechen sollte, doch genau darauf lief es hinaus. »Wenn das in die Hose geht, bringt Sachs mich um.«

»Den halt ich schon in Schach. Also, redest du mit Poller?«

Ich musste Zeit zum Nachdenken schinden. »Hast du mal 'ne Kippe?«

Frank sah mich entgeistert an. »Seit wann rauchst du denn wieder?« Er stand auf, ging in sein Büro und kehrte mit einer angebrochenen Schachtel Zigaretten zurück.

Ich nahm mir eine, Frank gab mir Feuer. Er öffnete das

Fenster, ich trat neben ihn und pustete den Rauch nach draußen.

»Keine Ahnung, Meinhard, wann die Dinge angefangen haben, so furchtbar schiefzulaufen. Oft wünschte ich mir, es gäbe einen Punkt, auf den man die ganzen Ereignisse zurückführen könnte. Einen eindeutigen Schuldigen oder zumindest eine Entscheidung, die man verfluchen könnte. Aber so ist es nicht. Wäre das alles geschehen, wenn ich mich damals nicht hätte unter Druck setzen lassen? Man ist halt nicht allein auf der Welt. Schuld ist selten eine individuelle Frage. Es sind immer mehrere an einer Entwicklung beteiligt.«

Ich konnte mich nicht erinnern, dass Frank jemals so viel an einem Stück geredet hatte. Vor allem dermaßen tiefgründig. Ich schnippte die Kippe aus dem Fenster. »Ist ja gut, ich rede mit Poller.«

# 2

Ich hatte darauf bestanden, dass das Gespräch in einem abhörsicheren Raum stattfand. Noch agierte ich nicht offiziell als Pollers Anwalt, doch auch wenn ich seine Vertretung am Ende würde ablehnen müssen, durfte mir kein Patzer unterlaufen, der ausreichte, um eine Verfahrenseinstellung herbeizuführen.

*Handeln Sie, wie es Ihr Vater getan hätte.*

Michael Poller war bestimmt kein Höllenhund – ich redete mir ein, für dieses Urteil genug Menschenkenntnis zu besitzen –, aber genauso sicher war, dass man meinen Vater zu dem, was ich gerade vorhatte, niemals hätte überreden können.

Poller saß bereits und wirkte erleichtert, als ich den Raum betrat.

Ich nahm Platz. »Man hat mir gesagt, Sie geben sich die Schuld am Tod Ihrer Mutter. Wieso?«

»Ich wollte auf keinen Fall, dass sie stirbt. So war das nicht geplant gewesen.« Sein Tonfall hatte einen weinerlichen Klang angenommen. Es glitzerte verdächtig in seinen Augen.

»Und wie lautete der Plan?«

Poller biss sich auf die Unterlippe.

»Ich kann Ihnen nicht helfen, wenn Sie mir nicht die Wahrheit sagen. Wissen Sie etwas über Gilbert Dietschmons und den Deal mit Ihrem Onkel?«

Er schüttelte den Kopf, eine Träne stahl sich aus dem Augenwinkel. Schniefend zog er die Nase hoch. »Haben Sie ein Taschentuch?«

Ich steckte die Hand in die Hosentasche und bekam das Klopapier zu fassen, mit dem ich im Badezimmer der Pollers das Blut abgewischt hatte. Ich zog sie ohne das Papier wieder raus. »Leider nein.«

Er wischte sich die Tränen mit dem Ärmel weg. »Ich weiß nichts über einen Gilbert Dietschmons, und was Onkel Carl angeht, bin ich hier, um sicherzustellen, dass er sich an sein Versprechen hält.«

»Was meinen Sie?«

»Mit Ihnen redet er doch, oder? Sie werden ihm erklären, dass ich bei der Polizei bin und alles erzähle, wenn er sein Wort bricht.«

»Welches Wort? Was hat er denn versprochen?«

Poller kniff die Lippen fest zusammen. »Das darf ich Ihnen noch nicht verraten.«

»Gut. Nur damit ich es verstehe: Warum haben Sie sich der Polizei gestellt?«

»Ich wollte nicht, dass Mama stirbt. Echt nicht.« Er holte tief Luft, die Worte brachen förmlich aus ihm heraus. »Ich war das in der Forensik, ich war es wirklich selbst, der Onkel Carl besucht hat.«

»Aber …« Mir schossen sämtliche Sätze kreuz und quer durch den Kopf, mit denen mir versichert worden war, dass Michael Poller nicht als der ominöse Besucher infrage kam. Ich wählte die erstbeste Aussage, die ich aus dem Wust greifen konnte. »Der Mitarbeiter an der Einlasskontrolle hat ausgesagt, dass der Mann, den er reingelassen hat, blonde Haare und einen Dreitagebart hatte. Außerdem war der Besucher in der Lage, ohne Probleme seine sehr auffälligen Cowboystiefel für die Überprüfung auszuziehen. Kein Hinweis auf …« Ich stockte und deutete auf Michael Pollers verkrampfte rechte Hand.

Er fixierte mich einen Moment. Plötzlich bemerkte ich eine winzige Bewegung seines rechten Daumens. Er wackelte mit dem Zeigefinger, dann streckte er die Hand auf der Tischplatte aus. Schließlich hob er den Arm, verschränkte die Finger und ließ die Gelenke knacken. Er lächelte. »Sie müssen das für sich behalten, nicht wahr?«

*Höllenhund.* Ich war auf seine harmlose Fassade reingefallen wie alle anderen auch. Der blutige Fetzen in meiner Hosentasche. Ich hatte ihn aus dem Treteimer gefischt. Der hatte neben dem Waschbecken auf der rechten Seite gestanden, genauso wie die Zahnputzbecher, und auch das Handtuch hatte dort gehangen. Ich hätte mich ohrfeigen können. Wie blöd war ich gewesen. Doch nicht nur ich. Die gesamte

Polizei von Kassel hatte sich an der Nase herumführen lassen, sogar die Pfleger in der Psychiatrie. Keine Ahnung, wie das astreine Phantombild von Azrael entstanden war, dafür würde es irgendeine Erklärung geben. Ich versuchte, mich wieder auf das Gespräch zu konzentrieren.

»Das stimmt, ich darf niemandem verraten, dass Sie Ihre Behinderung vorgetäuscht haben.«

Poller schaute zufrieden. »Ich werde alles zugeben, sobald ich von meinem Onkel die Bestätigung bekomme, dass er sich an unsere Abmachung halten wird.«

»Und was Sie vereinbart haben, wollen Sie mir partout nicht verraten?«

»Das ist nicht nötig. Es geht nur um ihn und mich.«

»Herr Poller, sind Sie in die Morde verwickelt?«

»Das sage ich Ihnen erst, wenn Sie mit einer Antwort zurückkehren.«

»Es kann sein, dass er mich nicht sehen will. Was machen wir dann?«

»Er wird es wollen. Glauben Sie mir.«

»Ich soll Ihnen glauben?« Ich deutete auf seinen Arm. Mir fiel auf, wie oft mir in den letzten Tagen jemand versichert hatte, vertrauenswürdig zu sein. Allmählich nutzte sich der Wert dieser Beteuerung ab.

Er zuckte die Schultern. Beide. Nicht die geringste Spur einer Bewegungseinschränkung. »Sie haben ohnehin keine Wahl.«

Einer mehr, der mit mir sein Spiel spielte. Ich fragte mich, ob Kontrollverlust noch ein hinreichender Begriff für den Mist war, in dem ich feststeckte.

»Dann will ich nicht länger Ihre und meine Zeit verschwenden.« Ich stand auf. Bevor ich die Tür öffnete, fiel mir noch eine Frage ein. »Waren Sie das, der aus dem Haus geflüchtet ist, nachdem Ihre Mutter gefunden wurde?«

»Als ich am Abend vorher heimkam, war sie bereits tot. Ich hab die Nacht im Auto verbracht, bin ziellos in der Gegend rumgefahren. Am Morgen hielt ich es nicht länger aus, sie dort so liegen zu lassen. Ich musste zurückkehren und sie ein wenig herrichten.«

Also war er es gewesen, der Renate Poller zwischen die Puppen gesetzt und ihre Kleidung gerichtet hatte. Bestimmt würde die Kripo genug Spuren von ihm finden, um ihm den Mord anhängen zu können. »Und warum haben Sie gestern bei meiner Therapeutin angerufen?«

»Sie haben eine Therapeutin?«

»Ach, jetzt tun Sie doch nicht so, ich habe ganz deutlich Ihre Stimme gehört.«

»Sie müssen sich irren, ich hatte andere Sorgen, als zu telefonieren.«

»Ich sollte die Leiche Ihrer Mutter finden. Sie haben mich dorthin gelotst.«

»Sie waren das im Haus? Mein Gott, ich war in Panik. Aber ich habe niemanden angerufen.«

Dass Poller ein großartiger Schauspieler war, hatte er ja eindeutig bewiesen. Ich glaubte ihm kein Wort.

Ich rief den Beamten. Beim Blick zurück hing Pollers rechte Schulter herunter, ein regloser Arm mit einer verkrampften Hand baumelte daran. Unfassbar, diese Körperbeherrschung, er musste das jahrelang trainiert haben, um unter Beobachtung nicht aus der Rolle zu fallen. Er zwinkerte mir zu.

# 3

Cohn und ich knatterten den Steinweg entlang und reihten uns hinter einem Aufgebot an Streifenwagen ein, die eine Staatskarosse eskortierten. Es ging nur schleichend voran. Offensichtlich hoher Besuch in der Stadt, wie so oft in der letzten Zeit. Gefühlt wurde jeden Tag etwas Neues eingeweiht, ich hatte längst den Überblick verloren.

Am Friedrichsplatz mussten wir warten, bis die Kolonne abgebogen war. Cohn deutete auf einen Haufen Treibholz, den jemand auf der Grünfläche aufgehäuft hatte. »Lässt das denn niemand wegräumen?«

»Das wird Kunst.«

»Echt? Das?«

»Wart's ab, im Juni musst du aufpassen, dass du nicht über irgendein Kunstwerk stolperst.«

»Das traut man dieser verschlafenen Stadt so gar nicht zu.«

»Verschlafen?«

Sie lachte. »Na, immerhin hat Kassel einen eigenen Sandmann.«

»Finde ich nicht witzig.« Ich tat gespielt ernst.

Sie ließ den Motor aufheulen, Krähen flatterten aus den Bäumen.

»Frag doch einfach«, forderte ich sie auf.

»Also gut. Was hat Poller gesagt?«

»Darf ich dir nicht verraten.«

»War ja klar.«

Die Reifen quietschten, die Kolonne war Richtung Rathaus abgebogen, wir fuhren geradeaus.

In der Frankfurter Straße bat ich sie, beim Bäcker zu halten. Ich kaufte ein Butterhörnchen, Cohn wollte nichts, ich bildete mir ein, dass ihr die Sache auf den Magen schlug.

Nachdem wir die Autobahn verlassen hatten, ließ ich versunken die Landschaft an mir vorbeiziehen und knabberte an dem Hörnchen. Cohn schien zu merken, dass ich Zeit brauchte, um das Treffen mit Poller gedanklich vorzubereiten, und schwieg. Sie bremste die getunte Karre ab und senkte damit auch den Geräuschpegel, der uns begleitete.

Ich war gespannt, wie Poller auf den Tod seiner Schwester und das Geständnis seines Neffen reagieren würde. In mir rumorte ein Verdacht. Was, wenn Poller niemals vorgehabt hatte, mich zu besiegen? Alle hatten mir gesagt, dass er mir einen Ring durch die Nase verpassen und mich triumphierend daran herumführen würde. Pollers Schwester Renate, Erda Loth, sogar Matt. Einfach jeder hatte mir auf den Kopf zugesagt, dass der Psychopath mich zu seiner Belustigung antanzen ließ. Was, wenn sie sich alle geirrt hatten?

Der Wagen wurde langsamer, wir näherten uns einer Kreuzung. »Hier abbiegen«, dirigierte ich Cohn.

Das Auspuffknattern hallte durch den Taleinschnitt, in den sich das Klinikgelände schmiegte, sodass der gesamte Ort unsere Ankunft bemerkt haben musste.

»Soll ich dich begleiten?«, fragte Cohn, nachdem sie den Wagen abgestellt hatte.

»Nein. Ist schon in Ordnung, er würde dich ohnehin nicht dabeihaben wollen.«

Bereits aus einiger Entfernung entdeckte ich oberhalb der hohen Mauer Pollers Silhouette an einem Fenster. Er schien auf mich zu warten, obwohl mein Besuch gar nicht angekündigt worden war.

Nach der üblichen Prozedur am Eingang wurde ich zu Poller in den Besuchsraum geführt. Er lächelte jovial. »Ein sehr auffälliges Gefährt, finden Sie nicht? Haben Sie sich ein neues Auto gegönnt?«

Ich schüttelte den Kopf. »Setzen wir uns?«

Wir nahmen Platz.

»Heute so leger, Herr Petri? Ein freier Tag? Was hat Sie trotzdem veranlasst, zu kommen?«

»Hat man Ihnen gesagt, dass Ihre Schwester tot ist?«

Poller nickte. Tatsächlich huschte einen kurzen Moment Traurigkeit über sein Gesicht. »Ich werde ihre Besuche vermissen.«

»Mehr nicht? Es tut Ihnen nicht leid, dass sie Ihrer irren Scharade zum Opfer gefallen ist?«

»Sie verstehen immer noch nicht. Es ist nicht mein Spiel.«

»Gut, dann eben nicht, aber Sie sind mit von der Partie, und mittlerweile ist es mir ziemlich egal, warum. War es wirklich nötig, dass Ihre Schwester sterben musste?«

»Tatsächlich erscheint es mir eher wie ein Unfall.«

»Ein Unfall? Meine Güte, man hat sie mit einer Schlinge erdrosselt!«

»Na, na, nicht so dramatisch, Herr Petri.«

»Ist sie ihrem Sohn Michael auf die Schliche gekommen? Hat sie herausgefunden, dass er sich auf Ihren perfiden Plan eingelassen hat? Sie hat mich eindringlich vor Ihnen gewarnt, vermutlich hätte sie niemals geglaubt, dass ausgerechnet der eigene Sohn Ihnen auf den Leim gehen würde.«

»Wieso glauben Sie, dass Michael sich von mir hat überreden lassen?«

»Jetzt hören Sie schon auf. Das ist doch nicht seine Idee gewesen. Die Maskerade als Gilbert Dietschmons war nur ein Teil der Inszenierung.«

Poller zog eine Augenbraue nach oben. »Sie sind immerhin auf dem Weg, die richtigen Schlüsse zu ziehen.«

Ich hatte keine Lust zu warten, bis das Gift seiner Schmeichelei eingesickert war und mich vernebelte. »Michael hat alles gestanden. Die vorgetäuschte Behinderung ebenfalls.« Ich spürte, wie sich meine Finger zu einer Art Kralle zusammenzogen. »Wie haben Sie es angestellt, dass das Phantombild aussieht wie Dietschmons?«

»Wollen Sie denn gar nicht wissen, warum Michael sich als Azrael ausgegeben hat?«

»Sie würden es mir ja ohnehin nicht verraten, und er tut es erst, wenn Sie mir bestätigen, dass Ihre Abmachung Bestand hat. Was auch immer da zwischen Ihnen läuft, vermutlich wird es auf ewig Ihr Geheimnis bleiben. Und ich habe keine Lust, so lange zu raten, bis ich durch Zufall richtigliege. Also: Wie hat die Täuschung funktioniert? Hat jemand vom Personal mitgeholfen?«

»Nein, nein. Das sind durch und durch redliche Menschen hier. Derart anständig, dass sie sich mit ein wenig Geschick in die Irre führen lassen. Genau wie Sie.« Poller grinste feist.

Allmählich war ich ihn und seine herablassende Art leid. Ich schüttelte den Nachsatz ab, der mir gegolten hatte. »Wie hat das mit dem Phantombild funktioniert?«

»Sie als Anwalt kennen das Phänomen doch zu genau. Wenn man Zeugen darum bittet, einen Täter zu beschreiben, dann ähnelt der seltsamerweise dem Bäcker, der einem gerade erst ein Brötchen verkauft hat.«

Ich schaute an mir herunter und wischte die restlichen Hörnchenkrümel weg, die sich in meinem Pullover verfangen hatten.

»Also gut.« Er lehnte sich nach vorn und legte die verschränkten Hände auf der Tischplatte ab. »Es braucht nur ein paar bewusst eingesetzte Requisiten. Die gleiche Kleidung, in der Herr Dietschmons in den breit gestreuten Fahndungsaufrufen geschildert wurde, vor allem die sehr auffälligen Cowboystiefel. Grässliche Dinger, finden Sie nicht auch?«

An diese extravaganten Stiefel hatte ich mich nach der Schilderung des Psychiatriemitarbeiters auf Anhieb erinnert. Eines der Details, die mir bei der ersten Begegnung mit Gilbert Dietschmons ins Auge gesprungen war. »Ja, und weiter?«

»Sehen Sie, in Ihrer Vorstellung formt sich sofort ein Bild. Dietschmons war als durch und durch gestylter Edelprolet bekannt. Und ebenso hat sich Michael ausstaffiert. Er gestikulierte breitspurig herum, zog ohne Mühe die Stiefel bei der Kontrolle aus. Später auf der Station stieß er absichtlich etwas um, um möglichst viel Aufmerksamkeit für die Tatsache zu erzeugen, dass er sich gut selbst zu helfen wusste. In den Tagen danach ließ ich bei jeder sich bietenden Gelegenheit die alte Zeitung mit dem übergroßen Foto von Dietschmons mal hier, mal da herumliegen. Ungefähr einen Monat später, nachdem die Zeitungsartikel ihre Wirkung getan hatten und die Aufnahmen der Kameras gelöscht worden sein mussten, erzählte ich jedem, wie glücklich mich der erste Besuch des armen Neffen gemacht habe, der ja so tragisch gelähmt sei. Voilà!« Das Strahlen auf seinem Gesicht spiegelte den Stolz über den perfekten Plan. »Dass es gleich auf Anhieb funktionieren würde, hätte ich allerdings nicht geglaubt. Wir waren darauf eingestellt, nachlegen zu müssen.«

»Seit wann kann er beide Arme wieder bewegen?«

»Fantastisch, nicht wahr? Ich war selbst überrascht. Immerhin hatte ich den Jungen ja 20 Jahre nicht mehr gesehen. Das Gefühl ist wohl allmählich zurückgekehrt. Ich war erstaunt, wie gut er den Arm benutzen kann.«

»Wieso zieht er mit Ihnen so eine Nummer ab? Und wie haben Sie sich abgesprochen, wenn er nach zwei Jahrzehnten zum ersten Mal hier aufgetaucht ist? Es muss jemanden geben, der Ihnen geholfen hat, Informationen auszutauschen.«

»Herr Petri, ein paar Schlussfolgerungen müssen Sie schon selbst ziehen. Ich kann Ihnen ja nicht jeden Bissen vorkauen.«

»Was hat das alles mit mir zu tun?«

Pollers Augenbrauen hoben sich. »Aha! Sie kommen der Sache näher.«

»Geht es um Jungbluth und meinen Vater?«

Jetzt ließ Poller sich gegen die Rückenlehne sacken und schnalzte mit der Zunge. »Chapeau! Hat lange gedauert, aber besser spät als nie.«

»Könnten Sie Ihre süffisanten Kommentare sein lassen?« Ich ärgerte mich schon in dem Moment, in dem der Ärger sich Luft gemacht hatte.

»Haben Sie eine Vorstellung davon, wie viele herablassende Sprüche ich mir in den letzten Jahren anhören musste? Glauben Sie mir, Sie halten das aus.« Pollers Miene war zu Stein geworden. »Wenn Sie sich nur mehr anstrengen würden, könnten Sie das gesamte Bild erkennen.«

»Herr Poller, Ihnen ist der Ernst der Lage nicht klar. Seitdem es eine Verbindung von Jungbluth zu meinem Vater gibt, bin ich offiziell aus der Sache raus. Ich darf nicht länger in der Gegend rumfahren und Leute befragen. Damit würde ich mich unzulässig in die Polizeiarbeit einmischen. Ihr Neffe hat mich unter dem Siegel der Verschwiegenheit eingeweiht, mit dem Wissen über die vorgetäuschte Behinderung kann ich nichts anfangen. Ich stehe zwischen sämtlichen Fronten. Aber das war so gewollt, oder? Sie wussten hundertprozentig, dass ich meine Zulassung nicht erneut gefährden kann und mitspielen muss.«

Poller deutete zum Fenster. »Vielleicht schafft Ihre charmante Begleitung es ja trotzdem, dass Sie Ihr Wort Michael gegenüber brechen.« Er zwinkerte. »Treten Sie mal einen Schritt vor Ihr Ego.«

»Was soll dieses kryptische Geschwätz? Können Sie mir nicht einfach sagen, worum es wirklich geht? Dass es etwas damit zu tun hat, dass mein Vater Jungbluth rausgehauen hat, das habe ich ja verstanden, doch warum zum Teufel bin ich hier?«

»Das darf ich Ihnen nicht verraten. Ich wiederhole mich jedoch gern: Handeln Sie so, wie es Ihr Vater getan hätte.«

Der Knoten in meinem Hirn tat mir nicht den Gefallen, sich wenigstens einen Hauch zu lockern. Im Gegenteil. Meine Gedanken hatten sich zu einem Knäuel verheddert, das sich nur noch mit Gewalt lösen zu lassen schien. Ich spürte den Impuls, mit der Faust gegen meinen Schädel zu hämmern. Poller würde mir nicht weiterhelfen. Er schaute dermaßen salbungsvoll drein, als wollte er mir die Absolution erteilen. Ich hatte seinen Segen, das Spielfeld zu verlassen, und er akzeptierte sogar, dass es remis stand. Eine eigenartige Mischung aus Widerwillen und Stolz überrannte mich, dass ich ihm bis zu diesem Punkt standgehalten hatte. Es war wirklich Zeit, zu gehen.

»Eins noch: Haben Sie dafür gesorgt, dass Dietschmons wieder in Kassel aufgetaucht ist?«

»Ist er das? Nein, das war nicht beabsichtigt. Aber interessant ist es schon. Das macht die Geschichte um ein delikates Detail reicher.«

Es war tatsächlich einzig darum gegangen, dass ich den Köder schluckte. Wie Azraels Rückkehr ins Bild passte, würde ich vom Sandmann nicht erfahren. »Was darf ich Ihrem Neffen ausrichten?«

»Sagen Sie ihm, dass unsere Vereinbarung Bestand hat, egal, was er tut.«

»Wir werden uns nicht wiedersehen, Herr Poller. Ich denke, Ihre Verlegung nach Gießen wird bereits vorbereitet. Ihre letzte Chance, zu offenbaren, was Sie mit Ihrem

Neffen vereinbart haben. Verraten Sie es mir, und Sie können bleiben, wo Sie sind.«

Erneut lächelte Poller beinahe väterlich. »Falls es geschieht, hab ich wenigstens mal einen Tapetenwechsel. Immer im selben Kurhotel ist es doch auf Dauer recht eintönig.« Er lachte auf. »Ich wünsche Ihnen alles Gute.« Er ging zur Tür und öffnete sie. Bevor er verschwand, drehte er sich um und sagte: »Denken Sie an meinen Rat und lassen Sie sich diesbezüglich nicht beirren.«

*Handeln Sie, wie es Ihr Vater getan hätte.* Pollers Worte. Auf dem Weg zurück zum Parkplatz verfolgten sie mich. *Hör auf deinen Verstand und triff die richtigen Entscheidungen, mein Sohn.* Mein Vater selbst hatte die Antwort formuliert. Glasklar und unbestechlich.

Cohn lehnte mit verschränkten Armen an der Fahrertür, und ihr schräger Mund zuckte erwartungsvoll.

»Und?«

»Komm, wir setzen uns ins Auto, sonst fühle ich mich beobachtet.«

Wir sanken nebeneinander in die Ledersitze. Meine Entscheidung war gefallen.

# 4

Man hatte uns denselben Raum zugeteilt wie beim ersten Gespräch. Michael Poller wartete bereits mit geröteten Augen. Jemand hatte ihm eine Packung Taschentücher gegeben und ihm ein Glas Wasser hingestellt.

»Ihr Onkel hat den Tod Ihrer Mutter als Unfall bezeichnet. Demnach war er nicht geplant gewesen – jedenfalls nicht von Ihnen. Was ist schiefgelaufen?«

»Mama hätte niemals von dem Besuch bei Onkel Carl erfahren dürfen.«

»Dass Sie die ganze Welt mit Ihrer Behinderung getäuscht haben, hat sie aber gewusst, oder? Das konnten Sie doch unmöglich vor ihr geheim halten.«

»Sie hat sogar geholfen. Das ist Jahre her. Als wir merkten, dass das Gefühl in den Arm zurückkehrt, war der Schwerbehindertenausweis bereits unbefristet. Hätte ich den zurückgegeben, wäre mit der Volljährigkeit regulär meine Halbwaisenrente futsch gewesen.«

Er war gerade so ehrlich, dass ich glaubte, einen Schuss ins Blaue wagen zu können: »Herr Poller, Sie sind nicht der Metzger aus dem Kinderlied, der das arme Schwesterlein getötet hat. Vielmehr ist Ihnen am Beispiel Ihrer Mutter erst klar geworden, was geschieht, wenn man dem echten Metzger in die Quere kommt. Wie auch immer Sie beteiligt waren: Sie haben sich der Polizei gestellt, weil Sie Angst haben. Sie haben sich auf ein Spiel eingelassen, das Ihnen entglitten ist. Es gibt einen ominösen Dritten, und der ist außer Kontrolle geraten. Sie können das Präsidium eigentlich gar nicht mehr verlassen, da Sie ab sofort ebenfalls auf seiner Abschussliste stehen.«

Er schaute mir direkt in die Augen. »Was soll das heißen?«

Ich war das herumeiern leid. »Ich werde jetzt gehen. Ich betone ausdrücklich, dass ich Ihr Mandat ablehne, das Gleiche werde ich der Kripo mitteilen, die sollen Ihnen einen anderen Pflichtverteidiger zur Seite stellen. Da Sie sich zwar freiwillig in die Hände der Behörden begeben haben, sich aber aufgrund Ihrer Behinderung und Ihrer schwammigen

Aussage kein konkreter Tatverdacht erhärten wird, gibt es auch keinerlei Grund, Sie länger als 24 Stunden festzuhalten. Vermutlich können Sie bald gehen. Wenn Sie sich trauen.« Ich stand auf. »Übrigens, das Gespräch mit Ihrem Onkel war über die Maßen aufschlussreich.«

»Was hat er gesagt? Hält er sich an die Abmachung?«

»Ach das. Das habe ich glatt vergessen. Ich könnte mich daran erinnern, wenn Sie die Täuschung auf der Stelle zugeben.« Ich hob die Hand und formte sie wie eine Kralle.

»Dann frage ich ihn eben selbst, ich darf telefonieren.«

»Ja, das dürfen Sie«, sagte ich im Hinausgehen, »aber sicher nicht mit der Psychiatrie. Ich warte auf Ihren Anruf.«


# 5


Es dauerte keine Stunde. Gerade hatte ich Kaffee gekocht, das Bild meines Vaters ordentlich hingestellt und ihm zugeprostet. Ich hatte mich an die Spielregeln gehalten und trotzdem einen Sieg errungen. Wenigstens einen Teilsieg. Er wäre zumindest ein bisschen stolz gewesen.

Das Telefon klingelte. Frank war dran.

»Keine Ahnung, wie du das angestellt hast, aber Michael Poller hat uns gerade in diese ungeheuerliche Räuberpistole mit der vorgetäuschten Behinderung eingeweiht. Wäre zwar nicht unbedingt nötig gewesen, wir wären ihm eh draufgekommen. Die Spurensicherung hat in einer Nische im Keller ohne Ende Beweismittel eingesammelt. Die Schuhe, die die Abdrücke am Tatort Frenzel hinterlassen haben, die Schlinge, diverse Kondolenzkarten ...«

»Die hat ihm sicher jemand untergeschoben.«

»Er hat ein umfangreiches Geständnis abgelegt.«

Das war so weit über das beabsichtigte Ziel hinausgeschossen, dass ich misstrauisch wurde. »Er hat die Morde gestanden?«

»Jeden einzelnen. Er kannte genügend Details, dass das Geständnis glaubwürdig ist.«

»Und das Motiv?«

»Darüber schweigt er, aber das werden wir im Laufe der nächsten Tage sicher aus ihm rauskriegen.«

»Hat er was über Berkels Verschwinden gesagt?«

»Berkel ist weder Komplize noch Opfer. Michael Poller weiß nicht, wo er sich aufhält.«

»Hm.«

»Was ›hm‹?«

»Das löst sich insgesamt zu leicht auf, findest du nicht?«

»Nö, überhaupt nicht. Der Haftrichter wird in einer Stunde hier sein, Poller geht in U-Haft. Ich schreibe einen fünfseitigen Bericht, fahre heim und schlafe mal so richtig aus. Und wenn ich dir einen guten Tipp geben darf, dann rate ich dir, das Gleiche zu tun.«

»Okay.« Ich war ganz und gar nicht überzeugt.

»Egal, wie du Poller überreden konntest, ein Geständnis abzulegen, du hast was gut bei uns. Also gönn dir ein wenig Entspannung. Bleib kurz dran, er will mit dir reden, ich lass ihn holen.«

Ich wartete, bis der Hörer weitergegeben wurde.

»Und? Was hat mein Onkel gesagt?«

»Gleich. Vorher erklären Sie mir, woher der plötzliche Sinneswandel kommt, alle Taten zu gestehen?«

»Das wiederum geht Sie nichts an, aber Sie haben mir Ihr Wort gegeben.«

Ich biss mir auf die Lippe, ein winziges Stechen, dann schmeckte ich Blut. Die kleine Wunde war aufgeplatzt. »Er hat gesagt, dass er sich an Ihre Abmachung halten wird.«

»Danke«, hauchte Poller und legte auf.

Ich sog das Blut von der Unterlippe und schaute meinem Vater auf der Fotografie in das stolze Gesicht.

*Hör auf deinen Verstand.*

»Würde ich tun, Papa, wenn ich nicht so unendlich müde wäre.«

# 6

Bevor ich Franks Rat folgen und mich aufs Ohr hauen konnte, hatte ich ein Versprechen einzulösen. Das Zivilfahrzeug mit den zwei Beamten parkte auf der anderen Straßenseite gegenüber der Haustür. Der Polizist auf der Fahrerseite kurbelte die Scheibe runter, nachdem ich dagegengeklopft hatte.

»Wir werden abgezogen. Ging gerade per Funk ein.« Die Erleichterung war ihm anzusehen.

»Dachte ich mir. Sagen Sie, könnten Sie mir noch mal 20 Mark pumpen?«

Wahrscheinlich hatte er gedacht, ich sei runtergekommen, um ihm das Geld zurückzuzahlen. Er schien überfordert. »Schon wieder? Was haben Sie denn mit der restlichen Kohle gemacht?«

Er kannte mein kostspieliges Hobby und wusste genau, wo das Geld geblieben war. »Die Nordstadt ist ein teures Pflaster. Geben Sie sich einen Ruck, nur 20 Mark.«

»Gut, dass wir abgezogen werden«, knirschte er und schaute zu seinem Kollegen. »Hast du 'nen Zwanziger?«

Der kramte in der Brieftasche und zog zwei Zehner raus.

Ich bedankte mich artig, wünschte den beiden einen schönen Tag und fröhliches Berichtetippen und ging zum Aldi an der Holländischen Straße.

Mit zwei Flaschen Wodka und einer Packung belgischer Schokolade kehrte ich zurück.

Frau Hirsch war zu Hause, ich hörte sie durch den Flur schlurfen, nachdem ich geklingelt hatte.

Sie öffnete nur einen winzigen Spalt und lugte raus. »Ach Sie.«

»Ich wollte meine Schulden begleichen.«

Sie machte die Tür ein Stück auf. Ohne den weiten Strickmantel sah sie aus wie eine Schildkröte. Sie begegnete meinem musternden Blick mit einem Schnauben und streckte mir die Hand entgegen. »Geben Sie schon her.«

»Darf ich kurz reinkommen?«

»Warum?«

»Einfach so. Ich möchte mich bedanken. Nicht so zwischen Tür und Angel.«

»In Gottes Namen.« Sie trat zur Seite.

Die Wohnung war tatsächlich ein Zwilling von meiner, nur eine Generation älter. Sie war bestimmt das letzte Mal in den 1970ern renoviert worden. Im ersten Anschein wirkte sie sauber und aufgeräumt und war im Gegensatz zu meiner Bude vollständig möbliert.

Ich stand hilflos im Flur herum. Sie zeigte auf die Flaschen. »Stellen Sie die in die Küche.«

»Ich habe Ihnen noch ein Dankeschön mitgebracht.« Ich hielt ihr die Schokolade hin.

»Diabetes«, knurrte sie.

Schnell zog ich die Hand zurück, drückte mich an ihr vorbei und ging in die Küche. Dort erwarteten mich ein Sammelsurium aus Küchenschränken, ein alter Herd und ein vergilbter Kühlschrank. Unter der Arbeitsplatte verdeckte ein Vorhang in meiner Vorstellung einen Berg leerer Schnapsflaschen. Den Wodka stellte ich auf ein Platzdeckchen aus Plastik, das mit Prilblumenaufklebern dekoriert worden war. In der Spüle bemerkte ich einen Teller mit Krümeln und ein Messer mit Butter und Marmeladenresten an der Klinge. Im Gegensatz zu mir schien sie wenigstens etwas zu essen im Haus zu haben.

»Genug gesehen?« Sie war hinter mir im Türrahmen aufgetaucht.

Ich schaute in ihr runzliges Gesicht. Tief unter Falten und Tränensäcken verborgen entdeckte ich ehemals blaue Augen, die trüb wurden, die Iris schien aus einem fransigen Rand in den Glaskörper auszulaufen. Sie wirkte erschöpft. Eine Art von Müdigkeit, die tief aus dem Innern der Seele kam. Wir sahen einander an, als ob wir uns aus einem anderen Leben kannten. Der Blickwechsel war nicht unangenehm, und trotzdem stellte sich eine seltsame Traurigkeit bei mir ein.

»Haben Sie Hilfe?«, wollte ich wissen.

»Geht Sie nichts an.«

»Stimmt. Aber fragen darf ich doch.«

»Klar. Und Sie?«

Ich lächelte. Sie hatte so recht.

»Ich muss mich mal setzen. Folgen Sie mir.« Sie stieß sich ächzend vom Türrahmen ab und schlurfte davon. Ich ging ihr in das Wohnzimmer hinterher.

Ein Monster von einer Schrankwand in dunklem Holz erdrückte das Zimmer. Ein Dreisitzer mit verschlissenen Armlehnen war für einen großzügigeren Raum hergestellt worden. Alles wirkte reingestopft, dennoch beruhigte die bedrückende Enge meine Nerven.

Sie ließ sich auf das Sofa fallen, die Federn knarrten. Sie zeigte auf den Sessel ihr gegenüber. Ich fühlte mich an das Gespräch mit Renate Poller erinnert. Ihr Wohnzimmer war eine künstliche heile Welt gewesen, eingerichtet, um dem realen Schrecken zu entfliehen. Dieser Raum hier war komplett anders. Ich sah mich um. Außer einem Stickdeckchen auf dem Couchtisch keinerlei Dekoration. An einer Wand entdeckte ich Fotografien in Schwarz-Weiß, ernst dreinschauende Personen in der Kleidung der 1920er. Keine Fotos von Kindern, Enkeln, einem Ehemann aus jüngerer Zeit. Die alten Bilder waren in pudrigem Licht fotografiert, das menschliche Gesichter in die von Porzellanpuppen verwandelte. Plötzlich saß mir Renate Poller gegenüber, immer noch mit aufgerissenen Augen, erdrosselt zwischen ihren Puppen. Ich schloss die Lider, um das Bild loszuwerden, doch es wurde nur deutlicher, also öffnete ich sie wieder.

»Alles okay?«, fragte Frau Hirsch.

»Wenig Schlaf in den letzten Wochen.«

Sie nickte. »Sie sind Anwalt, hab ich gehört.«

»Ja, manchmal kann ich es selbst kaum glauben.«

»Also ein mieser Anwalt?«

Mangels einer schlagfertigen Antwort wich ich aus. »Wieso, benötigen Sie einen?«

»Einen miesen Anwalt?« Ein knarrendes Lachen schoss aus ihr heraus. »Ich könnte jemanden brauchen, der sich meine Unterlagen ansieht. Ich glaube, der Betreuer, der einmal im Monat hier rumschleicht und mir diesen Witz von einer Rente zusteckt, haut mich übers Ohr.«

»Das könnte ich für Sie übernehmen.«

»Damit hätten wir das geklärt.« Sie begann sich geräuschvoll und umständlich aus den Kissen zu erheben.

»Nein, nein.« Ich stand auf und deutete mit der Handfläche an, dass sie sitzen bleiben solle. »Ich finde den Weg.«

Mit dem nagenden Gedanken im Hinterkopf, dass ich die alte Frau nicht mit zwei Flaschen Wodka zurücklassen durfte, ging ich eine Etage tiefer.

Die Leere in meiner Bude war kaum auszuhalten. In mir drin war nichts, was ich ihr entgegensetzen konnte. Ich schlich ein paarmal um die Packung mit dem Schlafmittel herum, dann drückte ich drei Tabletten aus dem Blister, warf sie mir in den Mund und spülte sie und alle Zweifel mit Wasser aus dem Hahn hinunter.

# 7

Eine Wand aus Nebel stand zwischen mir und der Wirklichkeit. Was dahinter geschah, drang quälend langsam und in unzusammenhängenden Bruchstücken durch den Dunst. Mit meinem Gesicht stimmte was nicht. Das Kissen war klamm und hart. Nach einer Weile registrierte ich, dass ich es nass gesabbert hatte und nicht in der Lage war, den Kopf aus meiner eigenen Spucke zu heben. Die Muskulatur spielte nicht mit, Lippen und Zunge hatten die Konsistenz von Hartgummi. Ich versuchte, die Finger zu krümmen, das ging, fühlte sich aber wie die Hand von jemand anderem an. Vorsichtig bewegte ich meinen Kopf und spürte einen zähen Spuckefaden vom Kissen an mein Kinn zurückschnappen. Jetzt erst registrierte ich, welches Geräusch die Nebelwand passiert und meinen Verstand erreicht hatte: Das Telefon klingelte.

Gefühlt waren mittlerweile Minuten vergangen, doch das nervige Bimmeln hielt an. Bis ich mich zum Apparat gequält haben würde, hätte der am anderen Ende sicher aufgegeben. Ich hockte auf der Bettkante, die Füße in den Boden gestemmt, und versuchte, den Raum zu stoppen, der sich drehte. Die Wände schienen sich mir entgegenzuwölben, und die Decke war mir bisher nie so erdrückend niedrig vorgekommen. Das Telefon klingelte immer noch.

Auf Gummibeinen stakste ich durch den Flur und glitt mit einer Hand an der Wand entlang, um nicht die Orientierung zu verlieren. Obwohl die Dämmerung sämtliche Kanten in diffuse Schemen verwandelte, schaltete ich keine Beleuchtung an; ich ahnte, was Lichtstrahlen mit meinem Hirn anstellen würden, das bereits mit dem nervigen Lärm des Telefons überfordert war. Der Versuch, mich zu beeilen, ging schief. Ich stolperte über meine eigenen Füße und schlug lang hin. Ein Stechen in der Unterlippe, die wie Marshmallows über offenem Feuer anschwoll. Ich schmeckte Blut.

Wo ich schon mal lag, robbte ich auf dem Fußboden bis zum Telefon, griff neben den Hörer, der daraufhin herunterfiel. Wenigstens war der Krach vorbei. Ich tastete nach dem Hörer und hievte das Teil, das jemand mit Blei ausgegossen zu haben schien, an mein Ohr. »Ja?«

»Endlich. Herr Petri, ich bin nur mal kurz in die Praxis, um ein paar Unterlagen zu holen, da sehe ich, dass drüben Licht brennt.«

Die Stimme hatte ich erkannt. Erda Loth. Der Sinn ihrer Worte hatte sich bislang nicht zu einem logischen Bild in meinem Kopf zusammengesetzt. »Wovon reden Sie?«

»Ich verstehe Sie kaum. Haben Sie die Tabletten genommen?«

»Hmm.«

»Wie viele?«

»Drei.«

»Um Himmels willen, sind Sie von allen guten Geistern verlassen?«

»Hmm.«

»Sie legen sich jetzt sofort wieder ins Bett. Ich krieg das auch allein hin.«

»Was denn?«

»Drüben brennt Licht. Es ist im gesamten Hochhaus nur ein Raum erleuchtet. Und ich bin sicher, dass es der ist, den Sie mir gestern gezeigt haben.«

»Und nun?«

»Geh ich rüber und finde raus, ob Sie recht hatten. Wenn da jemand meine Praxis ausspioniert, dann will ich dem Schwein in die Augen sehen.«

Eine Hand schien mich an den Schultern durchzurütteln, dummerweise hätte es zusätzlich ein Erdbeben gebraucht, damit das Schütteln Wirkung zeigte. »Sehr schlechte Idee«, stammelte ich.

»Machen Sie sich keine Sorgen, ich passe schon auf mich auf.«

»Nicht rüber…« Zu spät, sie hatte aufgelegt.

# 8

Ich krabbelte in den Sessel und ließ den Arm mit dem Hörer schlaff herunterhängen. In meinem Schädel herrschte eine Mischung aus Getöse und Watte. Ich schlug mir ein paarmal mit der flachen Hand gegen die Schläfe, was sich als Fehler herausstellte, denn mir wurde schlecht. Ich schaffte es irgendwie ins Bad und fiel vor dem Klo auf die Knie. Irgendwo in mir keimte die Erwartung, dass es sich mit den Tabletten ähnlich wie mit einer Überdosis Alkohol verhielt und die Wirkung nachlassen würde, sobald ich meinen Mageninhalt losgeworden wäre. Nachdem ich weitere Minuten in dieser unwürdigen Haltung verbracht hatte, funktionierten weder Hirn noch Muskeln besser als zuvor.

Auf allen vieren kroch ich zurück ins Wohnzimmer und tastete im Dunklen nach dem Telefon. Die Nummer vom Notruf zu wählen, brachte ich gerade so zustande.

»Schicken Sie eine Streife in die Obere Königsstraße. Das Hochhaus an der Rathauskreuzung, vierter Stock, Gesundheitsamt. Nur nachsehen, ob alles in Ordnung ist.«

»Und Ihr Name ist?«

»Petri. Bitte, es ist wirklich wichtig.« Ich legte auf, bevor der Mann am anderen Ende weitere Fragen stellen konnte, rollte mich auf den Rücken und redete mir ein, dass es wahrscheinlich blinder Alarm gewesen war und die Streife eine Putzfrau aufschrecken würde. Einige Atemzüge später merkte ich, dass die Selbstberuhigung nicht wirkte.

Ich quälte mich hoch, wankte ins Schlafzimmer und schaffte es unter großer Anstrengung, mir eine Hose anzuziehen. In die Schuhe schlüpfte ich ohne Socken, und nachdem die Tür hinter mir ins Schloss gefallen war, wurde mir bewusst, dass der Schlüssel noch in der Wohnung lag.

Ich stolperte über meine Schnürsenkel und konnte mich in letzter Sekunde am Treppengeländer festhalten.

Vor der Haustür atmete ich die kühle Nachtluft tief ein und aus. Die Watte verzog sich für einen Moment aus meinem Schädel, bauschte sich aber bald wieder auf. Tastend bewegte ich mich an den Hauswänden entlang. Auf der anderen Straßenseite schlenderten Menschen vorbei. Um diese Uhrzeit fiel man in der Nordstadt selbst dann nicht weiter auf, wenn man sich kaum auf den Beinen halten konnte.

Ich brauchte eine Viertelstunde für eine Strecke, die ich sonst in fünf Minuten zurücklegte. Vor Matteos Pizzeria atmete ich ein paarmal tief durch und sammelte die letzten Reserven.

Matt stand hinter dem Tresen und lächelte. Das Lächeln fror ein, als er mich musterte. Er hüpfte von der Stufe herunter und eilte durch den Gastraum. »Meinardo? Was isse passiert? Siehse aus wie eine Zombie.«

»Ich brauch deine Hilfe, Matt.«

»Wär ich nie drauf gekomme.« Er überflog rasch die besetzten Tische, und nachdem er offensichtlich zu dem Ergebnis gelangt war, dass er die wenigen Gäste allein lassen konnte, sagte er: »Wir gehen nach hinten.« Er nahm meinen Arm, legte ihn sich über die Schultern und schleppte mich in sein Büro.

»Ist alles okay. Ich hab ein Schlafmittel genommen. Bin ein bisschen neben der Spur. Kannst du mir einen Espresso machen?«

Matt schaute mich eindringlich an. »Was auch immer du vorhas, lass es sein.«

»Du hast recht. Mach mir einen doppelten.«

Matt rollte mit den Augen und verschwand. Einige Minuten später kehrte er mit einer Tasse zurück, deren Inhalt ich in einem Zug austrank. Meine Zunge brannte wie Feuer, aber mein Gehirn erinnerte sich augenblicklich daran, wofür Koffein gut war. »Kannst du mir Geld für ein Taxi leihen?«

»Has du mal in eine Spiegel geschaut? Der Taxifahrer setze dich höchstens in die Krankenhaus ab.«

»Meine Therapeutin hat eben angerufen. Möglich, dass sie in Schwierigkeiten steckt. Ich muss sichergehen, dass alles in Ordnung ist. Keine Sorge, eine Streife ist schon auf dem Weg.«

Matt zog die Stirn kraus.

»Bitte, Matt. Nur nachsehen.«

»Scheiße.« Er kaute auf seiner Unterlippe und verschwand aus dem Büro. Minuten später war er wieder da. »Isse nich viel los heute. Ich fahr dich.«

»Aber Rosa …«

»Ja, Rosa. Sofa is eh bequemer als die Bett.«

Rosetta stand am Zapfhahn. Sie hielt ein Glas Bier in der Hand und funkelte mich an, als würde sie es am liebsten nach mir werfen. Ich sparte mir beschwichtigende Worte, die hätten es nur schlimmer gemacht. Matteo zog den Kopf ein und drängte mich vor sich zur Tür.

»Sie bringt dich um, wenn du zurückkommst.«

»Aber vorher du bisse dran.«


Matt hatte sich ein Kissen unter den Hintern geschoben und die Rückenlehne so weit aufrecht gestellt, dass er beinahe auf dem Lenkrad des alten Transporters lag. Nur auf diese Weise erreichte er mit seinen kurzen Beinen die Pedale. Bis wir an der Kreuzung in der Innenstadt angekommen waren, kannte ich Matts gesamtes Arsenal an italienischen Schimpfwörtern. Ich ließ sein Fluchen an mir vorbeigleiten, genauso wie die Stadt jenseits der Scheibe, die zu beleuchteten Schlieren verschmolz, weil mein Hirn nicht für Details empfänglich war.

Um diese Uhrzeit war kaum etwas los auf den Straßen, wir behinderten niemanden, als Matt am oberen Ende der Einkaufsmeile auf der rechten Fahrspur hielt. Auf der anderen Straßenseite parkte ein Streifenwagen im Schatten des Hochhauses. Ich linste nach oben. Das gesamte Gebäude war unbeleuchtet. Nicht ein einziges Büro schien belebt. Als ich die Fahrzeugtür öffnete, bemerkte ich zwei Polizisten in ihren Wagen springen und davonfahren.

»Matt, ich glaube, das war falscher Alarm. Lass den Motor laufen.« Ich stieg aus und entfernte mich auf dem Bürgersteig so weit von Matts Fahrzeug, bis ich das Fenster von Erda Loths Praxis erspähen konnte. Dort war ebenfalls alles dunkel.

Aus der Unterführung dröhnten Bässe. Eine Gruppe angetrunkener Jugendlicher wankte die Treppe nach oben, sie hielten sich gegenseitig aufrecht. Ich war schon wieder mit einem Bein in Matts Transporter, als im vierten Stock des Hochhauses ein Licht anging.

# 9

Ich stellte das Bein zurück auf die Straße.

Matt schüttelte verzweifelt den Kopf. »Ich geh, du bleibs im Auto.«

»Nein, Matt, ich gehe. Du musst zum Präsidium fahren und denen klarmachen, dass auf jeden Fall noch mal jemand nachsehen muss. Du bleibst so lange dort, bis die eine Streife losschicken und Kommissar Frank Bescheid geben. Und dann fährst du zurück und holst mich ab.«

»Das isse keine gute Idee. Warte doch, bis ich bin mit die Polizei hier.«

»Ich bin vorsichtig. Wahrscheinlich ist die Tür eh verschlossen und ich komme nicht rein. Fahr schon mal los.«

Ich warf die Autotür zu und schleppte mich hinter dem Transporter über die Fahrbahn. Die Unterführung zu nehmen, war um diese Tageszeit unnötig, und vor allem hatte ich keine Kraft, mich durch die feierwütigen Diskogänger zu kämpfen. Matt wendete den knatternden Diesel hinter der Straßenbahnhaltestelle, ich wartete, bis er in den Steinweg eingebogen war. Er würde nicht mal zwei Minuten bis zum Präsidium brauchen; kein Telefonanruf von irgendeiner Telefonzelle in der Nähe könnte schneller und vor allem überzeugender sein.

Ich erreichte das Portal des Hochhauses, atmete kräftig die Abendluft ein und versuchte, die Teile meiner fünf Sinne zu aktivieren, die noch mitspielten. Da ich fest davon ausging, dass die Eingangstür verschlossen war, lehnte ich mich mit meinem gesamten Körpergewicht dagegen. Sie gab nach, ich taumelte in den Vorraum und fing mich vor dem Aufzug. Die Vorstellung, darin gefangen zu sein, gefiel mir nicht, aber vier Etagen Treppensteigen war keine Option. Also drückte ich den Knopf und hörte die Mechanik anspringen. Die Türen gingen mit einem Rumpeln auf, ich trat ein. Ich hatte das Gefühl zu schweben, während ich mit der Kabine nach oben fuhr.

Im vierten Stock war alles düster, auch hinter der Glastür zum Sozialpsychiatrischen Dienst. Nachdem sich die Aufzugtüren geschlossen hatten, war ich beinahe orientierungslos. Es dauerte eine Weile, bis ich Schemen erahnen konnte, und ich tastete mich mit den Fingerspitzen an der Wand entlang, bis ich einen Schalter erfühlte. Ich drückte ihn und hörte das Relais, das im gesamten Treppenhaus die Lampen einschaltete. Jetzt musste ich die Augen schließen, bis sie sich an das grelle Licht gewöhnt hatten.

Beinahe hoffte ich, dass wenigstens der Durchgang zu den Büros verschlossen sein würde, dann hätte ich umkehren können. Aber auch diese Tür ließ sich öffnen. Die Treppenhausbeleuchtung reichte aus, um den Weg durch den Flur bis zu Berkels Büro gehen zu können. Ich schlich mich so lautlos wie möglich an.

Durch einen Türspalt schien Licht aus dem Innern. Ich schob die Tür ein Stück weiter auf. Ein Mann, über dessen Rücken sich ein graues Strickmuster spannte, stand am Schreibtisch.

*Berkel!*

Bevor ich unbemerkt die Flucht antreten konnte, drehte er sich um.

Er stieß einen Schrei aus und fasste sich an die Brust. »Um Gottes willen, haben Sie mich erschreckt! Was machen Sie hier?«

Unwillkürlich trat ich einen Schritt zurück. Wir schätzten einander mit kritischen Blicken ab. »Wo zum Teufel waren Sie? Ganz Kassel hat nach Ihnen gesucht.«

Ich wünschte mir, dass er eine plausible Erklärung dafür hatte, die uns beiden eine Kurzschlusshandlung ersparen würde, zumal ich im Zweifelsfall den Kürzeren ziehen würde.

Er schien einen Moment zu überlegen, ob er mir antworten oder flüchten sollte. »Ich hab mich in einem gemieteten Ferienhaus versteckt.«

Das genügte mir nicht. »Sie waren bei Poller, kurz nachdem ich bei Ihnen war. Wieso?«

»Ich hatte eine schlimme Vermutung, und ich hoffte, er könne sie entkräften.«

»Was war das für ein Verdacht?«

Berkel kaute auf der Unterlippe. Ihm ging es wie mir, noch hielt er mich nicht für uneingeschränkt vertrauenswürdig. »Es war der Tag, an dem Sie letzte Woche hier auftauchten. Unmittelbar nachdem Sie weg waren, ist Schreiber zu der Therapeutin in die Praxis.«

»Schreiber?«

»Ja, ich hatte ihn vorher schon ein paarmal rübergehen sehen.« Er trat zur Fensterbank. »Das Fernglas.« Er deutete auf die leere Stelle. »Es ist weg, all meine Sachen.«

»Hat die Kripo.«

Berkel nickte müde. »Ich hab gern das Treiben auf der Kreuzung beobachtet. Irgendwann fiel mir auf, dass Schreiber häufiger das Haus auf der anderen Straßenseite aufsuchte. Da wurde ich neugierig. Er tauchte jedes Mal im zweiten Stock in der Praxis dieser Therapeutin auf.«

In mir keimte ein Verdacht, den ich unmöglich zu Ende denken konnte. »Sie haben gar nicht mich beobachtet?«

»Sie? Nein. Wieso hätte ich das tun sollen?«

»Wie oft war Schreiber bei Frau Loth?«

»Oft. Erst hab ich gedacht, er macht vielleicht eine Therapie. Er ist mir ja keine Rechenschaft schuldig. Dann häuften sich die Abstecher nach drüben. Das war ungewöhnlich. Und kurz bevor Sie in meinem Büro aufgetaucht sind, fingen sie an, sich plötzlich zu dritt zu treffen.«

»Mit Gilbert Dietschmons?«

Berkel guckte verstört und schüttelte den Kopf. »Nein. Michael Poller.«

»Poller hat sich mit Schreiber und Loth getroffen?«

»Ja, ein oder zwei Mal. Auch an dem Tag, als Sie bei mir aufgekreuzt sind. Da wurde mir klar, dass etwas nicht stimmt.«

»Michael Poller hat sich der Polizei gestellt und sämtliche Morde gestanden. Seine Mutter ist gestern tot aufgefunden worden. Man hat sie genau wie die anderen Opfer erdrosselt.«

Berkel fasste sich spontan an den Hals. »Mein Gott. Sie hat doch niemandem was getan.«

»Nein, hat sie nicht, aber sie könnte noch leben, wenn Sie Ihr Wissen mit der Kripo geteilt hätten, anstatt zu verschwinden.«

Berkel schaute mich sprachlos an. Er schien nach einer Regung zu suchen, die ihm die Schuld erließ. Ich hatte das Gefühl, in einen Spiegel aus Selbstvorwürfen zu schauen. Jede falsche Entscheidung, die ich in den letzten Wochen getroffen hatte, kam mir in den Sinn. Obwohl es kaum auszuhalten war, hielt ich seinem Blick stand und legte sogar noch nach: »Hartmut Skorka und Renate Poller könnten noch am Leben sein.«

»Bitte verstehen Sie, ich war in Panik. Nachdem Sie weg waren, verschwand Schreiber in der Praxis dieser Therapeutin. Ich habe ihn dabei beobachtet und anschließend vergessen, das Fernglas auf seinen Platz auf der Fensterbank zu stellen. Es stand mitten auf meinem Schreibtisch, als er zurückkam. Er hat es gesehen. Er musste ahnen, dass ich ihm hinterherspioniert habe.«

»Aber gesagt hat er nichts?«

»Nein. Trotzdem, stellen Sie sich mal vor, was ich für eine Angst bekommen habe. Nur ein paar Minuten vorher tauchen Sie in meinem Büro auf und erklären, dass Frenzel tot ist und Poller Sie in der Psychiatrie treffen möchte. Deswegen bin ich nach Haina. Ich wollte wissen, ob Schreibers Name irgendeine Reaktion bei Poller auslöst.«

»Und, hat er?«

»Er hat natürlich nichts zugegeben, dafür ist er viel zu durchtrieben. Er meinte, dass er eigentlich keine Zeit mit mir verschwenden wolle, da wir ja in der Hölle eine Ewigkeit miteinander plaudern könnten. Und dann erklärt mir der Stationsleiter, dass er sich schon gefragt habe, wann ich denn mal zu einem der Termine auftauchen würde, die Schreiber angeblich in meinem Auftrag telefonisch mit Poller abgestimmt habe. Da war mir klar, was die Stunde geschlagen hatte. Verstehen Sie nicht, dass ich in Sicherheit sein wollte? Ich hatte nicht den winzigsten Funken Vertrauen, dass die Kripo in der Lage sein würde, mich zu beschützen. Nach Ihrer Nachricht über Frenzels Tod erst recht nicht mehr.«

Ich konnte diese Reaktion besser nachvollziehen, als ich es zugeben durfte. »Was hat Poller damit gemeint, dass Sie sich in der Hölle wiedertreffen würden? Haben Sie sich etwas vorzuwerfen, wovon Poller weiß?«

Berkel schaute mich nachdenklich an. Seine Oberlippe zitterte. Es sah aus, als würde er jeden Moment in Tränen ausbrechen. »Ich hätte nicht als Gutachter in diesem Fall tätig werden dürfen.«

»Warum?«

»Ich war vorbelastet. Davon wusste niemand, weil nichts aktenkundig war. Es ging um Jungbluth. Mir ist ein schlimmer Fehler unterlaufen. Mein Gott, ich war Arzt im Praktikum, total unerfahren und hatte seit Tagen nicht richtig geschlafen. Habe eine fremde Blutprobe mit der von Jungbluth vertauscht und dadurch einen falschen Wert an die Polizei übermittelt.« Er wischte mit der Hand am Gesicht vorbei, als könnte er seinen Fehler damit ungeschehen machen. »Das flog auf, weil die Blutgruppe nicht zu der von Jungbluth passte. Deswegen war ein Verfahren gegen ihn eingestellt worden.« Er schüttelte den Kopf, als könnte er immer noch nicht fassen, dass ihm dieser Fehler unterlaufen war.

Ich überlegte, ob ich ihm verraten sollte, was in der Akte meines Vaters stand. Dass man davon ausgegangen war, dass jemand die Probe mit Absicht vertauscht hatte, um eine Verurteilung von Jungbluth nicht durch Unzurechnungsfähigkeit wegen des hohen Alkoholpegels zu gefährden. Sollte es so gewesen sein und Berkel drückte sich vor der Wahrheit, musste er das mit sich selbst ausmachen. »Stellen Sie sich vor, Ihr Fehler mit Jungbluths Blutprobe wäre rausgekommen. Man hätte Ihnen unterstellt, dass Sie mit dem Gutachten den alten Fehltritt verschleiern wollten.«

»Ich habe nicht einen Moment daran gedacht, Poller etwas unterzuschieben, um meine Haut zu retten.«

»Gab es jemanden, der wusste, dass Sie die Blutproben vertauscht hatten?« Kaum hatte ich die Frage formuliert, da wusste ich die Antwort. »Schreiber. Sie haben es ihm erzählt.«

Berkel seufzte. »Wir waren ein paarmal zusammen in einer Kneipe. Ich vertrag nicht viel, wissen Sie. Drei Bier, na ja. Schreiber hat mich über das Gutachten zu Poller ausgefragt. Warum mir der Fall derart zugesetzt hat. Da hab ich ihm gestanden, dass ich ihn nicht hätte übernehmen dürfen.«

»Wenn Sie solche Angst haben und wissen, dass Schreiber mit drinsteckt, was machen Sie dann hier?«

Berkel griff sich einen Umschlag vom Schreibtisch. »Dieser Idiot von einem Ferienhausbesitzer hat den Mietvertrag ins Amt anstatt an meine Privatadresse geschickt. Ich hatte gehofft, ihn rechtzeitig abzufangen.« Berkel zeigte mir, dass der Brief geöffnet worden war. »Schreiber weiß jetzt mit Sicherheit, wo das Haus liegt. Dorthin kann ich unmöglich zurück.«

»Was halten Sie davon, wenn Sie sich in die Obhut der Behörden begeben? Das bringt doch nichts, so auf eigene Faust. Die Polizei ist informiert. Eine Streife ist sicher bereits auf dem Weg.«

Berkel nickte müde. Allmählich flachte das Adrenalin des Schrecks unserer unerwarteten Begegnung in mir ab und die Wirkung des Schlafmittels trat an die Oberfläche. »Ich muss mich mal setzen.«

»Sie sehen krank aus.«

»Ich habe Tabletten genommen, die Frau Loth mir verschrieben hat.« In dem Augenblick, in dem ich es aussprach, wurde mir klar, dass ich das Rezept nicht zufällig erhalten hatte. »Wegen ihr bin ich hergekommen. Ich hatte ihr gestern meine Vermutung mitgeteilt, dass Sie ihr Büro beobachtet haben. Sie hat mich vorhin angerufen und gesagt, dass hier oben Licht brenne und sie rübergehen werde. Sie hat aber gar nicht nachgesehen, oder?«

Berkel schüttelte stumm den Kopf. Panik blitzte in seinen Augen auf. »Mein Gott. Das ist eine Falle.« Er machte einen Satz Richtung Tür.

Ich hatte keine Chance, ihn aufzuhalten. »Bleiben Sie doch hier!«, rief ich ihm hinterher.

Ich hörte seine Schritte durch den Flur hetzen und die Tür zum Treppenhaus schlagen. Dann ging in der gesamten Etage das Licht aus.

# 10

Im Flur markierte ein grün fluoreszierendes Schild den Ausgang. Ich tastete mich an der Wand entlang, bis meine Finger einen Lichtschalter erreichten. Das Klacken des Stromrelais blieb aus.

Im Treppenhaus das gleiche Spiel. Noch nicht einmal der Aufzug reagierte. Nahezu blind die Treppe runterzugehen, mit dem schummrigen Schein der Notausgangsschilder als einziger Beleuchtung, schien mir keine gute Idee zu sein. Ein Haus wie dieses musste über ein Notstromaggregat verfügen. Ich harrte eine scheinbar endlose Minute aus, doch nichts passierte. Ich hatte keine Wahl. Hier oben im Dunklen auf die Polizei zu warten, war mir zu gewagt.

Auf dem Weg nach unten verlor ich irgendwann die Orientierung und wusste nicht mehr, auf welcher Etage ich war. Die grünen Lichter tanzten vor meinen angestrengten Augen, das Geräusch von Schuhsohlen auf Travertinstufen hallte hypnotisch in meinem Schädel nach, ich nahm die nächste Stufe und fiel kopfüber ins Nichts. Mich mit den Händen abzufangen, stellte sich als Fehler heraus. Ein glühend heißer Pflock schien mir den rechten Unterarm aufzuspießen. Mein Schrei hallte durch das Treppenhaus und brach sich Etage für Etage an den Wänden. Ich lag auf dem Rücken und wartete darauf, dass der Schmerz nachließ. Zum Glück war ich nicht mit dem Kopf aufgeschlagen, trotzdem lief mir etwas Warmes übers Kinn. Mit größter Vorsicht bewegte ich ein Körperteil nach dem anderen. Der rechte Arm fühlte sich an, als gehörte er nicht zu mir. Nur ein winziger Versuch, ihn zu bewegen, reichte aus; sämtliche Nervenbahnen direkt ins Schmerzzentrum funktionierten einwandfrei. Ein Jaulen brach aus mir heraus. Ich fuhr behutsam mit der Linken am rechten Arm entlang, bis ich am Unterarm eine Beule ertastete, die da nicht hingehörte und wie irre schmerzte. Bestimmt war was gebrochen. »Verfluchte Scheiße!«

Wenigstens herrschte in meinem Hirn für einen Moment Klarheit. Ich mochte mir gar nicht ausmalen, wie es schmerzte, wenn die Wirkung der Tabletten nachließ. Bis dahin wäre Matt zurück und ich sicher im Krankenhaus, redete ich mir gut zu. Jetzt erst mal raus hier.

Tief gegen den Schmerz atmend, rappelte ich mich hoch. Abgesehen von einem Stechen im Steißbein und im linken Knöchel schienen bis auf den Arm alle Körperteile den Sturz halbwegs unbeschadet überstanden zu haben.

Ich humpelte nach unten, ertastete mit der Fußspitze jede Stufenkante, um keinen weiteren Absturz zu riskieren.

Eine Ewigkeit schien vergangen zu sein, als ich schließlich das Erdgeschoss erreichte, durch dessen Scheiben die Lichter der Stadt drangen. Ich spähte hinaus, ob irgendwo Matts Transporter oder eine Streife parkten – Fehlanzeige.

Nur noch zwei Schritte bis zum Ausgang. Ich streckte den linken Arm bereits nach der Tür aus, als mir der Boden unter den Füßen wegrutschte. Im Reflex drehte ich mich so, dass ich nicht auf den gebrochenen Arm fiel, und knallte stattdessen hart auf den Rücken. Das Zwerchfell blockierte. Ich japste, mir wurde schwarz vor Augen. Endlich gelang es mir, durchzuatmen. Ich spürte förmlich, wie mit dem Sauerstoff eine Überdosis Adrenalin meinen Körper flutete, als ich mit der linken Hand auf der Suche nach Halt, der mich wieder auf die Beine bringen würde, in eine dickflüssige Lache fasste. Im fahlen Licht der Straßenlaternen glänzte es dunkel auf dem Steinboden. Das Wummern der Musik aus der Disko vereinigte sich mit dem Dröhnen in meinem Schädel. Die hatten noch Strom da unten, also war er nicht im gesamten Gebäude ausgefallen. Jemand hatte ihn gezielt im Turm abgeschaltet.

Ein Schatten kam aus dem Kellergeschoss auf mich zu. Ein Schrei hallte durch das Foyer, es war mein eigener. Im selben Augenblick schoss mir durch den Kopf: »Das ist der letzte Laut, den du von dir geben wirst!« Die Lichter der Straße zuckten den Bruchteil einer Sekunde lang wie irre gewordene Glühwürmchen, bevor sie erloschen.

# 11

Ich schwebte auf einer Wolke aus Watte. Nichts tat weh. Im Gegenteil. Wohlige Wärme floss durch sämtliche Adern bis in die Fußspitzen. Mein Herzschlag war ein tiefer, sonorer Bass, fest und gleichmäßig. Ich war im Krankenhaus, jemand hatte meine Verletzung behandelt, alles war in Ordnung. Eine sanfte Stimme arbeitete sich durch den trüben Vorhang meiner Wahrnehmung hindurch.

»Herr Petri, wachen Sie auf.«

*Erda Loth!*

Ich öffnete die Augen. Ein grelles Licht blendete mich.

»Pupillenreflex funktioniert. Er ist wieder da.«

Die Lichtquelle hatte einen wandernden Fleck auf meiner Netzhaut hinterlassen, der alles in der Mitte verdunkelte, ich erkannte nur das, was am Rand sichtbar war – ein kahler, düsterer Raum, rohe Betonwände. Das, was ich für meinen Herzschlag gehalten hatte, war gleichmäßiges Basswummern. Die Diskothek konnte nicht weit entfernt sein. Ich musste mich irgendwo im Keller des Hochhauses befinden.

Erda Loth schob ihr Gesicht in mein Blickfeld. »Ich habe Ihnen ein starkes Schmerzmittel gegeben. Ihr Arm ist wahrscheinlich gebrochen. Es kann sein, dass Ihnen übel wird, dann kotzen Sie einfach auf den Boden.«

Die Frau, die mit mir redete, sah zwar aus wie die Therapeutin, vor der ich mein Innerstes nach außen gekrempelt hatte, aber es musste ein böser Geist in Erda Loth gefahren sein. »Ich verstehe nicht …«

»Das werden Sie gleich.« Sie half mir, mich aufzusetzen. Ich spürte die Kälte des rauen Betons im Rücken. Jetzt erst merkte ich, dass meine Hände mit Klebeband aneinander fixiert waren. Sie hatte mir den Ärmel des Pullovers hochgeschoben und einen Verband um den Unterarm gewickelt. Kein Schmerz, nur ein dumpfes Pochen arbeitete sich bis zur Schulter vor.

Allmählich vergrößerte sich mein Sichtfeld. Wir befanden uns in einer Tiefgarage. Die spärliche Beleuchtung stammte von Campingleuchten, die an Kabelkanälen unter der Decke befestigt worden waren. Sie bewegten sich in der Zugluft, die von irgendwo aus einem Lüftungsschacht strömen musste. Die Schatten, die die Leuchten warfen, waberten in gleichmäßigem Rhythmus über Betonwände und Pfeiler, die in großzügigen Abständen die Decke stützten. Es roch nach Rost und Benzin. Auf dem Boden waren Parkplatzmarkierungen aufgetragen, neben mir auf dem Fußboden die Zahl 58. Tief im Schatten des langen Raums verborgen entdeckte ich einen silbrigen Schein, zu diffus, um sagen zu können, was sich dort befand, wahrscheinlich eine Tür. Ein Stöhnen zog meine Aufmerksamkeit auf sich. Im fahlen Licht bemerkte ich eine Bewegung. Ich kniff die Augen zusammen. Es war Berkel. Man hatte ihm die Arme nach hinten um eine Säule festgebunden. Sein Gesicht war kaum zu erkennen, weil es komplett in Blut getränkt zu sein schien. Der Kopf wippte leicht im Rhythmus seines flachen Atems. Er lebte noch.

Aus dem Schatten trat ein Mann hervor, der eine Lampe in der Hand hielt und Berkel anleuchtete. »Wer hätte gedacht, dass Sie beide uns das Leben so leicht machen und uns im Doppelpack ins Netz gehen würden?«

*Schreiber!*

Er stupste Berkel an, der einen kläglichen Laut von sich gab. »Der Mann leidet, Herr Petri. Ich kann mir vorstellen, was für Qualen er durchlebt. Wahrscheinlich hat er eine Schädelfraktur. Sein Hirn wird anschwellen und sich gegen den Knochen drücken. Dann wird es beginnen abzusterben. Keine schöne Art zu sterben.«

Schreiber näherte sich ein paar Schritte. »Es liegt in Ihrer Hand, das zu beenden.« Er legte den Kopf schief und schaute mich an. »Allein in Ihrer Hand.«

Ich kniff die Augen fest zu. Ein böser Traum. Die Schlaftabletten. Bestimmt war ich in ein Delirium gefallen und bildete mir das alles ein. Das war auch die einzige Erklärung, warum sich mein Körper anfühlte wie feuchtes Popcorn. Erda Loth und Schreiber. Trugbilder meiner völlig überdrehten Fantasie.

»Falls Sie gerade hoffen, dass diese Situation nicht real sein könnte, muss ich Sie enttäuschen. Dies ist die Wirklichkeit.«

Erda Loth hatte mir mal davon berichtet, dass es vorkommen könne, dass geträumte Figuren anfingen, im Traum zu interagieren, als wüssten sie von ihrem irrealen Dasein. Doch ich spürte zudem einen sehr realen Tritt gegen mein Bein. »Nun machen Sie schon die Augen auf, wir wollen das alle hinter uns bringen, nicht wahr?«

Schreiber stand direkt neben mir. Der Fuß, mit dem er mich getreten hatte, steckte in albernen Gesundheitsschuhen. Ich sah ihm in das bärtige Gesicht. Dieses Männlein konnte unmöglich dafür verantwortlich sein, dass Berkel halb tot an dem Pfeiler hing.

»Wir wollen doch nicht, dass sich Berkel noch länger quälen muss, oder? Soll ich Ihnen was über Leid erzählen, Herr Petri?«

Erda Loth trat beiseite und überließ Schreiber das Feld. Ich warf ihr einen sehnsüchtigen Blick hinterher und fragte mich, warum. Noch immer gab es eine Hoffnung in mir, dass sie nicht freiwillig mitmachte. Schreiber hatte sie gezwungen. Anders konnte es nicht sein.

Schreiber hockte sich hin und deutete auf den Verband um meinen Arm. »Der Bruch wird heilen. Sie werden bald nichts mehr davon spüren.« Er krempelte sein Hemd hoch und beleuchtete mit der Laterne seinen nackten Arm. Vernarbtes, wulstiges Gewebe. Jahrzehntealte schwere Verbrennungen. »Wenn einem so etwas als Kind geschieht, dann bedeutet das jedes Jahr monatelange Klinikaufenthalte. Verbrannte Haut wächst nicht mit, wissen Sie. Die muss man durch lange Schnitte auftrennen, dehnen, man muss Gewebe von anderen Stellen abtragen und verpflanzen. Das klappt aber nicht immer, dann zieht man Ihnen vergammelnde Fetzen vom Körper. Haben Sie eine Ahnung, wie Ihre eigene Haut stinkt, wenn sie stirbt?« Er krempelte den Ärmel herunter und strich seine Barthaare zur Seite. Der Hals sah genauso aus wie der Arm. Dann zeigte er mir eins seiner Ohren mit klobigem Hörgerät. »Nichts von dem, was Herr Berkel gerade durchmacht, ist auch nur annähernd vergleichbar mit dem, was ich jahrelang zu erdulden hatte. Und er ist dafür verantwortlich, wissen Sie.«

Mir kroch ein trockenes Geräusch aus der Kehle. Ich musste husten. Allmählich ahnte ich, worauf das alles hinauslaufen würde. »Und mein Vater ist ebenfalls schuld, richtig?«

»Sie sind offensichtlich genauso gescheit wie er, Herr Petri. Aber besitzen Sie auch seine Größe?«

# 12

»Was wollen Sie von mir?« Irgendwo in mir drin wusste ich, dass ich von ihm genauso wenig eine Antwort erhalten würde wie von Poller. Ich schaute an Schreiber vorbei zu Erda Loth. »Ich habe Ihnen vertraut. Meine Güte, ich hab Ihnen Dinge erzählt ...« Mir brach die Stimme weg.

Erda Loth trat aus dem Schatten, sodass ich sie im Schein von Schreibers Lampe besser erkennen konnte. »Sie haben doch allenfalls die halbe Wahrheit rausgerückt. Sobald es ans Eingemachte ging, waren Sie zu feige.«

»Sie sind Ärztin. Wie können Sie bei so etwas mitmachen?«

Als wollte er meiner Frage Nachdruck verleihen, drang aus der Tiefe des Raums Berkels Stöhnen.

Schreiber stellte sich vor Loth. »Ich finde, wir sollten die ganze Sache abkürzen. Keinem ist daran gelegen, Berkels Leid unnötig zu verlängern. Was für ein grandioser Zufall, dass er den Brief holen kam, sonst hätten wir Sie zu ihm bringen müssen, so wie es ursprünglich geplant gewesen war. Ein einsam gelegenes Ferienhaus im Wald – das wäre auch ein schöner Ort für seinen Abgang gewesen, nun passiert es eben hier. Nicht so idyllisch, dafür angemessen.«

»Wieso angemessen?«

»Ich will es Ihnen rasch erklären, und dann schreiten wir zur Tat, ich würde diesen Ort sehr gern zügig verlassen.«

Schreiber wirkte zu allem entschlossen, und mir fiel nichts ein, womit ich Zeit schinden konnte. Matt war hoffentlich in Begleitung einer Streife auf dem Rückweg, man würde das Blut im Eingangsbereich finden. Ich betete, dass Matt nicht allein zurückkehrte. Möglichst weit ausholen, um Schreiber zum Reden zu bringen, war die einzige Möglichkeit, die mir noch blieb. »Sie haben Jungbluth getötet.« Stochern im Trüben, aber besser, als zu sterben.

»Das war kein Meisterstück, das gebe ich zu. Der Meister war trotzdem mit meiner Arbeit zufrieden, und es war ja auch bloß mein erster Versuch. Es wäre utopisch gewesen, sich mit ihm messen zu wollen.«

»Der Meister? Sie meinen Poller?«

»Er hat mir gezeigt, wie man das macht: jemanden ins Jenseits zu verfrachten. War nicht so leicht, wie ich es mir vorgestellt hatte. Ich war ja sehr jung damals, das hätte ich ohne Pollers Hilfe niemals geschafft.«

Ich rechnete 20 Jahre zurück. Schreiber musste ein Teenager gewesen sein.

»War Jungbluth für Ihre Verletzungen verantwortlich?«

»Wir sahen, wie er den Schuppen im Kleingartenverein betrat, in dem das Rasenmäher-Benzin gelagert wurde. Rein ging er mit Kippe im Mund, raus kam er ohne. Er muss sie unachtsam weggeworfen haben. Als er den Schuppen verließ, ließ er die Tür auf. Erdas Schwester Sina und ich spielten in der Nähe. Wir waren neugierig und wollten nachsehen, was sich in dem Schuppen befand, in den wir sonst nicht reindurften. Wir waren gerade an der Tür angekommen, da muss die Glut der Zigarette etwas in Brand gesetzt haben.«

»Sina war sofort tot.« Erda Loths Stimme hatte eine bittere Färbung angenommen, die ich nicht von ihr kannte. »Sie können sich gar nicht vorstellen, wie unvorbereitet eine Kindheit endet, wenn die Eltern von Trauer zerfressen nur noch mit sich selbst beschäftigt sind.«

»Nein, das kann ich nicht. Aber mit Jungbluths Ermordung war Sinas Tod doch gerächt.« Ich richtete die Worte ganz bewusst an Erda Loth. Eine diffuse Hoffnung glimmte in mir, dass sie nicht am Akt des Tötens beteiligt gewesen war.

Schreiber übernahm sofort, und das bestätigte meine Vermutung: Die treibende Kraft hinter diesem Rachefeldzug war er. »Sie wissen mittlerweile selbst, dass Jungbluth Jahre vorher aus dem Verkehr gezogen worden wäre, wenn Ihr Vater ihn nicht rausgehauen hätte.« Er trat zur Seite und gab die Sicht auf Berkel frei. Lediglich die stramm verzurrten Seile hielten ihn aufrecht an der Säule. Ich konnte nicht erkennen, ob er noch atmete, aber sicher war er dem Tod näher als dem Leben.

»Und er war die Ursache.« Schreiber ging ein paar zügige Schritte auf Berkel zu, griff ihm in den Schopf und zerrte seinen Kopf nach oben, bis Berkel fast auf Augenhöhe mit Schreiber war. »Dieses gewissenlose Stück Dreck. In all den Jahren hat er nie dazu gestanden, was er getan hat.« Schreiber ließ los, Berkel stöhnte. Ich musste auf Zeit spielen, die Berkel nicht mehr hatte. Ein Kribbeln zog mir den Rücken hinauf. Einer von uns würde den Raum auf keinen Fall lebend verlassen, und wenn sich da draußen nicht bald was tat, sogar wir beide. Ich horchte nach Geräuschen jenseits der Mauern, aber der Bassbeat dominierte alles. Auch Schreien war sinnlos. Niemand hätte mich gehört.

»Sehen Sie, Herr Petri, die Aufgabe, die ich für Sie habe, ist ganz simpel.« Schreiber guckte Berkel ein letztes Mal voller Verachtung an, dann kam er zu mir und kniete sich auf den Boden. Er zog eine Pistole hinter dem Rücken hervor, die er im Hosenbund getragen hatte. Eine schwere Ausführung. Vermutlich hatte er Berkel damit auf den Kopf geschlagen. Ich kannte diese Sorte – gewaltiger Rückschlag, jeder Treffer hinterließ ein Schlachtfeld –, sie wurde gern von den Gangs in der Nordstadt verwendet. Allein der Anblick schindete genug Eindruck. Auf dem Kiez wussten alle, dass selbst ein ungezielter Schuss tödlich enden konnte. Eine Patrone ins Gesicht und das Opfer war kaum mehr zu identifizieren.

Schreiber hielt mir die Waffe vor die Nase. »Sie müssen nicht mal besonders gut zielen. Sie können sogar die Augen zumachen. Einfach blind abdrücken. Das Ding wird Berkel auf jeden Fall tödlich treffen. Dann verschwinden Erda und ich, und Sie haben genug Zeit, um darüber nachdenken, wie Sie die ganze Schweinerei der Kripo erklären.«

»Die werden niemals annehmen, dass ich für die Morde verantwortlich bin.«

»Nun, Sie hatten in jedem Mordfall die Gelegenheit. Azraels Besuch in der Forensik könnte von Ihnen inszeniert worden sein, um Treffen mit Poller zu arrangieren, bei denen Sie ungestört Informationen austauschen können. Dann finden ausgerechnet Sie die Leiche von Renate Poller. Viele Zufälle, oder?«

»Ich war es, der eine Streife angefordert hat, um hier nach dem Rechten zu sehen, und mit Sicherheit wissen die längst, dass ein Freund mich herfahren musste, weil ich ein Schlafmittel geschluckt habe. Außerdem hab ich mir beim Treppensturz den Arm gebrochen. Ich inszeniere mit viel Akribie eine Mordserie, um mir die Sache in letzter Minute derart stümperhaft zu vermasseln? Das glaubt selbst die Kasseler Polizei niemals.«

»Wahrscheinlich nicht, aber zumindest wird es für Verwirrung sorgen, die uns Zeit verschafft. Ich stelle mir gerade die Gesichter der Kripo vor, wenn Sie denen verklickern, dass sie eine Fahndung nach einer unbescholtenen Psychologin und einem unauffälligen kleinen Beamten rausgeben sollen.« Schreiber grinste. »Letztlich ist es auch egal. Was zählt, ist, dass die Sache nun ein Ende findet. Sie haben die Wahl: Sie können das Versagen Ihres Vaters ausbügeln, das überfällige Urteil an dieser bemitleidenswerten Kreatur vollstrecken und am Leben bleiben.« Sein Tonfall entlarvte sein Versprechen als Lüge. »Oder Sie sterben mit Berkel.« Jetzt nahm ich ihm jedes Wort ab.

Der dumpfe Schein der Campingleuchte verwandelte Schreibers bärtiges Gesicht in einen einzigen Schatten. Ich konnte nicht einmal seine Augen erkennen. Für eine Sekunde dachte ich darüber nach, die Knarre zu nehmen. Doch was würde ich damit anstellen? Schreiber erledigen? Und Loth? Niemals könnte ich die Waffe gegen sie richten, und Schreiber wusste das. Außerdem war eine Flucht ausgeschlossen. Das Schmerzmittel, das Loth mir gegeben hatte, würde bestimmt noch Stunden wirken. Schreiber würde das hier durchziehen, gleichzeitig lag ihm offensichtlich viel daran, seine Geschichte zu erzählen. »Wenn ich tun soll, was Sie von mir verlangen, habe ich die ganze Wahrheit verdient. Warum mussten all die Übrigen sterben? Die hatten doch nichts damit zu tun, dass Jungbluth auf freiem Fuß blieb. Da ist noch etwas anderes, oder?«

Schreiber ging auf und ab. Loth trat ihm in den Weg. »Komm, Lars, wir müssen weg. Bringen wir es zu Ende und verschwinden.«

Er sah sie einen Moment lang an und schob sie zur Seite. »Du hast recht, aber das soll er wissen.«

Er kam auf mich zu. »Ich erzähle Ihnen nun das, was damals in einer Akte hätte festgehalten werden müssen.« Erneut kniete Schreiber sich auf den Boden, stellte die Leuchte zwischen uns und faltete die Hände um die Waffe im Schoß. »Ein Arzt namens Skorka nahm einen kleinen Jungen in der Ambulanz auf. Der Junge war Opfer einer Explosion geworden. Skorka schälte die Kleidung von der verbrannten Haut. Dabei war ein Streichholzbriefchen auf den Boden gefallen. Skorka hob es auf und legte es beiseite. Nachdem man den Jungen in den OP gebracht hatte, wurden die zerfetzten Klamotten mit den Verpackungen des Verbandsmaterials weggeräumt. Die Streichhölzer landeten ebenfalls im Müll. Niemand glaubte dem Jungen, dass nicht ein einziges davon verwendet worden war. Man hielt auch seine Schilderungen von einem Mann, der mit einer brennenden Zigarette in den Schuppen gegangen war, für eine Ausflucht, um von der eigenen Schuld abzulenken. Das Mädchen, das dabei gewesen war, konnte seine Geschichte nicht bezeugen. Es war noch am Unfallort verstorben. Der technische Gutachter namens Frenzel fand keinen Zigarettenstummel, der die Ursache für die Explosion hätte gewesen sein können. Der ermittelnde Beamte Sehling machte sich nicht einmal die Mühe, im Kleingartenverein nach einem anderen Verursacher zu suchen, denn dann wäre er vermutlich auf den Saufbold Jungbluth aufmerksam geworden, der dauerbetrunken in der Laube eines Freundes hauste. Vielleicht wäre ihm dann auch aufgefallen, dass Jungbluth nicht zum ersten Mal Verursacher eines tragischen Unfalls gewesen war. Staatsanwältin Wiener vertraute Sehlings mageren Ermittlungsergebnissen und machte sich ebenfalls keine Mühe, eine Verbindung herzustellen. Sie legte nicht einmal eine Akte über den Vorfall an. Und so ist diese Geschichte nirgendwo niedergeschrieben worden.«

In meinem Nervengeflecht geriet etwas außer Kontrolle. Keine Ahnung, ob es an der Kombination der Medikamente lag – allein die Situation hätte ausgereicht, um einen Nervenzusammenbruch zu bekommen –, Schweiß floss mir am Oberkörper hinab, gleichzeitig zog sich mein Magen zusammen. Ich konnte es nicht mehr aufhalten und erbrach mich wenige Zentimeter vor Schreibers Füßen auf den Boden.

»Ach bitte.« Er stand angewidert auf.

Loth hockte sich neben mich. Ihre Hände legten sich um meine verklebten Handgelenke. »Er hyperventiliert. Wahrscheinlich eine Reaktion auf das Schmerzmittel. Wir sollten uns beeilen.«

Hyperventilieren. So nannte man das also. Mir kam es vor, als ob bei jedem Atemzug zu wenig Sauerstoff in mich hineinflösse, um überhaupt einen klaren Gedanken fassen zu können. Loths Schwester. Das war ein Motiv, gleichzeitig keins, das den Tod unschuldiger Menschen rechtfertigte. Eine allerletzte Möglichkeit. Ich sammelte all meine Kraft. »Weshalb musste die arme Frau Poller sterben?« Ich sah ihr direkt in Augen. Diese Frage war allein für sie bestimmt.

Ihr Kopf drehte sich zu Schreiber. »Frau Poller ist tot?«

Schreiber zuckte die Schultern. »Sie hat herausgefunden, dass Michael in der Sache mit drinsteckte. Der Idiot hat ihr alles erzählt.«

»Du hast Michaels Mutter getötet?«, hauchte Loth.

»Meine Güte, jetzt mach kein Fass auf. Die Alte hatte einen sehr würdevollen Abgang.«

Loth wich einen Schritt zurück. »Nur die Schuldigen. Du hattest es mir versprochen.«

»Dann hab ich mich eben geirrt.« Es war nicht das geringste Mitleid in Schreibers Stimme, sondern lediglich purer Missmut.

Ich hatte den richtigen Knopf gedrückt und schloss die Augen. Ich hatte kein Bild von dem, was als Nächstes passieren würde. Meine Vorstellung war graues Rauschen, in das sich Schreibers Worte mischten. »Schluss jetzt!«

Ein Knall, der mein Trommelfell zu zerreißen schien, brach das Rauschen auf.

# 13

Ich hielt die Augen geschlossen. Das schmerzhafte Piepen war nicht nur in meinen Ohren, es erfüllte meinen gesamten Schädel. Als ob sich sämtliche Blutgefäße auf ein Kommando hin geweitet hätten und einen Unterdruck erzeugten, sogen meine Lungen gierig Luft in sich hinein. Mit einem Mal schien ich zu schweben. Beinahe hätte ich das für eine gute Entwicklung gehalten, bis mir klar wurde, dass mein Hirn sich gerade aufs Sterben vorbereitete.

*Mach wenigstens die Augen auf!*

Ich lauschte angestrengt, aber das Piepen und der Bass hinter den Betonmauern überdeckten alles. Langsam hob ich ein Lid. Berkel hing da wie zuvor, der einzige Unterschied schien eine Blutlache zu sein, die glänzend von seinen Füßen aus auf den Betonboden kroch. Loth saß zusammengekrümmt neben mir auf dem Boden, die Hände zum Schutz über dem Kopf verschränkt.

Schreiber zielte auf sie. Die Waffe zitterte. In Zeitlupe nahm Loth die Arme herunter und fixierte ihn. »Schieß!«, zischte sie. »Ist doch eh alles egal jetzt. Wir kommen hier sowieso nicht mehr raus.«

Schreiber ließ die Knarre sinken und neigte den Kopf in den Nacken. Ihn schien etwas zu irritieren.

Einen Moment später spürte ich es ebenfalls. Das Wummern des Basses hatte aufgehört.

»Falsch.« Schreiber hob die Waffe erneut. »Du kommst hier nicht mehr raus.« Er drehte den Oberkörper, bis die Mündung auf mich zeigte. »Aber vorher ist der dran.«

Die Krümmung seines Zeigefingers war bloß eine Ahnung. In der Sekunde, in der die Kugel in meinem Körper hätte einschlagen müssen, lag Loth auf mir drauf. Schreiber zielte erneut, dann ließ er plötzlich die Waffe sinken. Er drehte sich um und rannte los, verschwand im Schatten. In dem Moment flog eine Stahltür auf, die im Dunkeln verborgen gewesen war. Vermummte Beamte stürmten den Raum, sicherten die Ecken, bevor einer den Kollegen zubrüllte, ihm zu folgen. So schnell sie aufgetaucht waren, verschwanden sie wieder. Schüsse knallten weit entfernt, hohl wie durch einen Schacht, ihr Echo wurde von den Betonwänden zurückgeworfen.

Loth regte sich. Sie versuchte zu sprechen, dann sackte ihr Oberkörper auf meine Beine. Warme Feuchtigkeit durchdrang den Hosenstoff auf der Höhe, wo ihr Brustkorb lag.

»Petri!«

Cohn. Mir schossen Tränen in die Augen. »Hier.« Nicht mehr als ein Kratzen brachte ich heraus, dennoch ortete Cohn mich sofort. Sie hockte sich auf den Boden, rollte Loth von mir herunter, tastete mit beiden Händen hastig ihren Körper auf der Suche nach einer Waffe ab. Sie hob Loths Sweater an und verzog den Mund. »Was ist mit dir?« Sie musterte mich von oben bis unten. »Ist gut, sag nichts, ich sehe, was los ist. Du bist überall voller Blut.«

»Ist nicht meins«, krächzte ich und deutete mit dem Kinn Richtung Berkel.

Cohn stand auf. »Ich brauche den Notarzt, aber zackig!« Sie drehte sich um und entdeckte Berkel an der Säule. »Ach, verflucht.« Sie ging zu ihm, drückte zwei Finger auf seine Halsschlagader und kehrte kopfschüttelnd zurück.

Ein Notarzt hetzte mit Tasche in den Raum. Er steuerte Berkel an.

»Nicht mehr nötig!«, stoppte Cohn ihn.

Er checkte trotzdem kurz die Lage und kam zu uns herüber.

»Wir brauchen einen weiteren Arzt«, sagte Cohn.

»Der andere ist draußen beschäftigt. Gibt einen Schwer-
verletzten.«

»Kannst du laufen?«, fragte Cohn mich.

Eine winzige zustimmende Kopfbewegung brachte ich
gerade noch zustande.

Sie griff fest um meine Taille und half mir hoch. »Ich schicke Sanitäter her«, sagte sie zu dem Arzt, der so vertieft in
Loths Behandlung war, dass er es wohl gar nicht wahrnahm.

Auf Cohn gestützt humpelte ich in den rückwärtigen
Teil des Raums. Was ich als silbrigen Schein im Halbdun-
kel wahrgenommen hatte, war das Rolltor eines PKW-Auf-
zugs. »Wir müssen die Treppen nehmen, die bekommen den
Strom nicht an.«

Neben dem Tor führte eine Stahltür in ein Treppenhaus. Durch einen Ausgang auf der gegenüberliegenden
Seite musste Schreiber zum Vordereingang des Gebäudes
geflohen sein, dorthin, wo die Diskothek lag. Der Bass,
der durch die Tiefgarage gedröhnt war, war endgültig verstummt. Sicher hatte man den Tanzschuppen geräumt, bevor
die Beamten den Keller gestürmt hatten.

Cohn zerrte mich unzählige Stufen durch ein enges Treppenhaus. Keine Ahnung, wie viele Etagen wir auf diese Weise
hinter uns brachten, mir schien es, als stiegen wir geradewegs aus den Tiefen der Hölle nach oben.

Ich schleppte mich mit ihrer Hilfe in einen Innenhof.
Umringt von hohen Gebäuden parkten Einsatzfahrzeuge,
deren Blaulichter über die Fassaden strichen. In einem Krankenwagen standen mehrere Sanitäter im Kreis um einen Körper, der auf einer Trage lag, einer drückte wie wild auf ihm
herum. Sicher Schreiber.

»Übernehmen Sie mal bitte.« Cohn reichte mich an einen
Kollegen weiter. Sie steuerte den Krankenwagen an, warf
einen Blick hinein und schlug die Hände über dem Kopf

zusammen. »Scheiße!«, brüllte sie in die Nacht. Ihre Augen suchten mich, Tränen brachen daraus hervor, ihr Mund zuckte und formte den Namen »Frank«.

Der feste Griff des Polizisten um meine Taille lockerte sich für einen Moment. Ich sank zu Boden, spürte jedoch nichts dabei. Stumm schaute ich in den Nachthimmel. Kleine glitzernde Punkte. Dann wurde alles still.

# 14

Ein paar Tage lang wusste im Krankenhaus niemand so recht, was mit mir los war. Der gebrochene Arm war schnell gerichtet und eingegipst, aber in mir drin war alles aus den Fugen geraten. Mein Körper schien sich gegen einen bösen Geist aufzubäumen und rackerte sich dabei ab, ihn aus sich herauszuwürgen. Abwechselnd wurde ich von Fieberkrämpfen und Schüttelfrost geplagt. Panikattacken mit Todesangst wechselten sich mit regelrechten Highs ab, in denen ich mich für unsterblich hielt. Matt stand einmal am Bett und tätschelte meine Hand. Ich weiß, dass er mit mir sprach, doch seine Worte erreichten mich nicht. Nach zwei Tagen hatte ein Arzt ein Einsehen und gab mir eine Spritze, die sämtliche Empfindungen dämpfte. Das milderte zwar die heftigen Gefühlswechsel, verlangsamte allerdings im Ergebnis den Prozess. Zumindest konnte ich wieder ein paar Stunden am Stück schlafen.

Ich hatte jedes Zeitgefühl verloren. Irgendwann, Tage später, wachte ich davon auf, dass mir jemand sanft an die Schulter tippte. »Darf ich?«

Cohn setzte sich auf die Bettkante. Aus ihrem hohlwangigen Gesicht sahen mich Augen mit tiefen Ringen darunter an. Sie schien tagelang nichts gegessen zu haben. Es war, als ob ich in einen Spiegel schaute.

»Wie geht's dir?«

Ich setzte mich aufrecht hin. »Scheiße. Und dir?«

Sie zog den Mundwinkel hoch. »Schreiber ist auf der Flucht.«

Mein Herz pumpte spürbar, der Puls blieb unten. Das musste an den Medikamenten liegen. Trotzdem brach mir am ganzen Körper der Schweiß aus. »Und Frank?«

Sie schüttelte traurig den Kopf. »Er wird nächste Woche beigesetzt. Möchtest du dabei sein?«

Das Pochen in meiner Brust wurde von einem Stechen überlagert, das kein Medikament zu lindern vermochte. Ich schloss die Augen und versuchte, die Botschaft hinter ihren Worten in mich einsickern zu lassen. Es ging nicht. Frank war nicht tot. Nicht er. Ein Baum von einem Kerl, niedergestreckt von einer Kugel? Und ich Jammerlappen lag in einem Klinikbett. Alles war falsch an dieser Vorstellung.

»Lass dir Zeit, du musst es nicht heute entscheiden.« Cohn deutete auf den Gips. »War ein komplizierter Bruch, hab ich gehört.«

»Wird wieder.«

*Frank ist tot. Das ist endgültig.*

»Vor deiner Tür steht ein Beamter. Wir wissen nicht, was Schreiber plant. Möglich, dass er über alle Berge ist, kann aber auch sein, dass er der Sache ein Ende bereiten will.«

»Der Sache? Du meinst mir.«

Sie zuckte hilflos die Schultern. »Das hätte niemals passieren dürfen. Die Beamten, die zuerst vor Ort waren, haben nichts Verdächtiges entdeckt. Dummerweise hat es ewig gedauert, bis Matteo jemand geglaubt hat.«

»Das habe ich gemerkt.«

»Es tut mir leid.«

»Nicht deine Schuld. Ich hätte nicht in Loths Falle laufen dürfen.«

»Sie wird überleben.«

Diese Botschaft löste in mir nichts aus. Es war mir egal. »Und Berkel?«

»Da war leider nichts mehr zu machen.«

Mir tat der Unterkiefer weh. Ich löste die zusammengebissenen Zahnreihen, als ich merkte, dass sich meine gesamte Kiefermuskulatur verkrampft hatte. »Ich verstehe das alles nicht. Schreiber tritt in die Fußstapfen seines Ziehvaters Poller, das kann ich nachvollziehen. Aber Loth? Ich hätte ihr niemals zugetraut, dass sie bei einem Mordkomplott mitmachen würde.«

»Sie hat ein umfangreiches Geständnis abgelegt. Sie und Schreiber haben Michael Poller in einer Selbsthilfegruppe für traumatisierte Jugendliche kennengelernt. Über Michael Poller traf Schreiber auf Poller senior. Der erkannte wohl dessen Potenzial, nahm ihn unter seine Fittiche und brachte ihm das Töten bei. Schreiber muss seit frühester Jugend von Mordlust beseelt sein, es war nur eine Frage der Zeit, wann die erneut durchbrechen würde.«

»Kann ich mit ihr sprechen?«

»Mit Loth? Hältst du das für eine gute Idee?«

»Keine Ahnung, aber ich brauche ein paar Antworten.«

»Ich frage Sachs. Wenn er zustimmt, wird es vielleicht gehen.«

Ich hatte total vergessen, dass Sachs jetzt hatte, worauf er jahrelang hingearbeitet hatte: freie Bahn nach oben. »Übernimmt er die Abteilung?«

Cohn schaute mir tief in die Augen. »Man hat mir signalisiert, dass ich mich bewerben soll.«

»Du?« Es tat mir leid, dass meine Überraschung so rausplatzte, aber Cohn winkte ab.

»Ich fand es selbst merkwürdig.«

»Und, wirst du?«

»Ich denke ernsthaft darüber nach.«

»Sachs läuft Amok. Der wird dir die Hölle auf Erden bereiten.«

»Den kriege ich schon in den Griff. Viel mehr Kopfzerbrechen bereiten mir Rechtsverdreher, die Serienmörder anziehen wie die Fliegen.« Sie schmunzelte. Ich verstand es als Versuch, mich aufzubauen.

»Bin ich denn noch Anwalt?«

»Wäre dein Hilferuf auf fruchtbaren Boden gefallen, wäre es nicht zur Eskalation gekommen. Du kannst dir maximal vorwerfen, dass du deiner Psychologin zu sehr vertraut hast und ihr helfen wolltest. Auch an Schreibers Flucht trägst du keine Schuld. Also nichts, wofür man dir die Zulassung erneut entziehen könnte.«

Ich horchte in mich hinein – seltsam, dass mir diese Nachricht nicht die geringste Genugtuung verschaffte.

Cohn legte ihre Hand freundschaftlich auf meinen linken Unterarm. »Ich lass dich jetzt allein. Du siehst aus, als könntest du Schlaf gebrauchen. Der Beamte vor deinem Zimmer hat strikte Anweisung, also mach dir keine Sorgen. Außer Schreiber läuft da draußen ja immer noch dieser Azrael frei rum. Alle sind extrem wachsam.« Sie drückte meine Hand. »Wegen dem Gespräch mit Loth, ich kläre das.«

Sie stand auf und ließ mich allein mit all den Botschaften, die mein vernebeltes Hirn nur in Fragmenten verarbeitete. Frank war tot. Ich hatte vor wenigen Tagen gedacht, dass Cohn wie eine jüngere Ausgabe von Frank wirke, nun würde sie vielleicht seinen Platz einnehmen. Keine Ahnung, was ich davon halten sollte.

Schreiber war auf freiem Fuß und Azrael war wieder in Kassel unterwegs. Kurz blitzte die Eingebung auf, dass Schreiber besser mich anstatt Frank erwischt hätte. Nun, er würde sicher eine Gelegenheit finden, das nachzuholen.

## 15

Cohn hatte meine Bitte wie versprochen bei Sachs vorgetragen. Er hatte nicht eingewilligt, aber auch kein Veto eingelegt. Sie nahm die Entscheidung auf ihre Kappe und ließ mich zu Erda Loth bringen. Der Beamte, der meinen Rollstuhl in ihr Krankenzimmer schob, war nicht dazu zu bewegen, uns allein zu lassen. Keine Ahnung, ob er fürchtete, dass sie mir gefährlich werden oder ich ihr die Gurgel umdrehen könnte.

Das Erste, was ich registrierte, war die rote Mähne, die sich auf dem weißen Krankenhauslaken ausgebreitet hatte. Nicht zu fassen, dass ich nach allem, was geschehen war, immer noch die Frau sah, die mir den Kopf verdreht hatte. Egal, wie eindrücklich die Realität gewesen war, mein Hirn weigerte sich schlicht, sie als skrupellose Mörderin wahrzunehmen. Ich dachte an Riva Levin und musste mir eingestehen, dass ich Frauen gegenüber einfach keinen eigenen Willen besaß.

Loth öffnete die Augen, bemerkte mich und drehte das Gesicht weg. Ich rollte an ihr Bett ran. Eine ihrer Hände war mit Handschellen am Gestell festgemacht.

»Sie haben mir das Leben gerettet«, sagte ich und meinte den darin versteckten Dank ernst, dann schaltete ich auf Vorwurf um. »Was ist bloß in Sie gefahren?«

Sie wandte sich mir zu. Ihre Augen schwammen in Tränen. Plötzlich glaubte ich zu begreifen. »Schreiber und Sie waren nicht nur Komplizen. Was bedeutet er Ihnen?«

»Das verstehen Sie nicht.«

»Vielleicht besser, als Sie glauben. Sie kennen mich, ich habe ein Faible für schwierige Konstellationen.«

Sie stieß ein bitteres Lachen aus. »Das trifft es ziemlich gut. Keiner von uns hat sich ausgesucht, was das Schicksal uns diktiert hat. Wir waren noch so jung und völlig überfordert. Haben uns ineinandergekrallt zu einer Zeit, als niemand uns Halt geben konnte. Und irgendwann wurde es unmöglich, einander loszulassen.«

Kaum zu fassen, dass dieselbe Frau, die mir geraten hatte, der Wahrheit ins Auge zu sehen, nun eine Rechtfertigung dafür fand, dass sie einem Killer geholfen hatte. »Sie wussten, wie brutal er gemordet hat.«

»Ja, selbstverständlich. Ich wollte glauben, dass er das Schicksal besiegen könne. Nur Frau Poller hatte nichts damit zu tun. Es sollte niemals Unschuldige treffen.«

»Und die anderen hatten ihre brutalen Hinrichtungen verdient?«

»Von außen betrachtet sieht das vielleicht so aus. Ich war überzeugt, dass Lars ein Weg vorbestimmt ist, den er gehen muss. Vorsehung, verstehen Sie?«

»Nein, das ist einfach verrückt, wenn Sie mich fragen. Und würde es nicht so abgedroschen klingen, würde ich Ihnen raten, sich psychologische Hilfe zu suchen.« Obwohl ich Angst vor der Antwort hatte, musste ich es wissen. »War es Zufall, dass mir damals im Krankenhaus Ihre Karte zugesteckt wurde?«

Sie schaute weg. Ich hätte mir die Frage sparen können. »Was wäre passiert, wenn ich mich nicht bei Ihnen gemeldet hätte?«

»Es bestand kein Zweifel daran, dass Sie es tun würden, das konnte ich an Ihren Blicken sehen. Und falls nicht, hätte ich Sie auf jeden Fall dazu bringen können.«

»Wie passt Michael Poller in das Bild?«

»Wir trafen uns in dieser Selbsthilfegruppe für Jugendliche. Michael war für alle bloß der Spasti, Lars der Zombie und mich nannten sie den Hexenbesen, weil ich unter einer Essstörung litt und dürr war wie ein Holzstiel. Wir haben uns geschworen, dass niemals mehr jemand auf uns herumtrampeln wird. Und das ist daraus geworden.«

»War Ihnen wirklich nicht klar, wie gefährlich Schreiber in Wahrheit ist? Was haben Sie geglaubt, wie Ihr Plan ausgehen wird? Es war zu erwarten, dass jemand wie er sich nicht loyal verhalten und Ihnen früher oder später in den Rücken fallen würde.«

»Ach, Herr Petri, so ist das mit der Wahrheit. Was haben Sie mir auf die Frage geantwortet, ob Ihre Welt ohne die Spielsucht derart aus den Fugen geraten wäre?«

Ich überlegte. Es war erst wenige Tage her, dass sie mich das gefragt hatte. »Ich bin Ihnen eine Antwort schuldig geblieben.«

»Eben. Aber wir beide kennen die Wahrheit. Sie sind sofort aufgesprungen, als es hieß: Azrael ist wieder da. War klar, so wie Sie von ihm gesprochen haben. Beinahe wie über einen Bruder. Ich war mir sicher, dass Sie beide mehr verbindet, als Ihnen lieb ist. Was Lars für mich ist, ist er für Sie.«

»Blödsinn.«

Sie lächelte. »Sie sehen das noch nicht, doch wenn es so weit ist, werden Sie an meine Worte denken.«

Ich hatte keine Lust, weiter auf diesen Unsinn einzugehen. Der Beamte, der an der Tür wartete, räusperte sich. Zeit, das Gespräch zu beenden. »Michael Poller sagte, er habe Sie nicht angerufen. War das die Wahrheit?«

»Das war eine alte Nachricht auf dem Anrufbeantworter. Lars kam auf diese Idee, um Sie ins Haus der Pollers zu lotsen. Dass er Frau Poller getötet hatte, wusste ich nicht.«

»Warum hat Michael Poller sich in die Sache mit reinziehen lassen? Nach allem, was ich von ihm weiß, verabscheut er seinen Onkel, dessen Taten und das, was dadurch aus seinem Leben geworden ist.«

»Fragen Sie ihn doch selbst.«

Ich nahm mir vor, genau das zu tun, und ließ Loth allein.

# 16

In den kommenden Tagen versuchte ich allmählich, kleine Schritte vor mein Zimmer zu wagen. Die Beamten, die davor postiert waren, behielten mich stets im Auge. Die Klinikflure entlangschreitend, schaffte ich es bis in den Aufenthaltsraum und zurück, ohne zitternd zusammenzubrechen. Ich hatte den Ehrgeiz, an Franks Beerdigung teilzunehmen. Ihm diesen letzten Ehrendienst nicht zu erweisen, hätte ich mir nie verziehen.

Seit dem Gespräch mit Erda Loth waren weitere fünf Tage vergangen. Ich hatte mich in einen frischen Jogginganzug geworfen, von denen mir Matt und Rosetta eine Auswahl vorbeigebracht hatten, zusammen mit Bergen von italienischen Süßigkeiten, die ich zugegebenermaßen dem faden Klinikessen vorzog. »Bringe dich auf deine dürre Beine«, hatte Rosetta gesagt und mir die Wange getätschelt, während ihre dicken Brüste schwer auf meinem Oberkörper gelegen hatten.

Geduscht und sogar rasiert fühlte ich mich nicht gerade wie Herkules, aber zumindest in der Verfassung, mal den Aufzug in die Eingangshalle zu benutzen, um herauszufinden, wie meine Psyche auf Menschenansammlungen reagieren würde. Außerdem hatte ich Lust darauf, mir etwas zu lesen zu besorgen, seit ich wieder mehr als eine Minute Konzentration am Stück zusammenbrachte.

Eine Beamtin saß im Flur. Sie lächelte mich an. Eine junge Frau, noch keine Augenringe und nicht den zynischen Zug um die Mundwinkel, der sich nach zehn Berufsjahren in Uniform unweigerlich einstellte.

»Ich möchte runter zum Kiosk.«

»Sie müssen nur sagen, was Sie brauchen. Ich lasse es Ihnen besorgen.«

»Nein, ich gehe selbst.«

»Das ist keine gute Idee.«

»Allmählich muss ich unter Menschen. Ich kann mich ja nicht ewig verstecken.«

Sie presste die Lippen aufeinander. »Ich habe strikte Order, Sie von der Öffentlichkeit fernzuhalten.«

Es tat mir leid, dass ich ausgerechnet eine unerfahrene Beamtin in Schwierigkeiten brachte. »Sie werden mich nicht davon abhalten. Ich gehe jetzt runter. Sie können mitkommen oder es lassen.« Ich schlich an ihr vorbei Richtung Aufzug.

»Warten Sie!«, rief sie hektischer, als es bei meinem Tempo nötig gewesen wäre. Mit wenigen Schritten war sie bei mir und stieg mit mir in die Kabine.

Unten in der Eingangshalle öffnete sich die Tür, und plötzlich war ich mir nicht mehr sicher, ob ich wirklich aussteigen wollte. Menschen – für meinen Geschmack zu viele davon – steuerten Ziele an, die nur sie zu kennen schienen, einige studierten Hinweistafeln, andere warteten auf jemanden oder stöberten in den Auslagen vor dem Kiosk.

Hinter mir spürte ich den Körper der Beamtin. Bevor die Tür sich wieder schließen konnte, setzte ich einen Fuß auf den spiegelblanken Boden. Dann den nächsten. Mit der bewaffneten Polizistin im Rücken fühlte es sich erstaunlich leicht an. Ich steuerte den Kiosk an. Die Auswahl in dem Drehkarussell mit Taschenbüchern schien auf Frauen ab 50 zugeschnitten zu sein. Keine Ahnung, wer im Krankenhaus freiwillig Arztromane las, aber das war die Zielgruppe, die ich mir vorstellte. Schließlich fand ich was von John Le Carré. Das Russlandhaus, klang spannend und gleichzeitig nicht zu nervenaufreibend. Am Tresen betrachtete ich die Auslage an salzigen Snacks – nach Rosettas Zuckerschock brauchte ich ein Gegenmittel – und griff zu einer Packung Erdnüsse.

Vor dem Kiosk entstand Tumult. Rumpeln, Menschen riefen durcheinander. Ich schaute durch die Glastür raus. Die Beamtin half jemandem, der in der Mitte des Foyers gestürzt war. Ich drehte den Kopf nach links. Neben mir stand ein Zeitungsständer, den ich beim Reingehen übersehen hatte. Die Sachen, die ich in die Armbeuge geklemmt hatte, fielen zu Boden.

Er schaute mir geradewegs in die Augen.

# 17

Pollers Gesicht auf sämtlichen Zeitungen. »Der Sandmann von Kassel ist tot.« Ich nahm die erstbeste zittrig aus dem Ständer und las die Zeile unter der fetten Überschrift. Carl Otto Poller hatte sich in der Forensik erhängt.

Die Polizistin trat in den Laden. »Jetzt wissen Sie es.«

Das hatte sie damit gemeint, dass sie mich aus der Öffentlichkeit hatte fernhalten sollen. Plötzlich bekam auch ein Satz des Psychopathen eine andere Bedeutung: »Wir können eine Ewigkeit in der Hölle plaudern«, hatte er zu Berkel gesagt. Ja, das konnten sie nun.

»Ich will sofort mit Kommissarin Cohn sprechen.« Während ich an der Beamtin vorbei zum Ausgang humpelte, zeterte die Frau hinter der Kasse: »Und was ist mit Ihrem Einkauf? So geht das doch nicht!«

Ich saß neben Cohn in dem aufgemotzten BMW auf dem Parkstreifen vor der Klinik. Sie griff zum Zündschlüssel und ließ die Hand wieder sinken.

»Bist du dir sicher, dass du das wirklich willst?«

»Nein, bin ich nicht. Ich muss einfach wissen, was da zwischen Poller und seinem Neffen gelaufen ist, sonst werde ich nie mehr eine Nacht durchschlafen können.«

Sie startete den Wagen, das Röhren erschreckte ein paar Raucher vor dem Klinikeingang.

Man hatte Michael Poller laufen lassen müssen. Eine Mitwisserschaft oder gar Beteiligung an den Morden war ihm bislang nicht nachzuweisen gewesen. Loths Aussage hatte ihn ebenfalls entlastet – man habe sich gut gekannt, aber Schreiber habe seine Pläne vor ihm geheim gehalten. Selbst der Besuch in der Forensik, der mich und alle anderen auf eine falsche Fährte gelockt hatte, war ja nicht strafbar; er hatte sich schließlich als der ausgewiesen, der er war. Was die Sache mit der vorgetäuschten Behinderung anging, reichte das zwar für eine Anklage wegen Betrugs, jedoch nicht, um ihn weiter festzuhalten. Und dann erhoffte man sich vor allem, dass Schreiber irgendwann bei ihm auftauchen würde.

Rings um das Haus in Altenritte lungerten zahlreiche Beamte in Zivil auf der Straße herum, so viele Menschen waren sonst an einem Werktag mit Sicherheit niemals in dem verschlafenen Ort unterwegs. Schreiber war bestimmt clever genug, um nicht in diese Falle zu laufen.

Cohn wartete vor der Haustür. Es hatte mich einige Überredungskunst gekostet, und ich durfte Pollers Haus erst betreten, nachdem sie jeden Raum überprüft hatte. Das Sofa war aus dem Wohnzimmer verschwunden, ebenso wie die Porzellanpuppen. Michael Poller bat mich in die Küche. »Ich kann da nicht reingehen. Wahrscheinlich muss ich das Haus verkaufen.«

Der Drang war beinahe übermächtig, ihn zu schütteln und ihm den Vorwurf ins Gesicht zu schreien, dass es niemals so weit hätte kommen müssen. Poller schlug die Augen nieder, er wusste es selbst. Dennoch vermisste ich niederschmetternde Reue. Warum bloß erwartete ich von anderen andauernd, wozu ich genauso wenig in der Lage war?

Er deutete Richtung Küchentisch. Zwei Stühle. Einer davon würde ab sofort leer bleiben. Ich fand den Gedanken abstoßend, auf dem Platz seiner Mutter zu sitzen. »Ich stehe lieber.«

»Gut.«

Wozu lange drum herumreden? »Der Suizid, das war es, was Ihr Onkel Ihnen versprochen hatte.«

Poller biss auf seiner Unterlippe herum. »Ich war beinahe davon ausgegangen, dass er sein Wort brechen würde. Einem wie ihm kann man ja nicht trauen.«

Ich sah ihm an, dass er gehofft hatte, größere Genugtuung zu empfinden, als es nun tatsächlich der Fall war. Er hatte geglaubt, frei zu sein, und stellte jetzt fest, dass ihn der Tod seines Onkels nicht von dem Stigma befreite, der Neffe eines Psychopathen zu sein.

»Wenn Sie ihm nicht getraut haben, wieso dann einem wie Schreiber? Sie wussten, wozu er fähig ist, oder?«

»Sie können das nicht verstehen. Es war mir egal, was Schreiber vorhatte. Wir haben niemals darüber geredet. Ich wollte es gar nicht wissen. Für mich zählte einzig das Ergebnis, diese Ausgeburt der Hölle ein für alle Mal losgeworden zu sein. Haben Sie eine Ahnung, wie ein Leben mit so einem Onkel aussieht? Keine Clique nimmt Sie auf. Sie drehen einsam Ihre Runden auf dem Mofa durch die Dörfer. Kein Mädchen verabredet sich mit Ihnen. Und wenn doch, dann nur, weil sie ahnungslos ist, und abends stehen Sie vor ihrer Haustür und der Vater knallt Ihnen die Tür vor der Nase zu. Dass ich immer der Krüppel war, das war ich schon als kleiner Junge in der Schule, daran hatte ich mich fast gewöhnt. Und dann tritt einen der eigene Onkel gänzlich an den Rand der Gesellschaft. Mein Erzeuger – Vater will ich ihn gar nicht nennen, diesen feigen Versager – ließ uns direkt danach im Stich. Mama hat ihn gefunden, auf dem Dachboden. Ich hab sie nie mehr lächeln sehen. Wenn es nur um mich gegangen wäre, ich hätte ja alles ertragen, aber Mama ...« Er schüttelte traurig den Kopf. »Sie hat sich solche Vorwürfe gemacht. Jedes Mal nach Ihrem Besuch in der Psychiatrie legte sie sich ins Bett und schlief 24 Stunden am Stück. Nur weil sie wusste, dass er da drin ist und dort bleiben wird. Schon wenige Tage später hörte ich sie nachts wieder schlaflos durch das Haus geistern. Das ging seit 20 Jahren so. Und es wäre noch genauso lange weitergegangen. Es musste aufhören, und dafür war mir beinahe alles recht.«

»Diese Maskerade – ich meine, in der Aufmachung von Dietschmons aufzutauchen –, wessen Einfall war das?«

»Wer die Idee ursprünglich hatte, weiß ich gar nicht. Es war Onkel Carls Bedingung, damit er sein Versprechen einlösen würde. Erst habe ich geglaubt, er will bloß seinen Spaß haben. Aber dann wurde mir klar, dass es ein Ablenkungsmanöver für Sie werden sollte.«

»Hat Ihre Mutter denn nichts davon bemerkt? Ich meine, Sie haben sich die Haare gefärbt, einen Dreitagebart stehen lassen, um auszusehen wie Dietschmons.«

»Die Haarfarbe habe ich am selben Tag wieder geändert. Den Bart fand Mama unmöglich, sie glaubte wohl, ich hätte eine Freundin.« Poller schmunzelte in sich hinein, und seine Augen glitzerten verdächtig.

Ich hatte genug gehört. »Ich hoffe, Sie werden mit der Schuld fertig, dass Ihre Mutter noch am Leben sein könnte. Sie werden vermutlich mit einer Bewährungsstrafe wegen Irreführung der Polizei davonkommen. Aber der Verlust Ihrer Mutter ist lebenslänglich.«

Es war, als ob ich in einen Spiegel schaute, der mir das geheuchelte Mitleid genauso zurückwarf, wie ich es aussendete.

»Onkel Carl ist weg. Und er kommt niemals wieder. Dafür wäre ich gern in den Knast gegangen.«

# 18

Es machte den Eindruck, als ob die gesamte nordhessische Polizei ihrem Kollegen Matthias Frank das letzte Geleit geben würde. Die Halle am Hauptfriedhof war zu klein; über die Hälfte der anwesenden Polizisten stand während der Trauerfeier draußen, bereit für das Ehrenspalier. Nach zehn Minuten bereute ich, mich in eine der Stuhlreihen gequält zu haben; die vielen schwarz gekleideten Trauergäste und der Sarg machten mir zu schaffen. Cohn saß neben mir, sie warf mir ein gequältes Lächeln zu, das mich aufmuntern sollte, vielleicht auch sie selbst. Sie trug Uniform wie alle anwesenden Beamten und wirkte beklemmend seriös. Ihr Unwohlsein kroch zu mir herüber. Ich hätte gern nach ihrer Hand gegriffen, aber sie hatte die Finger ineinander verhakt und knetete sie voller Unruhe. Ich sah ihr an, dass sie sich vorgenommen hatte, in Uniform nicht zu weinen, gleichzeitig war unübersehbar, dass sie es in den letzten Tagen häufiger getan hatte. Ihre Augen waren verquollen, und ihr schiefer war Mund fest zusammengekniffen. Ich war ernsthaft dem Trugschluss erlegen gewesen, dass ich das Ziel ihrer Annäherungsversuche gewesen war, dabei hatte sie es die ganze Zeit auf Frank abgesehen gehabt. Ich spürte keine Eifersucht, nur Traurigkeit.

Die Zeremonie war eine Qual. Kaum einer fand ein paar nette Worte über diesen notorisch schlecht gelaunten, pöbelnden, sich selbst überschätzenden Macho – und so blieb es bei Allgemeinplätzen. Seine hervorragenden Leistungen als Beamter, die außergewöhnliche Zuverlässigkeit und der selbstaufopfernde Eifer, mehr schien es über ihn nicht zu sagen zu geben. Die einzigen beiden im Saal, die das Bild hätten geraderücken können, waren Cohn und ich, aber wir hatten genug damit zu tun, Haltung zu bewahren. Als ein Vertreter der Stadt – derselbe, der Frank vor wenigen Tagen im Präsidium rundgemacht hatte – den großen Verlust bedauerte, wurde mir übel. Cohn war es, die in diesem Moment nach meiner Hand griff, mich anschaute und langsam den Kopf schüttelte. Lass es nicht an dich ran, las ich in ihren Augen, das ist nicht der Mann, den wir gleich beerdigen werden. Wir zwei wissen, wie er war. Ich nickte ihr zu.

Als die Farce endlich beendet war, wurde der Sarg zwischen den strammstehenden Beamten hindurchgeschoben. Direkt dahinter hatte sich ein Paar eingereiht, das Arm in Arm dem Sarg nachschritt. Franks Schwester war aus den USA angereist, wie Cohn mir erklärt hatte. Die Reihe der Uniformierten löste sich auf, und sie folgten dem Sarg. Cohn griff meinen Arm und half mir auf die Beine.

Vor der Halle warteten einige Pressevertreter, die sich dezent im Hintergrund hielten. In der Menge der Schwarzgekleideten entdeckte ich Conny. Frank war unser Nachbar gewesen, als ich noch mit ihr zusammengewohnt hatte. Er hatte losen Kontakt zu ihr aufrechterhalten. Ich erinnerte mich an den Schmerz, den ich empfunden hatte, als er mir gesteckt hatte, dass sie einen neuen Partner hat. Er war ähnlich heftig gewesen wie der, den ich nun wegen Franks Tod verspürte. Ich hatte einen Freund verloren, Conny einen guten Nachbarn. Sie trug eine Rose in der Hand und eine große Sonnenbrille auf der Nase. Sie musste mich auf jeden Fall bemerkt haben, so unrund, wie ich am Arm von Cohn hinter dem Sarg her humpelte, aber sie schien kein Interesse an einer Begegnung zu haben. Es war mir recht, was auch immer zwischen uns war, war an diesem Tag unwichtig.

Wir schlichen die Wege entlang. Es war März gewesen, als ich neben Horst Scharpinsky auf diesem Friedhof am Grab seiner Mutter gestanden hatte. Er hatte mir aufgezeigt, wie leicht Menschen zu manipulieren sind. Alle, die heute Franks Sarg hinterhergingen, hatten dieselbe Lektion erhalten. Wir waren Opfer einer Manipulation geworden, die Menschenleben gekostet hatte. Ich hätte Frank, diesem beinharten Typen, gewünscht, dass er eines Tages hocherhobenen Hauptes aus dem Dienst ausscheiden würde – und nicht in eine Holzkiste gepfercht in der Erde verschwand.

Es dauerte fast eine Stunde, bis die meisten an dem offenen Grab vorbeigezogen waren. Franks Schwester stand mit ihrem Mann abseits. Sie hatte darum gebeten, dass nicht auf dem Friedhof kondoliert wurde, einige nickten ihr betrübt zu, sie nickte zurück. Endlich traten Cohn und ich an das Loch. Beim letzten Meter vor dem Aushub war ich mir nicht sicher, wer wen stützte. Sie zitterte, versuchte krampfhaft, ein Schluchzen zu unterdrücken. Ich hielt mich an ihr fest, sie sich an mir, und ich war unglaublich dankbar, sie an meiner Seite zu wissen. Ich brachte es nicht fertig, Erde auf Franks Sarg zu werfen. Dieses Ritual hatte ich schon immer verstörend gefunden. Hätte ich Totengräber werden wollen, wäre ich es geworden. Ich erinnerte mich an den Moment, in dem der Sarg meines Vaters in einem dunklen Erdloch verschwunden war. Damals hatte ich die Hand meiner Mutter zur Schaufel geführt und sie gestützt. Sie hatte die Erde auf die Holzkiste rieseln lassen, und mir hatte es den Magen umgedreht. Mein Vater. Als ich vor zwei Tagen in meine Wohnung zurückgekehrt war, hatte ich unser Foto umgedreht. Ich ertrug es nicht, wenn er mich ansah.

Cohn warf eine Rose ins Grab. Ein letzter Moment der stummen Zwiesprache mit dem seelenlosen Körper, der da in der Erde lag. Die Hoffnung zerbröselte, dass von irgendwoher eine Stimme kam, die einem versicherte, dass es in Ordnung war, sich für immer abzuwenden.

Sachs hatte die ganze Zeit an den Wagen mit den Kränzen gelehnt gestanden. Er fixierte Cohn und mich, als würde er jeden Augenblick losstürmen und uns ins Grab schubsen. Frank nahm zu viele offenen Rechnungen mit unter die Erde, sodass Sachs und Cohn fast keine Chance hatten, gute Kollegen zu werden.

Ich nickte Franks Schwester im Vorbeigehen zu. Sie ging einen Schritt auf mich zu. »Sie waren ein Freund meines Bruders.«

Das war keine Frage, sondern eine Feststellung.

»Matthias hat viel von Ihnen geredet. Sie waren, glaube ich, der einzige Mensch, dem er sich so gezeigt hat, wie er wirklich war.«

Ich versuchte, mir die Verblüffung nicht anmerken zu lassen. Eigentlich war es unvorstellbar, dass Frank mit seiner Schwester über unser Verhältnis gesprochen hatte. Ich hatte befürchtet, dass sie mich mit Vorwürfen überziehen würde. Aber im Gegenteil. Sie wirkte gefasst, als wäre bei der Art, wie ihr Bruder sein Leben geführt hatte, nichts anderes zu erwarten gewesen. Ein leiser Abgang, Ruhestand und irgendwo im Süden viel zu jungen Dingern nachstellen – unvorstellbar. Vielleicht hatte er es sogar darauf angelegt. Ich hatte die Akten mit den Protokollen durchgelesen. Frank hatte sich Schreiber direkt in den Weg gestellt. Er hatte mit aller Macht verhindern wollen, dass ihm dieser Fall erneut nachhing. Zumindest das hatte er geschafft.

Franks Schwester sah mich und Cohn an. »Sie begleiten uns doch noch zum Kaffeetrinken? Die Abteilung hat einen riesigen Saal organisiert und für ein Buffet gesammelt.«

Cohn nickte zustimmend, obwohl ich wahrzunehmen glaubte, dass sie lieber abgelehnt hätte. Mir ging es nicht viel anders, solche Anlässe lagen mir schwerer im Magen als der trockene Streuselkuchen, den es vermutlich geben würde.

»Wir kommen sehr gerne«, antwortete ich für uns beide.

# 19

Conny war beim Leichenschmaus nirgendwo zu entdecken, trotzdem war es mir lieber, mit Cohn und einer Tasse Kaffee unauffällig in einer Ecke stehen zu bleiben. Auf den trockenen Kuchen hatten wir verzichtet. Wir sprachen kein Wort, es wurde ohnehin zu viel durcheinandergeredet im Raum, und allmählich wurde die Luft stickig. Wir wechselten einen kurzen Blick voller Einverständnis, dass die Zeit reif sei, um uns bei Franks Schwester zu verabschieden. Als wir uns gerade durch einen Teil der Meute geschoben hatten, geriet der gesamte Saal in Bewegung. Ein Raunen wanderte durch die Anwesenden, es wurde getuschelt. Eine Beamtin beugte sich vertraulich zu Cohn und flüsterte ihr etwas zu. Cohn presste den Mund zusammen und atmete aus. Sie drehte sich zu mir, zögerte und näherte sich dann meinem Ohr.

»Schreiber ist tot«, sagte sie, so leise es die Umgebung zuließ. »Man hat ihn in einer Laube im Kleingärtnerverein gefunden. Er hat es seinem Vorbild Poller gleichgetan und sich erhängt.«

Nachdem diese Botschaft zu mir vorgedrungen war, wartete ich vergeblich auf Erleichterung. Cohn wirkte ähnlich verstört, ich sah ihr an, dass ihr die Nachricht weder Genugtuung verschaffte noch ihre Trauer linderte. Stattdessen bemerkte ich pure Enttäuschung in ihrem Gesicht, sie hätte Schreiber gern selbst zur Strecke gebracht.

Sie deutete mit einem Fingerzeig an, dass es besser sei, draußen weiterzureden, und drückte sich vor mir durch die zufrieden dreinschauenden Polizisten.

Vor der Hoteltür lehnte sie sich über ein Treppengeländer und spuckte auf den Asphalt. »Dieser Mistkerl. Ich hätte ihn wegsperren lassen, irgendwo, für den Rest seines Lebens.«

»Dafür hättest du ihn aber erst einmal festnehmen müssen. In der Zwischenzeit wäre sonst was passiert. Besser so.« Die Worte lagen wie Pappe in meinem Mund. Ich log mir selbst was in die Tasche. Ich hätte ihm ebenfalls eine lebenslange Haftstrafe gegönnt und vor allem Cohn und den anderen die Genugtuung, Schreiber gefasst zu haben.

»Komm, ich bring dich heim. Ich will eine Weile allein sein.« Cohn packte meinen Arm und führte mich zu ihrem BMW. Sie hatte auf eine Trauerschleife verzichtet, weil sie an dem Wagen die Wirkung eines zynischen Scherzartikels entfaltet hätte.

»Sind doch nur zwei Straßenzüge bis nach Hause. Ich schaff das schon. Einen Aufpasser brauch ich ja jetzt auch nicht mehr. Fahr du ruhig und ruh dich aus.«

Sie nickte. »Ich geh eine Runde durch die Aue laufen. Dann sehen wir weiter.« Ich ahnte, dass sie so lange rennen würde, bis sich der Schmerz wenigstens für eine Weile in Erschöpfung aufgelöst hätte. Zum Abschied nahm ich sie in den Arm und drückte sie, so fest es mit dem Gips ging.

Während ich des Wegs humpelte, raste sie auf der Holländischen Straße an mir vorbei.

Außer Puste bog ich in meine Straße ein und quälte mich die letzten Meter bis zur Haustür. Aus dem Briefkastenschlitz lugte ein weißer Zipfel hervor. Ich war versucht, nicht nachzusehen. Gleichzeitig war mir klar, dass es eine Frage der Zeit gewesen war. Ich zog einen Umschlag aus dem Schlitz, trug ihn nach oben und ließ mich im Wohnzimmer in den Sessel fallen. Ich schaute zum Foto meines Vaters, das immer noch umgedreht auf der Fensterbank stand. Es war keine Ahnung, sondern eine Gewissheit, dass mir ein anderer Weg vorherbestimmt war. Ich öffnete den Umschlag, in dem eine schlichte weiße Karte steckte.

Ich wusste, dass Sie mit Schreiber Hilfe brauchen würden.
Hab ich gern für Sie gemacht, Anwalt!

Ich bleibe besser hier und passe auf Sie auf.
Azrael.

# DANK

Auch der »Sandmann von Kassel« wäre nicht ohne die lieben Menschen in meinem Umfeld entstanden, die mich stets ermutigen – egal, welche mitunter beängstigenden Fantasien meine Ausflüge in die Tiefen der menschlichen Seele zutage fördern. Ich danke euch von Herzen.

Das gesamte Team vom Gmeiner-Verlag hat mich sensationell unterstützt, das ist gerade in schwierigen Zeiten nicht selbstverständlich. Ausdrücklich möchte ich meiner Lektorin Katja Ernst danken, die den Protagonisten Meinhard Petri genauso ins Herz geschlossen hat wie ich. Durch ihre Arbeit hat er so viel Feinschliff und Profil zugleich erhalten, dass aus ihm eine gute Partie für eine fortgesetzte Romanbeziehung geworden ist.

Ein herzliches Dankeschön geht an Monika und Friedhelm, die eine betriebsblinde Autorin mal eben nebenbei vor dem einen oder anderen Fauxpas bewahrt haben.

Die Recherche zum »Sandmann von Kassel« hat mir besonders große Freude bereitet, weil sie mich an Orte geführt hat, die entweder alte Erinnerungen geweckt haben oder schon lange eine magische Anziehungskraft auf mich ausüben. Letzteres gilt für die historische Klosteranlage von Haina.

Ein weiteres Highlight der Recherche war ein Rundgang durch einen zentralen Spielort des Thrillers: die Kellerebenen des Hochhauses an der Rathauskreuzung. Mein Dank gilt Knut Hoffmann, dem Leiter der Stadtbibliothek Kassel, für einen Einblick in jeden noch so verwinkelten Gang, der normalerweise der Öffentlichkeit verborgen bleibt. In den 1990ern gelangte man tatsächlich durch eine Unterführung in eine Diskothek im Kellergeschoss. Damals habe auch ich dort zu ohrenbetäubender Musik getanzt. Seit einigen Jahren ist die Unterführung zugeschüttet, und die Disko ist längst Geschichte. Heute herrscht am selben Ort die für eine Bibliothek angemessene Stille, und gleichzeitig ist ein neuer, lebendiger Geist eingezogen: Die Regale voller Literatur verbreiten eine geradezu magische Aura.

Viele Menschen haben ihr Bestes getan, um mich mit belastbaren Fakten zu versorgen – sollte ich an der einen oder anderen Stelle der Fantasie den Vorzug gegeben haben, geschah das einzig im Sinne der Geschichte.

# Alle Bücher von Nicole Braun:

**Landarzt Edgar Brix ermittelt:**
**1. Fall: Heimläuten**
ISBN 978-3-8392-1860-0

**2. Fall: Elsternblau**
ISBN 978-3-8392-2023-8

**3. Fall: Elendsknochen**
ISBN 978-3-8392-2308-6

**4. Fall: Osterlämmer**
ISBN 978-3-8392-2367-3

**Anwalt Meinhard Petri ermittelt:**
**1. Fall: Endstation Nordstadt**
ISBN 978-3-8392-0025-4

**2. Fall: Der Sandmann von Kassel**
ISBN 978-3-8392-0246-3

GMEINER SPANNUNG

WWW.GMEINER-VERLAG.DE
*Wir machen's spannend*